캔디
보다
이
라
이
자

캔디보다 이라이자

초판 1쇄 찍은 날 | 2013년 11월 15일
초판 1쇄 펴낸 날 | 2013년 11월 20일

지은이 | 이경하
펴낸이 | 예경원

편집 | 유경화

펴낸곳 | 예원북스
등록번호 | 제396-2012-000132호
등록일자 | 2012. 7. 25
YRN | 제1-0044호

주소 | 경기도 고양시 일산동구 무궁화로 8-28 삼성메르헨하우스 712호 (우) 410-837
전화 | 031-819-9431 팩스 | 031-817-9432
http://cafe.naver.com/yewonromance
E-mail | yewonbooks@naver.com

© 이경하, 2013

ISBN 978-89-98102-58-6 03810

캔디
보다

이
라
이
자

이경하 장편소설

YEWONBOOKS ROMANCE STORY

❖CONTENTS

이라이자도 누군가의 캔디이고 싶었다.

누군가의 캔디일 수 있었다.

전화는 며칠째 오지 않고 있었다. 거는 전화도 번번이 불통이었
다. 고의적으로 연락을 피하는 것으로밖에 설명이 되지 않는 이
상황에서 우성은 분노하기 이전에 걱정부터 하고 있었다.

"무슨 일이 생긴 것은 아니겠지?"

주름 하나 지지 않은 슈트 차림의 우성은 세단 뒷좌석에 앉아
불안한 눈빛으로 들고 있는 핸드폰을 바라봤다. 단정하게 생긴 이
목구비에는 신경질이 군데군데 묻어 있었고 그랬기에 그의 인상
은 무척이나 날카롭게 느껴졌다.

딱, 딱딱, 딱—

엄지손톱이 앞니에 끼었다 빠지면서 거슬리는 소음을 만들어내

고 있었지만 그마저도 그의 귀에는 들리지 않았다. 우성은 그저 먹통인 전화에 신경을 곤두세우고 있을 뿐이었다.

"왜 전화가 안 되는 거지? 통화음은 가는데 받질 않는다고. 이거, 통신사에 문제가 있는 거 아니야?"

세단 뒷좌석에 앉아 몇 번이고 핸드폰 패드만 눌러대던 우성이 짜증스럽게 핸드폰을 내팽개쳤다. 손바닥에 들어오는 신형 핸드폰이 처참하게 바닥에 나뒹굴었다. 그 모습을 백미러로 확인한 정 비서는 놀랍지 않다는 투로 예민하기 짝이 없는 상사의 아들에게 되물었다.

"설마요. 도련님이 바꿔주신 새 모델이잖습니까?"

"그러니까. 그런데 그 핸드폰 모델이 출시된 지 얼마 안 됐으니 결함이 지금에서야 발견될 수도 있는 거잖아."

우성의 미간이 좁아졌다. 이 상황이 퍽 마음에 안 든다는 것을 알리는 전조 신호다. 태어나서 지금까지 원하는 것은 다 손에 넣고 살았던 우성이 어떻게 패악을 부릴지 알 수 없는 상황이었기에 정 비서는 아주 조금 겁을 냈다. 자신의 상사보다 상사가 부탁한 아들이 더 까다로웠다. 이우성은 정 비서에게 예측할 수 없는 일기예보와도 같은 존재였다.

딱, 딱딱—

엄지손톱을 살갗에서 분리시켜 버릴 것처럼 깨물어대던 우성이 불안함을 숨기지 못하고 중얼거렸다.

"집에 없으면 어떡하지?"

"도련님이 마련하신 집이 아닙니까? 그냥 열고 들어가셔서 안에서 기다리시죠."

"에이, 그런 건 예의가 아니지. 내가 망나니 기질이 다분하긴 해도 오래전부터 예의범절에 매너만큼은 제대로 교육받은 남자라고. 아무도 없는 숙녀 집에 멋대로 들어가 있을 수야 있나."

우성이 손사래를 치며 창밖을 바라봤다. 고등학생일 적 만나 한눈에 반했다. 오랜 짝사랑 끝에 겨우 마음을 받아준 미지와 만난 지 1년이 되는 오늘, 기념일을 빌미 삼아 며칠째 연락 두절인 그녀를 찾아 집 앞까지 온 우성이다.

'전화를 너무 많이 해도 싸 보이지?'

'감히 내 전화를 안 받아? 내가 다시는 먼저 전화하나 봐라.'

'대체 왜 안 받는 거야? 무슨 일이라도 생겼나?'

'애초에 처음부터 감시인을 붙일 걸 그랬나? 에이, 그건 너무 찌질하지.'

'당장 통신사에 연락해서 통화내역 다 뽑아와!'

'아니야, 이건 범죄야.'

며칠 내내 미친놈처럼 혼잣말을 중얼거렸던 그다. 1년이 되어 가는데도 머릿속은 온통 미지로 가득 차서 어쩔 도리가 없었다. 이런 감정은 난생처음이라 낯설기만 했다. 그래서 안절부절못하고 있는 것이 다반사였지만 정작 그녀의 앞에서는 냉랭하게 굴었다. 그녀에게만큼은 쿨한 남자이고 싶었으니까. 세상 사람들이 그것을 '개통에 쓸래도 쓸 수 없는 자존심'이라고 부르는 것을 알고 있었지만 그것은 뜻대로 제어할 수 있을 만한 성질의 것이 아니었다.

"하아."

오늘만큼은 절대로 그러지 않으리라 다짐하고 길을 떠난 참이다. 이우성의 인생에 여자와 1주년이라. 이 기념비적인 날 그녀에게 모든 것을 털어놓고 솔직해질 생각이었다.

"레스토랑에서 주문한 음식을 세팅하고 나는 365송이의 장미를 주는 거지. 그리고 말하는 거야. 그녀가 그토록 듣고 싶었지만 나는 계속 거부해 왔던 그 말을."

"그 말이 뭡니까?"

"사……. 낯부끄럽게 지금 어떻게 해, 그걸!"

우성이 양손으로 얼굴을 문지르고는 등받이로 머리를 젖혔다. 붉어진 얼굴이 고스란히 백미러에 투영되고 있었다. 그 모습을 흘끗 확인한 정 비서는 흐뭇한 미소를 애써 숨기며 조언을 아끼지 않았다. 우성은 '지랄발광'이라고 불리며 IHN그룹의 문제아로 화려한 비상을 하는 가십거리였지만 정 비서가 가까이에서 오랜 시간 동안 지켜본 결과, 우성은 하나에 마음을 빼앗기면 모든 것을 올인하는 외골수 기질의 사내였다. 사내라기보다는 소년에 가까웠으니 자신의 불같은 기질을 조절하지 못하는 것이 당연했고.

보다 보니 정이 든 것일까, 처음에는 입방아를 찧어대는 사람들 중 하나였던 정 비서도 차츰 우성 쪽으로 마음이 기울고 있음을 느꼈다. 무례하긴 하지만 자신의 마음을 올곧게 표현하는 솔직함

이 귀여웠고, 입에 발린 말 따위는 하지 않는 무례함에 마음이 갔
다. 그러다 보니 우성이 누누이 말하는 '자신의 또 다른 조각' 혹
은 '진정하고 영원해야 할 사랑'을 적극 도와주고 싶었다.

"그 정도의 마음이면 집에 먼저 들어가 있어도 괜찮을 것 같습
니다. 기념일이니 이벤트 준비차 먼저 들어가 있었다고 하면 충분
히 용서받을 수 있으실 것 같습니다만."

"그치? 나도 그렇게 생각하긴 했어. 아까 한 말은 그냥 한번 해
본 말이야. 무턱대고 남의 집 문 따고 들어가면 보기 안 좋잖아?
하지만 정 비서 말을 들어보니 내가 집 사준 거 생색내는 것처럼
보이진 않을 것 같군."

정 비서의 말이 끝나기 무섭게 대답한 우성은 백미러를 통해 그
와 눈이 마주치자 난감한 얼굴을 하며 시선을 피했다.

"흠흠, 정 비서가 그렇게 간절하게 말하니까 그렇게 하도록 해
야지. 정 비서는 아버지가 신임하는 인재니까."

당장에라도 데려와 호적에 파묻어 버리고 싶은 여자를 떠올리
는 우성의 얼굴이 그 어느 때보다도 부드러워져 있었다. 체면과
자존심을 지키느라 전전긍긍하느니 차라리 대놓고 결혼하자고 떼
를 쓰는 편이 나을지를 생각하는 우성의 얼굴이 고뇌로 물들었다.
그런 그가 깊은 생각을 단번에 끊어낼 수 있었던 것은 갓길에 주
차를 한 정 비서의 한마디 때문이었다.

"창에 어스름하게 불이 켜져 있는데요?"

그의 목소리에 우성의 시선이 곧장 미지의 방 창문을 서성거렸

다. 드리운 커튼이 빛의 선명함을 한껏 꺾어버리긴 했어도 분명 캄캄한 암전 상태는 아니었다.

빛이 어른거리는 창문에서 희망을 찾은 우성이 한껏 밝아진 얼굴로 몸을 움직였다.

"집에 있나 본데? 일단 선물 다 내려."

몸보다 마음이 앞섰다. 우성이 성급하게 차 문을 열고 내리자 정 비서는 사이드브레이크를 올리고 시동을 껐다. 그리고는 곧장 차 뒤로 걸어가 트렁크를 가득 채우고 있던 쇼핑 봉투를 꺼내 들었다.

그런 정 비서를 확인한 우성은 현관 앞에서 자신의 옷차림을 한 번 확인하고는 초인종을 눌렀다. 신경을 거슬리게 만드는 초인종 소리가 날카롭게 울렸다. 신경질적인 소리를 들으면서도 제법 평온함을 유지하고 있던 우성은 안에서 대답이 없자 미간을 좁힌 채 다시 한 번 초인종을 눌렀다.

삐리리릭―

초인종이 울렸다. 누군가의 대답을 기다리는 우성은 점차 초조해지기 시작했다. 초인종을 누르는 간격은 점점 줄어들었고 우성은 인상을 찌푸린 채 발을 구르고 있어야만 했다. 파리가 미끄러질 정도로 광을 낸 버건디 구두에 먼지가 묻기 시작했지만 우성은 신경 쓰지 않았다. 광적일 정도로 심한 결벽증을 앓고 있는 그로서는 꽤 이례적인 일이 아닐 수 없었다.

"뭐야, 정 비서. 안에 누가 있다는 거, 확실해?"

우성의 재촉에 정 비서가 난감하다는 얼굴로 담 너머를 기웃거렸다.

"글쎄요. 요즘에는 불을 켜놓고 외출하는 일도 잦으니 확신은 못하지 싶은데요."

"정 비서!"

"안에서 인영(人影)이 보인 것도 같았습니다만."

"확실해?"

"확신은 확실하게는 못 드립니다만."

"으……."

우유부단한 대답에 우성이 애꿎은 정 비서를 새치름하게 노려보자 정 비서는 무지(無知)를 가장한 외면으로 대응했다. 우성은 무책임한 정 비서의 태도에 답답해하며 연달아 세 번 초인종을 누른 후에야 안 되겠던지 도어락 슬라이드를 열었다. 머릿속에는 잊으려야 잊힐 수 없는 여섯 자리 비밀번호가 제대로 박혀 있었다.

삑— 삑삑—

숫자 세 개를 눌렀을 때였다. 네 번째 숫자가 박힌 패드를 향해 익숙하게 손을 옮겨가고 있는데 별안간 도어락이 해제되는 소리와 함께 문이 열렸다. 덕분에 현관에 찰싹 붙어 도어락 패드에 집중하고 있던 우성에게는 고작 현관문에 부딪히지 않고 뒷걸음질치는 것이 최선이었다.

우성은 악 소리라던가 짜증스러운 욕지거리를 내뱉지 않은 것만으로도 다행으로 여겨야 했다. 만난 지 1년이 됐어도 아직까지 미지에게 자신의 예민함은 보여줄 수가 없었기 때문이었다.

"안에 계시는 것까지 확인했으니 전 이만."

정 비서는 마지막으로 인사를 남기고는 세단을 출발시켜 버렸다. 모든 권한을 다 빼앗아 버릴 테니 정 비서도 저 녀석의 응석 따위 들어주지 말라고 엄중히 경고하던 이 회장 몰래 움직인 것이라 언제 어떻게 불호령이 떨어질지 몰랐기 때문이었다. 집 안에 있는 미지에게 온갖 정신이 팔린 우성은 대충 손을 흔들어 버리며 정 비서가 떠나는 것을 확인하지 않았다.

문이 열리고 열린 문틈으로 피곤한 기색이 역력한 미지의 얼굴이 보였다. 방금 전까지 침대에 누워 있었는지 머리카락은 엉망으로 헝클어져 있었고, 대충 걸쳐 입은 옷가지는 단추를 제대로 채우지도 못한 모습이었다.

어긋난 단추들을 똑바로 채워주고 싶다는 쓸데없는 생각을 하며 우성은 오랜만에 보는 연인의 얼굴을 찬찬히 살폈다. 반가움과 아련함이 한데 뒤섞여 어느 때보다도 뭉클하고 사랑스러운 감정을 느낄 수 있었다. 문제는 그녀의 뽀얗던 얼굴이 홍조로 발갛게 물들어 있었다는 점이었다. 불그스름한 피부와 풀린 두 눈을 살핀 우성이 조금은 퉁명스럽게 물었다.

"어디…… 아파?"

바보 같은 이우성. 오랜만에 만난 연인에게 다정하거나 로맨틱한 말 한마디 해주지도 못할지언정 말을 더듬기나 한다. 스스로의 무딘 센스를 책망하며 잠시 끄응, 신음을 내뱉은 그가 다시 미지를 바라봤다. 오랜만에 보는 그녀의 얼굴에 반가움이 치밀어 오르지만 낯설게 자신을 바라보는 그녀의 두 눈에 가슴 한구석이 묵직해져 왔다.

"어쩐…… 일이야? 연락도 없이."

그녀의 목소리가 심드렁했다. 덕분에 반갑게 자신을 맞이하는 그녀를 상상했던 우성의 얼굴이 무참하게 구겨져 버렸다.

얼마나 오래 상상했는지 모른다. 주위 사람들이 '피한다'는 표현으로 그를 힘들게 했어도 그녀를 향한 믿음을 저버리지 않은 그는 전화를 받지 못한 사연을 설명하며 상냥하게 웃을 그녀를 상상했었다. 그럼 용서해 줄 생각이었다. 이해해 줄 생각이었다. 그래서 연습까지 했었다.

그런데, 뭐?

우성은 수십 번 연습했던 대답마저 잊은 채 비릿하게 입매를 일그러트렸다. 처음에 다짐했던 마음을 비집고 의도한 적 없는 오만함과 퉁명스러움이 튀어나왔다. 그것은 그를 밀어내는 그녀의 태도에 본능적으로 튀어나온 자기방어였다.

"연락도 없이 찾아오면 안 되는 건가? 내 집에 내가 오는데 네 허락이 필요해?"

"집 때문에 그러는 거라면…… 그만해도 돼."

"그건 무슨 말이지?"

"이제 나가려고."

미지의 대답은 단호하고 냉랭했다. 오래전, 사랑한다고 속삭이던 그녀의 목소리와는 정반대로 차가웠다. 그 점이 우성을 당황하게 했다. 우성에게 있어서 마른하늘에 날벼락과도 같은 상황이었기에 야무지게 얻어맞은 뒤통수가 더없는 고통을 선사했다.

"뭐?"

"나간다고, 네 집에서."

우성이 잘 알아듣지 못했을까 봐 걱정이라도 된 모양이다. 미지는 다시 힘주어 대답했다. 그가 알아듣지 못하는 것이 답답하다는 듯 신경질적인 손길로 쏟아지는 머리칼을 뒤로 넘기기도 했다. 작은 한숨도 간간이 들려왔다. 덕분에 우성의 자존심은 갈가리 찢겨졌고 그는 끓어오르는 분노를 참기 힘들어졌다. 그의 분노는 폭언으로 표출되었다.

"또 그 약에 쓸래도 없는 자존심이니, 자존감이니, 신념이니 들먹일 생각이려거든 집어치워."

하지만 이번만큼은 미지의 태도가 달랐다. 상처를 받았다거나 또는 이해를 해준다거나 하는 투의 느낌은 아니었다. 돌팔매질을 해도 꿈쩍하지 않는 잔잔한 호수처럼, 그녀는 담담하게 대꾸했다.

"그런 거 아니야."

"그럼 뭔데?"

"너야말로 돈으로 날 묶어두고 있잖아. 아니야?"

단 한 번도 생각해 본 적 없던 일이었다. 그런 말이 그가 가장 사랑하는 여자의 입을 타고 흘러나오자 우성은 더할 나위 없는 충격에 빠지고 말았다.

"돈으로…… 널…… 묶어둬?"

그는 금방이라도 쓰러질 것처럼 숨을 헐떡거렸다. 뇌로 원활한 산소 공급이 이루어지지 않는 탓일까, 우성은 현기증을 느끼며 한 손으로 벽을 짚었다. 단 한 번도 상상하지 못했던 일을 겪는 우성과는 달리 미지는 침착했다. 그렇게 침착한 것을 보면 꽤 오래전부터 이런 상황을 준비해 왔음이 틀림없었다. 그것을 다시 한 번 눈으로 확인하는 순간, 우성은 갈가리 찢겨진 마음 조각들이 형체를 알 수 없을 정도로 부서져 증발해 버리는 것을 느꼈다.

가슴속에 팔팔 끓는 물이 가득 채워졌다. 뜨거운 수증기가 불끈 솟아올랐다가 단번에 꺼지자 이번에는 등골에 식은땀이 주르륵 맺혔다. 뜨거움과 서늘함이 동시에 번갈아 지나가는 느낌에 오금까지 저릴 지경이었다. 미지를 마음에 담고 나서부터 자신의 안에 이렇게 격한 감정이 꿈틀거릴 수 있는가를 느꼈다면 그녀가 이별을 선언하려는 지금은 감정이 얼마나 더 격해질 수 있는가를 몸소 체험 중이었다. 놀라웠다. 누군가의 말 한마디에 격정적일 수 있는 자신이. 더불어 두려웠다. 그녀의 말 한마디에 지금까지의 자신이 단번에 파괴되어 버릴 수 있겠다는 생각에.

우성은 간신히 그 자리에 서 있었다. 최대한 평정심을 유지하고자 애를 쓰고 있었지만 그가 할 수 있는 것이라고는 불끈 쥔 두 주먹이 이성을 잃고 멋대로 뛰쳐나가지 않게 하는 것이 전부였다. 그걸 아는지 모르는지 미지는 일말의 여지도 주지 않는 태도로 응대하고 있었다.

"곧 나갈 예정이야. 그게 정해지면 네게 전화할 생각이었어."

"나랑 상의도 하지 않고 멋대로 정한다?"

"상의를 해야 해?"

"너에 대한 사소한 일도 모르는데 내가 네 연인이라고 말할 수 있나?"

우성의 심기가 갈수록 날카로워지고 있는 가운데 미지가 나지막이 탄성을 터트렸다. 그녀의 입에서 터져 나온 짧고 허탈한 비웃음에 우성의 두 눈이 살기를 담고 번뜩였다. 미지는 그런 우성의 두 눈을 똑바로 바라보며 비릿하게 대꾸했다.

"연인이라. 그 단어가 네 입에서 나오니까 무척 새롭다."

그렇게 말하는 미지의 말투와 행동은 우성의 것과 사뭇 닮아 있었다. 심장을 꿰뚫을 수 있을 정도로 날카로운 고드름 조각이 빽빽하게 박혀 있는 고슴도치와도 같았다. 미지는 지지 않고 말을 이었다.

"어쨌든 나, 허울뿐인 네 여자친구였지 부인은 아니었잖아?"

오래전 그가 마음에 담았던 순진하고 해맑았던 여자는 온데간데없이 사라지고 없었다. 아니, 어쩌면 있을 수도 있다. 다만 매력이 잔인함으로 돌변해 버린 순간, 그녀가 낯설게 느껴진 탓인지도 모른다.

우성은 간절해진 마음으로 중얼거렸다. 목소리가 울먹거리고 있었다.

"기다리라고 했잖아."

"부인이 된다 해도 그림자가 될 게 뻔한걸."

"멋대로 단정 짓고 판단하는 게 네 특기인 줄은 몰랐어."

우성이 이를 갈며 미지를 바라봤다. 아직도 그의 눈에 미지는 덧없이 아름답기만 했다. 그런데도 그녀는 따가운 가시가 박힌 말들을 그에게 내뱉고 있었다.

"내 인생 내가 알아서 사는데 너와 상의할 이유는 없다고 생각했어. 너도 나랑 상의해서 결혼 결정 내린 건 아니잖아."

"결…… 혼?"

우성이 미간을 찌푸렸다. 그녀가 모를 수는 없다고 생각했던 일이었지만 방금 전까지 그 일을 해결하느라 집안이 발칵 뒤집혔었다. 두 사람의 기념일에 그 사실을 가장 큰 선물로 가져온 우성으로서는 그 사실이 두 사람의 이별의 이유가 될 수 있다는 사실에 충격을 받았다.

"LH그룹 장녀 태우리 양과 전격 결혼! 연일 뉴스에서 떠들어대는데 내가 어떻게 모를 수가 있어?"

"전화를 했어야지. 당연히 내게 물었어야지. 해명을 요구하고 내 설명을 듣고 내 결정을 기다렸어야지. 날 믿었어야지!"

"그 정도로 너완 가깝지 않으니까."

"뭐?"

"널 믿지도 않고 말이야."

"뭐?"

"똑똑한 이우성이 못 알아들을 리가 없는데. 혹시 정말 몰라서 찾아온 거니?"

미지의 태도가 얼음장처럼 차갑기만 했다. 그 태도로 미루어 짐작하건대 미지가 마음을 바꾼 것은 고작 우성의 결혼이 매스컴을 통해 보도됐다는 사실 때문이 아닌 듯했다. 만나왔던 근 1년 동안, 또 그를 알아왔던 그전 시간 동안 그녀는 우성의 위치를 잘 파악하고 있었다. 더불어 우성의 세계에서 매스컴을 어떻게 이용하는지, 뉴스가 눈에 보이는 사실만을 보도하는 것이 아니라는 것쯤은 충분히 인지하고 있었다.

분명 미지의 마음을 변하게 할 만한 무언가가 있었다. 그가 모르는 어떤 일이 일어난 것이다.

우성의 얼굴이 딱딱하게 굳었다. 그 얼굴을 바라보며 미지는 고소하다는 듯 비스듬한 미소를 지어 보였다.

"꽤 오랫동안 네 전화, 고의적으로 피했는데 고의성이 제대로 전달되지 못했나 봐."

"이미지."

"일방적인 기다림이 지겨워. 내 마음도 일방적이라 힘들고. 더 말해줄까? 네가 필요한 순간의 부재, 제대로 연락도 되지 않는 전화, 번번이 눈치를 보게 만드는 네 집안, 다 답답해. 그걸 다 견뎌낼 정도로 사랑해야 하는데 그렇게가 안 돼. 넌……. 넌 늘 퉁명스럽기만 하잖아?"

"그건…… 오해야. 내 말을 좀 들어봐."

"듣고 싶지 않아."

"파혼했어, 나."

우성은 자신이 말하고도 난감하다는 얼굴로 눈을 감았다. 그녀에게 청혼할 때 말하고 싶던 말이었는데 모든 게 다 엉망이 되고 말았다. 청혼만큼은 멋지게 하고 싶어서 가지고 있던 돈을 털어 가장 비싼 반지를 사왔지만 이대로 가다가는 반지를 꺼낼 수조차 없을 것 같았다.

"완고하게 구는 아버지를 처음으로 적으로 돌렸다고, 나. 너 하나 때문에. 탈탈 털려 알거지 꼴이 되긴 했어도, 부모님과 등을 지게 됐어도 원치 않는 결혼을 하고 싶진 않았어. 난, 널 사랑하니까."

"……내가 좋아할 거라고 생각했니?"

"뭐?"

"알거지가 된 이우성에겐 예전만큼의 매력은 없다고 생각하는데."

오늘따라 미지가 낯설다. 이상한 나라로 빨려 들어온 느낌에 우성은 두 눈을 꿈뻑거렸다. 갖가지 충격이 시간도 주지 않고 덮치는 까닭에 이제는 감각마저 무뎌진 느낌이었다. 180도 변한 미지를 앞에 두고 어떤 말로 어떻게 그녀를 되돌려야 할지 고민하는 자신이 한심하다는 생각이 들 정도였다.

"어쨌든, 오늘은 좀 늦었다. 나도 피곤하고."

미지가 먼저 고개를 돌렸다. 주변 정리를 하며 집 안으로 들어가려는 모습에 우성이 닫히려는 문고리를 바로 잡았지만 미지는 그러지 말라는 듯 다시 한 번 힘주어 말했다.

"내일 아침에 다시 이야기해."

제멋대로 구는 미지의 태도에 우성이 폭발했다.

"야, 이미지. 귀엽다고 봐주는 데에도 한계가 있어. 적당히 해. 충분히 했어, 지금. 여자가 너무 순종적인 것도 별로니까 지금은 봐줄게."

"나, 지금 밀당하는 거 아니야."

"그래서, 내가 고작 그 이유 때문에 이렇게 문전박대를 당하는 거라고?"

"고작 그 이유라고 생각하는 태도가 잘못됐어."

"고작 그 이유 때문에 내 마음을 의심하는 그 태도는 어떻고? 시팔! 지금 드러내지 않았다고 내 마음을, 너를 향한 내 마음을 의심한다고? 믿지를 못한다고?"

"그만해. 오늘은…… 너랑 이야기하고 싶지 않아."

"언제는 괜찮고!"

미지는 대답도 없이 현관문을 닫아버렸다. 미처 그녀를 잡지 못한 우성은 타이밍을 놓친 손을 허망하게 허공 위로 들어 올린 채 그 자리에서 발악하듯 고함을 쳤다.

"이대로 도망치겠다는 거 아냐, 이미지!"

미지는 답이 없었다. 닫히자마자 도어락으로 잠겨 버린 문은 다시 열릴 생각도 하지 않고 있었다.

그렇게 도망치면 못 잡을 줄 알고.

우성은 비웃음을 입에 건 채 도어락 슬라이드를 열었다. 그리고 머릿속에 입력되어 있는 비밀번호를 빠르게 눌렀다. 하지만 그의 예상과는 달리 문은 열리지 않았다. 비밀번호가 틀렸다는 기계음이 매몰차게 그를 거부했을 뿐이었다. 몇 번의 시도에도 결과는 변하지 않았고, 그제야 미지가 비밀번호까지 바꿨다는 것을 안 우성은 거칠게 욕설을 지껄였다.

"시파알!"

그는 문을 발로 걷어찼다. 물론 폭력적인 행동으로 그녀의 마음을 열 수 있다고는 생각하지 않았다. 하지만 끓어오르는 분노는 쉽게 가라앉지 않았기에 그는 몇 번이고 닫힌 현관문에 화풀이를 할 수밖에 없었다.

"젠장!"

우성은 욕설을 곱씹고 난 다음에야 현관에서 돌아섰다. 내일까지 기다리기엔 밤이 너무나 길었다. 한바탕 뒤집어놓은 터라 집으로 돌아갈 수도 없었다. 최후의 보루로 남겨둔 '오직 내 편'에게서 버림까지 받은 지금, 그는 세상에서 가장 미저러블한 남자가 된 채 어두운 밤하늘을 양어깨에 짊어지고 있었다.

우성을 내려주기 무섭게 떠난 정 비서가 있을 리 없었다. 아버지를 등진 이상, 아버지의 비서가 그의 손발이 되어줄 수는 없었다. 마지막 배웅까지 마쳤으니 아버지에게로 돌아가는 것이 맞았지만 우성은 그런 정 비서에게 일말의 배신감을 느꼈다. 그것이 비록 정 비서의 잘못이 아닐지언정. 그건 분명 그의 짜증을 폭발하게 만든 이 빌어먹을 상황 탓이었다.

많은 선물들을 문 앞에 두고 돌아서려던 우성의 걸음이 멈췄다. 현관 바로 옆 창가에 환하게 불이 들어온 것이 눈에 들어왔기 때문이었다.

관계가 박살난 지금, 우성이 망설여야 할 이유는 어디에도 없었다. 그는 곧장 창가로 다가가 창틀에 매달렸다. 커튼이 드리워져 있는 탓에 안이 보이지는 않았다. 포기하고 돌아서려는데 매의 눈이 펄럭이는 커튼을 포착했다. 에어컨이나 선풍기가 작동하는 모양이었다.

돌아서려던 우성의 몸이 다시금 창가로 향했다. 그의 치졸함이 극대화된 순간이었지만 그럼에도 우성은 쉽사리 미지를 놓아줄 마음이 없었다. 그뿐인가. 운이 좋아야 아침, 혹은 오후, 운이 나쁘면 언제가 될지 모르는 만남을 기약하며 기다리고 있을 정도로 성질머리가 좋진 않았다. 기다릴 수 있을 정도로 매너가 좋다고 치자. 하지만 폭탄을 던져 놓고 무책임하게 자리를 떠난 그녀에게 베풀 인내심은 바닥이 난 지 오래였다.

창가에 붙어 살랑거리는 커튼 너머를 지켜보는 우성의 눈이 가느다래졌다. 그리고 그 타이밍에 맞춰 커튼이 다시금 살랑거렸다. 덕분에 꼼꼼하지 않은 손길로 쳐놓은 커튼은 틈을 보였고, 틈 사이로 방 내부가 드러났다.

그 틈을 지켜보던 우성의 두 눈이 순식간에 커다래졌다.

믿기지 않는 광경이었다. 환하게 밝힌 방 안, 커튼 틈 사이로 보이는 광경은 우성을 경악하게 만들고도 남을 일이었다.

나체의 두 남녀가 그녀의 침대 위에 뒤엉켜 있었다. 그렇게 엉켜 있었던 것이 지금 처음이 아닌 것처럼 보였다. 옷가지는 바닥에 엉망으로 짓이겨져 있었고, 뚜껑을 열어놓은 쓰레기통 안에는 남자가 사용한 것으로 보이는 것들이 제법 그득하게 쌓여 있었다. 클리넥스 두 통이 바닥에 나뒹굴고 있었는데 한 통은 빈 갑이었다.

심장이 단번에 바닥으로 곤두박질쳤다.

그의 그녀였다.

이우성의 그녀, 이미지였다!

단 한 번도 상상해 본 적 없던, 상상하고 싶지 않던 광경에 우성은 뒤통수를 맞은 것보다 더 큰 배신감에 사로잡혔다. 쇠망치가 어마어마한 힘으로 머리통을 박살 낸 느낌이었다. 온몸을 휘감고 돌던 뜨거운 피가 싸늘하게 식어버린 순간, 우성은 양팔로 몸을 껴안고 덜덜 떨어야 했다. 이 부딪히는 소리가 커다랗게 들렸다.

"이미지……."

아파 보이던 표정의 이유를 알고 말았다. 붉게 달아올랐던 피부도, 피곤해 보이던 두 눈도, 늦게 나왔던 이유도, 그와 연락이 되지 않았던 일까지 모두 설명할 수 있는 장면이었다.

우성이 마련해 준 집이었다. 우성과 함께 골랐던 침대였다. 그녀에게 팔베개를 해주며 잠이 들었던 침대 시트였다. 사랑으로 충만했고, 믿음으로 가득 찼던, 그리고 최후의 도피처로 생각했던 공간이었다. 그 공간에 낯선 남자가 알몸으로 나뒹굴고 있었다. 그 남자는 우성의 여자에게 자신의 분신을 끊임없이 밀어 넣고 있었다.

우성의 모든 기능이 멈췄다. 생각도, 감각도, 심지어는 생체기
능까지 멈춰 버린 느낌이었다. 시간도 멈췄고, 기억도 굳었다. 사
랑을 속삭이던 오래전의 추억들은 단숨에 동결되었고, 우성에게
처음으로 찾아온 봄날은 기나긴 빙하기를 맞이했다.

비가 내렸다. 어깨가 젖어들기 시작했지만 우성은 그조차 느끼
지 못한 채 꼼짝하지 않고 창가에 붙어 있었다. 그의 마음속에서는
폭설이 내리고 있었다. 모든 것을 얼려 버리기라도 할 듯이 거세게.

단숨에 기운이 빠져나가 버렸기에 우성은 양손을 축 늘어트린
채 방 안을 멍하니 응시했다. 그러다 문득, 그의 눈에 남자의 얼굴
이 보였다. 침대에 누운 채 미지의 입안을 만끽하고 있던 그가 참
을 수 없는 쾌감에 고개를 젖힌 순간이었다.

"시팔, 강성현!"

눈에 익은 얼굴을 인지한 순간, 잠복기를 거치고 있던 우성은
깨어났고 보다 무서운 기세로 폭발했다.

쨍그랑―!

창문이 산산이 부서졌다. 부서진 우성의 마음처럼, 창문은 흉하
게 깨진 채 본래의 모습을 잃었다. 바람에 커튼이 휘날렸고, 비가
들이쳤다. 우성이 휘둘러 내리꽂은 화분 때문이었다.

"꺄아악!"

"헉!"

두 남녀의 음탕한 행위는 멎었지만 우성의 뺨을 타고 흐르는 눈

물은 멎지 않았다.

"너……."

"우성…… 아!"

공포에 질린 두 남녀의 신음이 들려왔지만 우성은 꼼짝도 하지 않았다. 작은 사다리 꼭대기에 올라탄 채 부서진 화분을 양손에 든 그는 악귀보다도 무서운 얼굴을 하고 휑하게 뚫린 창문 너머를 바라보고 있었다.

쿠르르릉, 쾅쾅—!

그의 등 뒤로 천둥 번개가 쳤다. 예전부터 상태가 좋지 않았던 전기가 단숨에 나갔고, 방 안에는 캄캄한 어둠이 내려앉았다.

쿠르릉, 쾅—!

다시 한 번 칼날보다 눈부신 은빛 번개가 그의 얼굴을 훑고 지나갔다. 어둠 속에서 의지할 것이라고는 번개가 전부였던 두 남녀는 우성의 얼굴을 보고 그대로 굳어버렸다. 피와 상처로 범벅이 된 우성의 양손은 보이지 않아도 이마에 박힌 파편 덕에 흘러내리는 선명한 선혈은 보였기 때문이었다.

오싹했다. 눈빛으로도 사람을 죽일 수 있다는 것을 보여주는 우성 때문에 당장이라도 도망을 치고 싶었다. 하지만 그럴 수 없었다. 깨진 창문 너머, 우성의 몸이 천천히 기울고 있었기 때문이었다.

우성은 바닥에 쓰러져 정신을 잃기 전까지 두 사람을 매섭게 노려보고 있었다.

01

"어머, 태우리 양. 잘 지냈나요?"

누군가의 목소리에서야 비로소 우리는 자신이 속한 세상을 깨달았다. 그리고 가장 친하다고 할 수 있는 친구 두 명에게 자신이 오늘 가족 모임이 있다고 이야기한 것도 기억해 냈다.

여기서 가족 모임이라고 함은 친한 가족과의 단출한 저녁식사 정도로 생각할 수 있다. 하지만 대부분의 사람이 생각하는 것과 지금 우리의 상황과는 꽤 커다란 갭이 존재했다. 그것은 그녀가 LH그룹의 장녀라는 사실 때문이었다.

머리를 틀어 올리고, 평소라면 상상도 하지 못할 이브닝드레스를 입고, 발목이 꺾일 듯 높은 힐을 신고 서 있는 것으로도 충분하건만 입가에 쥐가 날 정도의 미소를 요구하는 태 회장 덕분에 우리의 스트레스는 터지기 일보 직전이었다. 그나마 그녀가 터지지 않고 서 있을 수 있는 것은 약혼자, 정민이 곁에 있었기 때문이었다.

"어머, 안녕하세요. 소식은 들었어요. 결국 태 회장님께서 허락하셨다면서요?"

누군가 알은척을 해왔다. 정민이 잠시 자리를 비웠을 적에 일어난 일이었다. 그녀를 부드럽게 만들어주는 소프너(Softner), 혹은 부적이라고 부를 수 있는 정민이 없는 틈을 타 접근한 것 같았다. 하지만 그건 오히려 그녀의 실수였다. 부적이 없는 우리는 평소보다 훨씬 날카로웠기 때문이었다.

"누구?"

"그, 그룹 제이의 강하나입니다."

"아아, 대학원 과정을 마치고 미국에서 귀국하셨다는."

"맞아요. 이번 달부터 경영에 뛰어들었어요."

"전공이 성악이라고 들은 것 같은데. 그룹 제이가 음악으로 사업에 뛰어들었다는 것은 또 새로운 정보네요."

섣불리 접근한 용기는 가상하다. 하지만 제대로 된 인사를 가장해 시비를 걸려는 태도에 일일이 웃으며 답해줄 만큼 우리는 성격이 좋지도, 여유가 있지도 않았다.

"경영이라고 했죠? 여러 가지로 연습해 보다가 힘든 점이나 조언을 구하고 싶은 점이 있다면 연락해요. 그룹 제이와 사업적인

이야기를 나눌 수 있을 것 같지는 않으니 사석에서라도 봐야죠."

"그, 그런가요? 어쩌면 두 분 결혼식에서 뵐 수 있을지도 모르겠네요."

"어머, 결혼식에 오시려고요?"

초대할 생각이 없다는 말이다. 그 말을 알아들은 여자의 얼굴이 순식간에 새빨갛게 달아올랐다. 파티를 즐기고 있는 것처럼 보이는 주변 사람들의 이목이 온통 두 사람의 대화에 집중되어 있음을 알고 있었기에 민망함은 더욱 가중되었다.

관심이 집중된 상태에서 처절하게 거부당한 여자는 우리를 뚫어버리려는 듯 노려보다가 휙 몸을 돌렸다. 도도하게 치솟은 턱이 그녀의 마지막 자존심을 나타내는 것처럼 보였다. 그럼에도 우리는 건조한 눈빛으로 그녀를 바라보다가 고고히 주변 사람들과 인사를 나누었다. 물론 썩 좋은 표정은 아니었다.

그런 그녀의 주변에서 아주 작은 속삭임이 시작되었다.

"그 남자가 불쌍하지. 중소기업 자제라며?"

"중소기업 이름이 뭔데?"

"글쎄. 뭐라더라. 문, 어쩌고라고 하던데. 어차피 들어도 몰라."

"그런 후진 배경의 남자를 LH그룹 장녀의 짝으로 태 회장이 인정했대? 말도 안 돼."

"배경이라도 없으면 누가 저 여자를 데려가겠어?"

"하긴. 못돼 처먹었다며. 그래서 그 둘을 일컬어 '테리우스와 이라이자' 라고 부르잖아."

"이라이자? 딱이다! 저 여자에겐 과분한 별명이지. 저 테리우스도 빼앗은 거라며? 사귀는 사람 있었는데도 대시했다잖아."

"소문에는 편안하게 살 수 있게 해준다면서 꼬셨다던대. 진짜 자존심도 없나 봐. 얼결에 헤어지게 된 그 여자는 무슨 죄니?"

"그것뿐이니? 성질은 얼마나 고약한지 사람들 얼굴에 대고 온갖 악담을 다 퍼붓는대. 저번에는 스타 미디어의 장지혜한테 능력이 없으면 일 망치지 말고 시집이나 가라고 했다더라."

"이라이자가 막말하는 건 좀 그렇긴 한데, 솔직히 좀 꼬셔. 그말, 사실이잖아? 솔직히 장지혜, 능력도 없으면서 여기저기 쑤시고 다녀서 일 커진 게 한두 번이 아니잖아. 그 정도면 민폐라고. 다들 그렇게 생각하지만 누구 하나 지적을 못해서 그렇지."

"뭐. 그래도 난 이라이자도 별로야. 싹수없다고."

조그맣게 시작된 속삭임은 어느새 본인에게 들릴 정도로 커다래졌다. 그 사실을 모르는 것은 오직 입방아 찧어대기를 좋아하는 참새들이었고, 참새들은 새로운 세계에 초대받은 몇몇 하위 기업들 자제였다. 부와 명예에 알맞은 매너나 고상함 대신 급속도로 성장한 기업의 부에 치중한 값싼 들먹거림만 할 줄 아는 이들이었다.

우리는 그 어떤 표정의 변화 없이 그들의 속삭임을 들었다. 들으며 안색 하나 변하지 않고 상대의 물음에 대꾸했고, 넘치지 않지만 부족하지도 않은 매너로 사람 틈바구니 사이에서 빠져나왔다.

"죄송합니다. 실례할게요."

북적거리는 메인 홀에서 빠져나온 우리가 가장 먼저 찾은 사람은 파티 주최자이자 꽤 친한 유대 관계를 유지하고 있는 BK그룹의 후계자, 현강후였다. 집안 간의 관계나 사업적인 인연보다도 인간적으로, 사적으로 친한 유대 관계를 이어온 사람 중 한 명이었다.

"어제부터 몸이 좋지 않았어. 쉴 수 있는 곳이 필요한데."

누구에게도 알리지 않은 사실을 조용히 털어놓자 강후는 들고 있던 샴페인 잔을 가까운 탁자 위에 내려놓고는 조용히 그녀를 데리고 밖으로 나갔다. 정원에 사람들이 없는 것을 확인하고 나서야 그는 목소리를 높였다.

"쉴 수 있는 곳이라. 2층 게스트 룸으로 갈래요?"

"조금 누워 있어도 실례가 되지 않을지."

"걱정하지 마요. 그리고……."

강후가 능숙하게 한쪽 눈을 찡긋거리며 우리에게 사인을 보내왔다. 무언가를 깨달은 듯한 얼굴로 그녀의 어깨를 토닥거린 그가 주머니에서 열쇠 하나를 꺼내 그녀에게 쥐어주었다.

"난 당신의 용기 있는 사랑에 박수를 보내는 사람 중 하나예요."

우리는 그가 무슨 생각으로 그런 말을 하는지, 그 의도를 파악하지 못한 채 그가 내민 게스트 룸 열쇠를 들고 2층으로 향했다. 평소 그녀라면 날카롭게 그의 의도를 알아냈을 테지만 그러기엔 그녀는 무척 지쳐 있었고, 몸도 좋지 않았다.

강후의 게스트 룸에서 신세를 지는 것은 이번이 세 번째였다. 지독한 사춘기를 앓았을 적, 어쭙잖은 반항을 한다고 가출했을 때에 한 번. 대학 신입생 시절 강후네 집에서 열렸던 파티에서 독한 술을 잔뜩 마시고 쓰러졌을 때에 한 번. 그리고 지금이 마지막 세 번째에 속했다.

호텔 스위트룸을 방불케 하는 사이즈의 게스트 룸을 떠올린 우리는 손에 쥔 열쇠를 멍하니 바라보다 한숨을 폭 내쉬었다. 눕기 전에 먼저 정민부터 만나고 싶었지만 지금 상태로는 무리라는 것을 잘 알고 있었기에 우리는 망설이지 않고 열쇠로 방문을 열었다.

문을 열자마자 자동 센서가 우리의 움직임에 반응해 환하게 불을 밝혔다. 그때와 인테리어가 조금 변했다는 것을 알아챈 우리는 작게 웃으며 익숙하게 안으로 들어갔다. 욕실을 지나쳐 곧장 침대로 향한 그녀는 조심스러운 동작으로 침대 귀퉁이에 앉았다.

"하아."

혼자만의 공간에 들어서자마자 작은 한숨이 터져 나왔다. 남들에게 보이지 않게 단단하게 쳐놨던 성벽이 슬그머니 무너지려고 하고 있었다. 그녀는 엄지와 검지로 눈가를 문지르며 침대맡 센서를 익숙하게 매만졌다. 방 안을 전부 밝히던 눈부신 할로겐 등이 단숨에 꺼졌고 남은 것이라고는 침대맡 전등뿐이었다.

"조금만, 아주 조금만 누웠다가 다시 나가야지."

그녀가 조심스럽게 침대 귀퉁이에 몸을 뉘었다. 평소에도 깊게 잠을 자지 못하는 그녀는 자신이 오래 이 방에 머물 거라고 생각하지 않고 있었다. 콩 벌레처럼 몸을 둥글게 말고 꽤 불편하게 침대 위에 붙은 우리는 깊은 한숨과 함께 두 눈을 감았다. 그녀가 원하는 것은 불편하기만 한 현실을 잊게 해줄 짧은 휴식이었다.

그때였다. 숙면에 들어서려는 입구에서 다시 우회해 현실로 돌아온 것은.

하아, 하아악, 흐읏—!

신음 소리였다. 나직하게 어둠을 가르는 그 소리는 우리를 퍽 불편하게 만들고 있었다. 감았던 두 눈을 곧장 뜬 우리는 자리에서 몸을 일으켰다. 잠시 누웠다 일어난 까닭인지 아까까지는 멀쩡하던 머리가 아파오고 있었다. 관자놀이를 강하게 조이는 탓에 혈류의 흐름까지 고스란히 느끼며, 우리는 예민해진 상태로 주변을 둘러보았다.

강후가 짓궂은 장난을 칠 이유는 없었다. 그럴 사람도 아니었다. 그렇다면?

분명 파티에서 순식간에 눈이 맞은 남녀, 혹은 관계를 숨겨야 할 남녀가 도둑고양이처럼 몰래 게스트 룸으로 숨어 들어온 것이 된다.

'어떻게 숨어 들어온 거야?'

거기까지 생각이 미친 우리는 짜증스럽다는 얼굴을 하고 신음 소리가 흘러나오는 곳을 향해 걸음을 옮겼다.

소음의 근원지는 현관 바로 옆, 욕실이었다. 애초에 자신 이외의 다른 사람의 일에는 무관심한 터라 두 남녀의 프라이버시를 위해 곧장 욕실을 지나치려던 순간이었다.

"누가 들어오기라도 하면…… 어떡해?"

금방이라도 넘어갈 것 같은 여자의 고성에 우리의 걸음이 멈췄다. 방금 전, 시비를 걸었던 그룹 제이의 자제 강하나의 목소리였기 때문이었다.

'이 여자가 왜 내가 쉬는 방에 있는 거야?'

하아, 하아, 으음.

묻는 와중에도 여자는 연신 끊어질 것 같은 교성을 내지르며 자신이 느끼는 희열을 유감없이 표현하고 있었다. 그럴 때마다 첨벙첨벙, 물이 출렁거리는 소리가 크게 울렸다. 그 덕에 그녀가 어디서 무슨 짓을 하고 있는지 충분히 상상이 됐다.

'간도 크군. 초대받지 못한 방에서 당당히 목욕까지 즐기는 것을 보면. 그룹 제이의 강하나라고 했지? 담대한 건 높게 쳐줘야 할 것 같군.'

우리는 고개를 저으며 다시 한 걸음을 내디뎠다. 욕실 안에 그 누구도 그녀의 존재를 알아차리지 못했으면 하고 바라는 중이었다. 그들이 나오고, 소란이 생기고, 그로 인해 그녀가 취할 수 있는 휴식시간이 줄어드는 것을 원하지 않았다. 하지만 그 바람은 우리에게 꽤 과분한 것이었나 보다.

"누가 들어와? 쉿, 당신만 조용히 하면 아무도 모른다고."

익숙한 남자의 목소리가 그녀의 귓전을 파고들었다. 순간, 내디뎠던 한쪽 발이 그대로 굳어버렸고, 그녀의 미간은 잔뜩 좁혀졌다.

하나의 속삭임이 들려왔다.

"하지만……."

"아직까지도 그런 걱정을 할 여유가 있나 보지?"

"하악! 정민 씨!"

그래, 그녀가 부르짖은 이름. 김정민. 아래층 사람들의 뇌리에는 '태우리의 약혼자'로 각인된 이름이었다.

욕실 안의 남녀의 정체를 확인한 순간, 모든 퍼즐이 빠르게 맞춰졌다. 뜬금없이 등장해 괜한 시비를 걸었던 하나도, 다 알고 있다는 듯 눈을 찡긋해 보이며 이 방의 열쇠를 건네주었던 강후도.

"강후 씨, 게스트 룸을 잠시 빌려 쓸 수 있을까요?"

"게스트 룸이요? 왜요, 좀 더 즐기지 않으시고."

"아직 제대로 된 청혼을 하지 못했어요, 그녀에게. 그녀에게 비해 보잘것없다는 걸 알지만 청혼만큼은 제대로 해야겠다고 생각해서."

보지도 못했고, 듣지도 못했지만 정민이 어떻게 강후의 게스트 룸 열쇠를 얻어냈을지가 머릿속에 그려졌다. 그리고 거기까지 생각이 미친 순간, 정민은 본인 입으로 친절하게 우리의 주장에 근거를 덧붙여 주었다.

"아직 중소기업에 지나지 않지만 가능성이 많은 기업이야, 우리 집은. 태우리의 조건이면 충분히 성장할 수 있지. 이해하지, 당신은?"

"어쩌겠어. 이런 집안에 태어난 우리를 탓해야지. 이러고 보면 우리 꼭 로미오와 줄리엣 같지 않아, 자기?"

"결혼은 그저 집안과 집안끼리의 결합에 지나지 않아. 잘 알고 있지?"

"알고 있어. 하지만 아이는 꿈도 꾸지 마. 그 여자와 아이까지 가지게 된다면 나와의 관계는 영원히 끝이니까."

"걱정하지 마. 내가 가져야 할 모든 것을 갖게 되면 어떤 이유를 붙여서라도 꼭 이혼을 할 테니까."

"위자료 한 푼이라도 더 받으려면 나와의 관계는 절대로 들키지 마."

"내가 들킬 인간으로 보여?"

"당연히 아니지. 당신이 그 여자와 만나는 6개월 동안 들킨 적 없잖아? 바보 같은 여자."

"그렇다고 오늘처럼 그렇게 무모하게 굴 거야?"

"그래도. 짜증난다고. 난 당신이랑 5년이 넘었는데 고작 6개월 된 여자가 그따위로 구니까. 대체 태 회장은 왜 당신을 인정한 거야?"

"질투했구나? 귀엽기는."

구역질이 났다. 하지만 그건 그저 일순간의 감정일 뿐. 어릴 적부터 기업의 장녀로, 기업을 위해 길러진 우리는 본능적으로 핸드폰을 들어 그들의 대화를 녹음했다. 사람을 쉽게 의심해서도 안 되지만 쉽게 믿어서도 안 된다는 것을 잘 알기에. 나중에 그가 사탕발림으로 변명을 한다면 지금의 녹취가 분명 도움이 될 것이었다.

사진도 필요했다. 그랬기에 망설임 없이 욕실 문을 열었다. 그리고는 욕정에 빠져 누가 들어오는지 금방 알아채지 못한 두 사람의 장면을 몇 장이고 핸드폰에 담았다.

찰칵, 찰칵, 찰칵―!

핸드폰 사진기 소리에야 비로소 한데 얽혀 있던 두 남녀가 우리를 향해 고개를 돌렸다. 그리고는 경악한 태도로 고함을 질러댔다.

"우, 우리야!"

완벽히 자신을 컨트롤할 수 있다고 자부하는 우리는 무감각한 눈빛으로 자신의 약혼자와 그의 파트너를 바라봤다. 동요의 감정 따위는 내비치지 않는 그녀의 모습에 두 남녀가 한 번 더 경악했지만 우리는 별다른 내색도 하지 않고 마지막 사진 한 장을 마저 찍었다.

찰칵―

그러고 나서야 그 무거운 입술을 뗐다.

"앞으로 내 얼굴을 볼 일은 없을 거야. 그 정도로 낯짝이 두껍다고는 생각하지 않아. 무슨 일이 있다면 변호사와 이야기하도록 해."

우리는 느릿하게 핸드폰을 파우치 속에 집어넣으며 한 가지 새로운 사실을 깨달았다. 그것은 태 회장과의 내기에서 자신이 졌다는 사실이었다. 더불어 여우보다 머리가 잘 돌아가고, 능구렁이보다 더 유들거리는 태 회장이 지금쯤 자신이 좋아하는 82년산 샤또 마고 한 잔을 음미하며 승리의 미소를 짓고 있을 거라는 확신도 있었다.

"우, 우리야. 이건……."

"두 귀로 들었고, 두 눈으로 봤는데 다른 변명이 더 필요한가? 내 배경을 놓치고 싶지 않았다면 경거망동하지 말았어야지. 두 마리 토끼를 다 잡을 생각을 했다니, 욕심이 너무 많았네."

우리는 일말의 동정의 여지도 없다는 듯 두 남녀를 한심하다는 눈빛으로 바라보고는 몸을 돌렸다. 그리고는 그 어느 때보다도 당당하고 절제된 걸음걸이로 끔찍한 게스트 룸을 빠져나갔다. 다시는 이곳에 머물 것 같지 않다는, 확신과도 같은 예언을 하며.

콰앙—

문이 닫히는 소리와 함께 정적이 들어찼다. 미술품이 전시된 저택 복도에는 우리의 구둣굽 소리만이 전부였다. 아래층에서 오케스트라가 연주하는 아름다운 선율의 '보칼리제'가 간간이 들려오고 있었다. 라흐마니노프의 음악으로 '사랑의 슬픔'이라는 부제가 붙어 있다는 것을 기억해 낸 것은 조금 후였다.

비록 자신이 장기의 말이라는 것을 정확히 알고 있다고는 해도 그녀 역시 사람이었다. 자신의 의지로 원했던 단 한 가지, 정민의 배신은 그녀를 완벽히 무릎 꿇게 하진 못했어도 꽤 큰 타격을 주었다. 그리고 아팠다. 물론 그녀를 아는 사람들은 모를 일이고, 알아서도 안 될 일이었고 말이다.

이유는 간단했다.

이라이자. 평면적으로는 캔디를 괴롭히고 이간질을 일삼던 못된 여자아이. 시간이 흐르자 못돼 처먹은 부잣집 딸내미를 이르는 말로 고착되어 버린 고유명사. 그것이 주변 사람들에게 인식된 자신이라는 것을 알고 있는 우리였다. 그래서였다. 이라이자에게 울음과 슬픔은 통용될 수 없는 감정이었다. 괴로워도 슬퍼도 웃어야 하는 것은 예쁘고 작은 소녀, 캔디. 괴롭히고 슬프게 만들어야 하는 것은 악역을 떠맡은 못된 소녀, 이라이자.

변화는 없어야 했다. 사람들이 좋아하는 이야기는 권선징악이고, 두 사람 중 누구 한 명은 악역을 떠맡아야 한다. 그래야 동화는 계속될 수가 있었다.

파혼으로 끝이 났다고 세상에 종말이 찾아오는 것은 아니었다. 우리의 세상은 어제와 변함이 없었다. 오래전 끝났다고 생각했던 '태우리 경매'가 다시 시작한 것을 제외하면 말이었다.

빼어난 외모도 아니었고, 다정다감한 성격도 아니었지만 태우리는 경매 시장에서 꽤 인기가 있는 상품이었다. 평범한 외모에 송곳이 돋친 성격을 생각한다면 있을 수 없는 일이었지만 그런 그녀에게는 집안과 능력이라는 메리트가 있었다. 덕분에 경매에 참여한 인원은 만원이었고 그녀는 내내 태 회장에게 시달려야 했다.

몇 번의 설전 끝에 결정된 사실은 두 가지였다. 하나, 두 명으로 간추린 후보자들과 두 번 만나볼 것. 둘, 약혼 후 올해가 가기 전에 결혼할 것. 물론 이 사실들은 태 회장이 우리가 정민을 만나겠다고 선포했을 때 이루어진 것들이었다. 정민을 인정하는 대신 그가 '순수한 사랑'이 아닌 다른 꿍꿍이가 있다는 것으로 판단되는 즉시 가동시킬, 일종의 플랜 B였다. 태 회장의 예상은 맞았고, 우리는 무모하게 사람을 믿는 것이 얼마나 무서운 일인지 다시 한번 실감해야만 했다.

태 회장은 일말의 동정도 없이 우리가 정민의 정사를 알게 된바로 그날 공증을 거쳐 만든 계약서를 내밀었다. 덕분에 우리는 올해가 가기 전에 결혼을 하게 됐다. 그것도 아버지가 원하는 집안의 자제와 말이다. 꼼짝없이 자신이 친 덫에 자신이 걸리고 만격이었다. 자신의 실수보다도 화가 나는 것은 태 회장의 꼼수에 대책 없이 걸려들었다는 점이었다.

"이래서야 꼼짝없이 결혼마저 태 회장의 뜻대로 하는 꼴이 됐네."

그녀는 두 번째 남자를 만나기로 한 백화점 커피숍에 자리를 잡고 앉아 허망하게 중얼거렸다.

"살면서 단 한 번이라도 내가 원하는 일을 할 수 있을까?"

이미 정답을 알고 있었지만 꿈이라는 것이 원래 손에 잡히지 않는 허망한 것이었으니 한 번쯤은 마음대로 꿔보고 싶었다. 물론 이것은 대낮에 커피숍에서 꿈을 꿀 정도로 시간 약속을 지키지 않는 상대방 남자를 기다린다는 현실을 도피하고자 하는 우리의 방법이었지만 말이다.

평소라면 이렇게 하릴없이 시간 낭비를 하고 있을 우리가 아니었지만 약속을 목숨처럼 중요하게 여기는 그녀였기에 태 회장과의 약속을 어길 수가 없었다. 약속이라는 동아줄에 묶여 꼼짝없이 맞선을 기다리고 있게 된 우리는 바닥을 드러낸 커피잔을 무심하게 바라보며 낮은 한숨을 내쉬었다.

"애써 만나보지 않아도 이 남자는 아닌 것 같은데 말이지."

약속 자체에 무신경한 남자라는 것은 충분히 증명하고도 남았다. 약속 시간도 제대로 못 지키는 남자가 다른 일들을 제대로 일궈낼 거라고는 생각하지 않았기 때문이다. 약속 시간에서 30분이 훨씬 넘은 지금, 우리는 자신의 결정이 첫 번째 맞선남에게로 기우는 것을 느낄 수 있었다. 문제는 태 회장의 적극적인 권유와 무언의 압박이 지금 기다리는 이 남자에게 향해 있다는 것이었다.

'사랑까지는 못하더라도 성향만큼은 맞았으면 좋겠는데.'

평생을 바라보고 살아야 할 남자를 결정하는 일이다. 거기에 사랑이 없다면 존경 내지 의리, 존중 정도는 존재했으면 하고 바라는 우리였다.

'내 욕심일까?'

우리는 고개를 가로저으며 창밖을 물끄러미 내다봤다. 2시를 넘은 시간이라 그런지 거리를 오가는 사람들의 얼굴에는 여유가 묻어 있었다. 웃으며 대화를 하는 사람들도 간혹 있었기에 그를 바라보는 우리의 얼굴에 묘한 질투심이 떠올랐다.

'저 사람들은 뭐가 그렇게 좋은 걸까?'

몸이 바쁘지 않으니 본가와 회사를 오갈 때엔 단 한 번도 해보지 못한 생각까지 하게 되는 듯했다. 하지만 그 여유는 오래가지 않았다. 바람을 일으키며 무작정 맞은편에 앉은 남자 때문이었다. 바람에 섞인 시원한 코롱 냄새를 맡은 우리가 고개를 돌려 무례한 남자의 얼굴을 확인했다.

멀끔한 차림에 호남형 외모였지만 메마른 눈빛과 날카로운 분위기에 위화감이 들었다. 알고 있던 이름 세 글자와 낯이 익어야 할 얼굴이었지만 그는 그녀의 기억에서 꽤 멀어져 있는 듯했다. 어릴 때에는 진학을 할 때마다 보던 얼굴이었지만 나중에는 번번이 모임에 불참하는 덕에 간간이 어른들의 언급으로 낯을 익혀야 했기 때문이었다.

덕분에 그에 대한 기억은 어린 시절에 머물러 있었고, 덕분에 머릿속에서 멋대로 자아냈던 이미지와 현실 간의 갭은 크다고 할 수 있었다.

'예전 두 노인네가 합심해 멋대로 결혼 기사를 냈을 때 기사 사진으로 보긴 했으니 그렇게 낯설어하지 않아도 되는 건가?'

이우성. IHN그룹의 실질적 후계자이자 현재 열혈 질풍노도 중인, 태우리의 약혼자 후보였다. 어쩌면 암묵적 약혼자인지도 모르겠지만 말이다.

"파혼당한 뒤 끌려 나온 여자치고는 꽤 담담한 얼굴이군."

인사도 없었다. 사과는 더더욱 없었다. 다짜고짜 자리에 앉아 불량한 태도로 지껄이는 우성의 태도에 우리의 미간에 주름이 잡혔다.

"뭐라고 했죠?"

"파혼당한 남녀를 맺어주려 하다니, 참 고약한 양반들이야. 그렇지 않아?"

우성은 담배 케이스에서 전자 담배를 꺼내 입에 물고는 깊게 빨아댔다. 그가 한 모금 빨 때마다 끝에서 파란 불이 깜빡대고 있었다. 우리는 그 파란 불이 자신에게 보내는 일종의 경고성 알람처럼 느껴진다는 생각을 했다.

"주인공들에게 버림받은 조연들의 조합 같아서 꽤 기분 나쁘다고, 이거."

우리를 배려해 고개를 돌리려는 생각도 없는지 그는 담배 연기를 고스란히 그녀에게 뿜어내며 중얼거렸다. 우리는 담배 연기에도 눈 하나 깜짝하지 않은 채 불쑥 등장해 그녀의 질서를 흩트려 놓는 우성을 물끄러미 바라보았다. 어디서부터 어떻게 순서를 바로잡아야 하는지 생각하는 중이기도 했고, 일부러 말을 섞어 괜히 이 남자와 엮이고 싶지도 않았다.

침묵만 지키는 우리가 이상했던 것일까. 그런 그녀를 뚫어져라 바라보고 있던 우성이 바람 빠지는 소리를 내며 웃었다. 그리고는 피우고 있던 전자 담배를 그대로 케이스 안에 넣은 뒤 그녀를 향해 상체를 굽혔다.

"왜 이런 남자가 결혼 상대로 나왔을까 싶지? 이유는 간단해. 배경이 좋거든. 당신 아버지가 탐낼 정도로."

"아직 통성명도 하지 않았어요."

"다 알고 있잖아?"

틀린 말은 아니었다. 비서가 건네준 USB 안에는 후보 두 명의 신체 사이즈부터 과거의 여자친구까지, 꽤 세밀한 정보들이 들어 있었다. 그중에서도 이우성, 이 남자의 과거는 퍽 흥미롭기까지 했다.

어쨌든 이 남자에게도 우리에 관한 정보가 입력되어 있을 게 분명했다. 그건 자세한 이야기를 나누는 것을 시간 낭비로 생각하는 그의 태도에서 알 수 있었다.

"첫 번째 남자는 당신에게 뭐라고 말했지?"

그의 물음에 우리는 대답도 하지 않고 첫 번째 맞선남이었던 안 손희를 떠올렸다. 우성과는 상반되는 분위기와 품격을 지녔던 그를 떠올리는 순간, 우성이 날카롭게 끼어들었다.

"분명 그랬겠지. 이런 식으로 진행되는 만남은 불쾌하다. 올해 가 가기 전에 결혼할 생각은 없다. 부모님의 성화를 못 이기고 나 온 거다. 할 수만 있다면 당신이 거절해 달라. 진부하고 고전적이지 않아?"

안손희가 자신과의 혼사에 거절의 뜻을 내비친 것을 기억해 낸 우리는 별다른 부정 없이 새침하게 대꾸했다.

"원래 결말을 알고 보는 소설은 진부하기 마련이죠."

"그렇게 편을 들어주다니 그 남자가 마음에 들었던 모양이네."

"그 사람이 마음에 든 게 아니라 그쪽이 형편없다는 이야기가 될 수 있다는 건 머릿속에 존재하지 않는 시나리오인가 봐요?"

침묵을 지키고 있다가는 곧장 야생동물의 송곳니가 가느다란 목덜미에 박히고 말겠다는 생각에 우리는 본능적으로 자기 보호에 나섰다. 하지만 그것이 보호가 아니라 자극이었다는 것을 깨닫기까지는 오랜 시간이 걸리지 않았다.

"당신, 재미있네."

우성이 느릿하게 웃으며 등받이에 등을 기댔다. 팔짱을 낀 채 그녀를 훑어보는 눈빛이 야성적이면서도 냉정했기에 겁이 별로 없다고 자부하는 우리마저도 등골을 스치고 지나가는 소름을 느꼈다.

"불쾌한가요?"

"불쾌하기는. 내가 워낙 개망나니로 정평이 나 있어서 말이지. 누가 나를 좋게 본다는 것 자체가 이상하다고 생각하는데?"

더 이상 잃을 것이 없는 남자는 무서울 것이 없어서인지 당당했다. 하지만 처음에는 시답지 않게 보였던 그 점이 지금 우리에게는 약간의 장점처럼 부각이 되고 있었다. 사람이란 원래 타인에게 냉정하면서 자신에게는 관대한 법이라 우성 역시 그럴 줄 알았지만 그는 남에게도, 또 자신에게도 객관석이라는 점을 어필하고 있었기 때문이었다.

우리의 눈빛이 살짝 변했다는 것을 놓칠 우성이 아니었다. 그는 자칫 구질구질할 수 있는 서술을 버리고 곧장 본론으로 들어왔다. 단도직입적이기가 고속도로 같은 남자였다.

"난 원래 고전은 좋아하는 편이 아니야. 서론이 더럽게 길고, 본론은 우회적이거든. 우리, 신식으로 하자고."

우성은 뜸조차 들이지 않고 말했다.

"난 당신이 마음에 들어."

"내 의견은 필요없나요?"

"의견이 수렴되는 일이었으면 우리 둘 다 이 자리에 없었겠지. 어쨌든 문제는 주어졌고, 애통하게도 주관식이 아니라 객관식이야. 할 수 있는 거라고는 정답에 가까울 수 있는 보기를 하나 찍는 건데…… 이왕 찍을 거라면 당신이 가장 낫겠다는 결론을 내렸어. 동등한 처지의 사람인 건 둘째 치고서라도 동등한 위치에 있기까지 하니 서로 꿀리거나 눈치 볼 일도 없을 것 같잖아?"

그건 맞는 말이었다. 지금 이 맞선과 앞으로 이어질 결혼은 사랑을 전제로 하는 것이 아닌, 두 기업 간의 인수합병과도 같은 중대한 사항이었다. 감정적인 대응 대신 오차 하나 없는 계산이 필요했고, 누구 하나 손해 보는 일이 없어야 했다.

생각했던 것보다 더 복잡한 일이 아닐 수 없다. 단순하게 생각하고 결정짓자고 생각했던 것은 그저 생각에 지나지 않았다는 것을 실감한 순간이기도 했다. 오죽하면 결혼을 인륜지대사라고 했을까.

자신의 예상과 사뭇 벗어나는 그의 대답 폭탄에 우리가 무슨 말을 어떻게 해야 할지 갈피를 잡지 못하고 있을 때 즈음, 우성이 손목에 찬 시계를 흘깃 바라보고는 일어날 채비를 했다.

"나와 의무적으로 두 번 만나야 한다고 그랬지? 다음에는 커피 대신 술잔을 기울이자고. 그 편이 서로를 알아가는 데에 더 합리적일 테니까. 다음번 만남 때엔 긍정적인 대답도 들고 오고."

"멋대로 정하는 건가요?"

"서로 시간 낭비는 하고 싶지 않잖아?"

"맞는 말이에요. 하지만 당신은 서로를 알아야 할 필요가 없다고 했고, 더불어 내가 내놓을 대답은 부정적일 수도 있다는 걸 알아야죠."

"과연 그럴까? 우리가 알아야 할 필요는 없지만 당신의 대답은 부정적일 수 없다고 생각하는데? 우린 두 번의 만남으로 끝나지 않을 거거든."

"거절할 의사는 전혀 없는 거고요?"

"말했다시피."

그에게 거절할 의사가 없다면 결혼까지의 골인 지점은 바로 목전이었다. 그 사실을 잘 알고 있는 우리가 할 수 있는 것이라고는 뜻대로 움직여 주지 않는 현실에 대고 발악을 하는 것, 혹은 한숨한 자락과 함께 순응하는 것. 둘 중 하나였다. 그리고 그녀는 자신이 가지고 있는 모든 것을 버리고 발악을 할 수 없다는 것을 알고 있었다.

"참. 커피는 내가 별로고, 술은 당신이 별로라면 더 좋은 방법이 있어."

깊은 상념에 잠겨 있느라 우성이 자리에서 일어섰다는 사실도 모르고 있었던 우리는 몽롱한 눈으로 그를 바라봤다.

"어차피 감정 놀음할 것도 아니고, 그렇다고 조건을 따질 것도 아니면 남은 건 단 하나지."

일어선 채 그녀를 내려 보고 있던 우성이 천천히 허리를 굽혔다. 키스라도 할 것처럼 바싹 다가가 그녀와 시선을 맞춘 그는 비스듬히 그녀의 입술을 비껴 귓가로 입술을 가져갔다.

그의 입술이 움직였다.

"섹스."

탄식과도 같은 속삭임이 그녀의 귓바퀴를 타고 돌았다. 그 은밀한 단어에 우리는 묘한 쾌감과 공포로 전율했지만 반대로 야릇한 유혹을 던진 그의 목소리는 어느 때보다도 건조했다. 단어가 주는 느낌과 상반되게 담백한 제안을 던지고 난 뒤, 그의 미소는 꽤 비열하기까지 했다.

02

배신은 복수를 낳는다. 더욱이 그 배신이 사랑으로 인한 상처였다면 더욱 심할 수 있다. 바로 우성의 경우가 그러했다. 비가 오면 쑤시는 그날의 상처는 이미 아물어 흉터가 되었지만 그의 마음속에서는 아직도 흉터가 되지 못했다. 그건 치료를 끝낸 뒤 업무에 복귀하기 무섭게 강성현의 뒤를 캐고 다니는 우성의 행동만 봐도 충분히 알 수 있는 사실이었다.

"부탁하신 자료, 구해왔습니다."

정 비서는 커다란 서류 봉투를 테이블 위에 내려놓으며 조용히 상사의 표정부터 살폈다. 퇴원을 한 직후부터 지금까지 쭉 호텔에서 생활하고 있는 우성은 언제 터질지 모르는 시한폭탄과도 같았기 때문이었다. 2년 전, 거칠기는 했어도 한결같은 마음이 예뻤던 이우성은 사라지고 없었기에 그런 그를 바라보는 정 비서의 눈빛이 애틋해졌다.

"하지만 도련님, 이건 정말 좋은 생각이 아니지 싶습니다."

우성의 의도를 충분히 알고 있는 정 비서로서는 그가 예전의 일은 잊고 자신만의 삶을 살아갔으면 하고 바랐다. 하지만 그렇게 될 리가 없었다. 모든 것을 가뿐히 잊고 살아갈 수 있었다면 2년 전에 진즉 그렇게 했을 테니까.

"언제부터 정 비서가 내가 하는 일을 좌지우지했었지?"

날카롭게 반응하는 우성의 태도에 정 비서는 입을 다물고 한 발자국 그에게서 멀어졌다. 물러서는 정 비서를 확인한 우성은 허리를 굽혀 들고 있던 우유 잔을 내려놓고 대신 정 비서가 건네준 서류 봉투를 집어 들었다.

"강성현이 지금 중요하게 생각하고 있는 것이 이 안에 들어 있다 이거지?"

"그저 그의 행동반경 내의 가장 높은 확률일 뿐입니다."

"어쨌든. 수학적 접근은 언제나 성공적이니까."

우성은 악마 같은 눈을 하고 봉투 속 내용물을 꺼냈다. 안에서 나온 것은 몇 장의 사진과 몇 장의 서류 묶음이었다. 우성이 미간을 찌푸린 채 바닥에 떨어진 사진을 주웠다. 제대로 사진을 확인하기도 전 정 비서가 입을 열었다.

"첫째 도련님께서 현재……."

정 비서의 말이 끝나기도 전, 천둥과도 같은 크기의 고함이 방 안을 가득 울렸다.

"누가 첫째 도련님이야?"

명백히 정 비서의 실수였다. 강성현을 언급하는 것만으로도 심기가 불편한 우성의 앞에서 그와의 관계성까지 떠올리게 만든 것은.

"죄송합니다. 강성현이 현재 열중하고 있는 여자인 모양입니다."

"이젠 대놓고 내연녀와 밀회를 하신다?"

우성은 가벼운 실소를 내뱉으며 주운 사진을 찬찬히 살피기 시작했다. 한 장에는 걸어가는 여자의 뒤를 쫓아가는 자동차 한 대, 그 안에 비친 강성현의 얼굴이. 다른 한 장에는 여자의 허리를 감싸고 있는 그의 모습이. 또 다른 한 장에는 금방이라도 키스를 할 것처럼 그녀의 고개를 만지고 있는 그의 모습이 찍혀 있었다.

"흐음."

"내연녀라고 확정을 짓기에는 좀 부족한 부분이 많……."

정 비서의 말은 우성의 귀에 들리지 않았다. 그저 사진에 찍힌 여자의 얼굴 위로 미지의 얼굴이 겹쳐지는 탓에 머리만 화끈하게 끓어올랐다.

"여자들이 대체 무슨 생각으로 강성현을 만나는 건지, 난 도대체가 이해가 되질 않아."

격양된 우성의 목소리에 정 비서는 그가 당장이라도 눈앞에 있던 크리스털 잔부터 집어 들어 던져 버릴 것 같다는 생각을 했다.

그리고 혹시나 일어날 수도 있는 그 일의 방지 차원으로 정 비서는 우성의 앞에 있던 잔을 슬그머니 치웠다.

"그런데 이 여자, 어디서 많이 본 것 같은데?"

측면의 얼굴만 찍혀 제대로 판별하기 힘든 여자의 얼굴을 뚫어져라 바라보던 우성이 사진을 내려놓고 서류 묶음을 집어 들었다. 클립으로 고정시켜 놓은 서류 좌측 윗부분에는 여자의 프로필 사진이 꽂혀 있었다.

"이름, 태우리. 태우리라면 LH그룹 첫째 아니야?"

"맞습니다."

"하!"

태우리에 관한 보고로 가득한 서류를 훑는 우성의 손길에 성의가 없었다. 그도 그럴 것이 LH그룹이라면 IHN그룹과 국내 1위를 앞다투는 기업으로 내부 사정을 모르려야 모를 수가 없었다. 가족 관계부터 경영방침, 구조, 직원, 시스템. 어느 정도는 대충 머릿속에 들어 있었기에 애써 글로 읽을 필요가 없었다.

"딱 보니 답이 나오는군."

"네?"

"욕심을 부리기 시작하잖아, 강성현. 2년 전의 일로 나는 망가졌어. 그게 뭘 의미한다고 생각해? 실질적 후계자의 부재야. 내가 사라지면 당연히 다음 주자는 강성현이겠지. 그래서 아버지도 그 자식에게 경영을 어느 정도 맡기고 계신 거고. 그런데 내가 돌아왔어. 그럼 어떻게 될 것 같아?"

우성은 기가 차다는 듯 서류 더미를 소리나게 탁자 위로 던지며 정 비서를 바라보았다. 지금 정 비서가 강성현으로 보이는지 정 비서를 바라보는 우성의 두 눈이 이글이글 불타오르고 있었다.

"물러나야 하는 거야. 하지만 돈과 권력의 맛을 한번 들인 녀석에게는 뒷방석으로 물러나는 것이 영 싫겠지. 그래서 찾은 차선책이 이 여자라는 거야."

우성의 입술이 비뚤게 말렸다. 강성현, 그 이름을 떠올리는 것만으로도 힘들어 내내 악몽에 시달리고, 약물에 중독됐던 2년의 세월. 그 시간 동안 우성은 자신을 속박했고, 억눌렀으며, 함께 비뚤어졌다. 배신의 상처는 깊었고, 그 상처를 끌어안았던 시간도 길었기에 고통은 그의 일부였으며 복수는 진통제나 다름없었다. 그랬기에 지금 이렇게 들끓는 마음을 내려놓을 수는 없었다. 내려놓는다면 지금껏 붙잡고 있던 끈마저 잃은 우성은 목표 의식도 없이 자아를 잃게 될 것이 분명했다. 그만큼의 고통이었다. 사랑하는 사람의 배신은.

"LH그룹의 장녀야. 심지어 현재 LH그룹을 이끄는 실질적 경영인이잖아? 그만큼 머리가 비상하고 능력이 탁월하다는 거지. 더불어 배경이 LH그룹이야. IHN그룹과 비교해도 손색이 없지. 정통 후견인으로 지목된 인재인데다 두 명의 형제 중 하나는 방황 중, 다른 하나는 실질적으로 경영을 하기에는 어려. 그럼 간단하지. 자신이 잃게 될지도 모르는 이 자리를 버리고 LH그룹으로 가면 되는 거야."

"하지만 강성현에게는 아내가 있질 않습니까?"

"아내? 하! 허울뿐인 그 이름을 말하는 거야? 내가 볼 때 강성현 그 작자는 LH그룹이 값어치가 높다고 생각되는 즉시 아내를 버릴 위인이야. 그 자식은 일반적 상식과 개념을 뛰어넘을 정도로 비열한 놈이라는 거, 2년 전에 충분히 증명한 걸로 아는데?"

우성은 서류를 놓고 다시 사진을 집어 들었다. 사진 속 여자와 성현을 보는 그의 눈이 이상하리만치 빛나고 있었다. 그건 일종의 광기나 다름없었다.

"이 여자도 대단하군. 경영에 뛰어든 여자들 중 몸까지 바쳐 가며 일하는 사람을 종종 보지만 이 여자가 이럴 줄이야. 게다가 상대가 강성현? 자기 몸을 그렇게 값싸게 굴리나?"

사진을 바라보는 시간이 길어질수록 우성의 미소가 비릿해졌다. 과거의 일을 떠올리며, 함께 어떤 식으로 복수의 포문을 열지 계획하는 중이었기 때문이었다. 그러다 문득 우성은 무심코 넘기고 지나칠 뻔했던 한 가지 사실을 기억해 냈다.

"아아, 그랬지. 2년 전, 내 의지와 상관없이 났던 결혼 기사의 상대가 이 여자였지?"

지금도 꿈을 꿀 때면 종종 미지의 고함을 듣곤 했다.

"LH그룹 장녀 태우리 양과 전격 결혼! 연일 뉴스에서 떠들어대는데 내가 어떻게 모를 수가 있어?"

그래서 꿈을 꾸고 난 다음 흥건히 젖은 셔츠를 벗은 채 침대맡에 앉은 그는 끝이 없는 도돌이표처럼 다시 생각해 보곤 했다. 그날 그런 보도가 없었다면 그녀는 괜찮았을까, 집안끼리 오가는 일이지 자신의 의사와는 전혀 상관없는 일이라고 말해줬더라면 그런 재앙은 일어나지 않았을까.

하지만 아무리 생각을 거듭해도 과거로 되돌아갈 수 없는 우성으로서는 다르게 이어질 다음의 이야기를 상상할 수 없었다. 덕분에 그의 시간은 고여 있었고, 고였기에 악취를 내며 썩어갈 뿐이었다.

"그렇다면 이 여자에게도 어느 정도의 책임은 있어."

엉뚱한 사람에게 분노의 불똥이 튀었다. 그러지 않고는 살아갈 수 없는 우성임을 알고 있는 정 비서였지만 성현과 미지가 아닌 제3자에게 분노를 하는 것은 정말 아니라고 생각했기에 그를 만류하고자 입을 달싹거렸다. 하지만 그의 생각이 말로 표현되기 전 우성이 끼어들었다.

"미혼. 중요사항에 이렇게 적혀 있군. 현재 약혼자의 내연녀 문제로 파혼. 태 회장과의 계약에 따라 곧 시장에 나올 계획임. 결혼 시장에 나온다는 건 이 여자, 올해 안으로 결혼을 하게 될 거라는 거지. 반강제적으로 말이야."

"도련님."

"그리고 나랑 하게 될 거야, 그 결혼."

우성의 말이 끝나기 무섭게 정 비서가 언성을 높였다. 단 한 번도 우성이 하는 일에 반대 의사를 표시하지 않았던 그는 이번만큼은 참을 수 없다는 것처럼 말했다.

"도련님, 아무리 생각해도 그건 아닌 것 같습니다. 도련님이 힘들고 괴로우셨던 건 압니다. 하지만 태우리 양은 생판 남이질 않습니까? 전후 사정도 모르는 남을 이용하는 꼴이에요. 그것도 결혼으로 속박하게 되지 않습니까? 애정이 없는 결혼이 말 못하는 지옥일 수 있다는 것, 사모님을 보시면 안다고 하시지 않으셨어요? 제2의 사모님을 만들지 않겠다고, 아버지를 등지고서라도 다른 여자를 희생양으로 만들지 않겠다고 하셨던 건 도련님이에요."

"하하하하!"

정 비서의 말이 끝나기 무섭게 우성이 웃었다. 대나무 숲이 우는 듯한 웃음이었다. 우성은 대나무처럼 속이 텅 비어 있었고, 또 지독하리만치 올곧았다. 톱에 베일지언정 구부러지지 않는 성향과 무척이나 닮아 있었다.

섬뜩하기까지 한 박장대소에 정 비서의 어깨가 단단하게 경직되었고, 한참을 공허하게 웃고 난 우성은 싹 바뀐 표정으로 정 비서를 노려봤다.

"순진하네, 정 비서. 아니, 그보다 말이야. 난 애초에 2년 전 이우성이 아니잖아?"

차가워진 우성의 얼굴에는 그 어떤 표정도 떠오르지 않았다. 신경은 스치기만 해도 날렵하게 썰리는 횟감용 칼날보다도 예리하건만 감각 자체는 부엌칼보다도 무뎌져 버린 것만 같았다. 그런 그가 아팠다. 안쓰러웠다. 그랬기에 정 비서는 어떤 대꾸도 하지 못했다. 할 수가 없었다.

"이게 얼마짜리 딜인 줄 정 비서는 '모르는 거야? 2년 전, 아버지가 추진하시던 결혼이야. 실질적 경영권을 녀석에게서 **빼앗아**올 수 있는 절호의 기회이자 아버지의 신임을 되찾을 수 있는 기회이기도 해. 더불어 강성현이 패배감에 무너지는 꼴을 보는 것도 좋겠지."

비아냥대는 우성의 목소리가 그의 것이 아닌 것만 같다. 그랬기에 정 비서는 무거운 추를 매단 것 같은 가슴을 쓸어내리며 뿜어져 나오려는 깊은 한숨을 숨겼다.

"서로의 것을 탐내기만 하는 이놈의 집안, 내가 먼저 나갑니다! 오래 전부터 구역질을 참아왔거든요."

2년 전의 그가 한 말이었다. 하지만 지금의 우성은 이렇게 지껄여 대고 있었다.

"피할 수 없으면 즐겨야지. 참 아이러니하지 않아, 정 비서? 그토록 벗어나고 싶던 늪에 내가 먼저 발을 담그게 됐으니 말이야."

"늪이라고 하시면 집안을 말씀하시는 겁니까?"

"집안이든, 강성현이든, 이미지든, 결혼이든."

우성은 자신의 이죽거림이 깊은 상실감의 상대적 반동이라는 것을 알면서도 인정하지 않았다. 인정한다는 것은 그가 여직 상처에서 헤어 나오지 못한 것이 되고, 그러면 그 상처가 깊다는 말이 되고, 그러면 애초에 그 상처를 기획한 강성현에게 놀아난 꼴이 되는 거니까.

차라리 사랑에 신음하는 것이 모양새가 나았다. 성현에게 짓밟힌 것은 그의 사랑만이 아니라 자존심도 함께였다는 것을 다시금 깨닫고 싶지는 않았다. 공공연하게 떠돌아다니는 소문과 2년간의 정신과 치료면 그의 위상은 충분히 바닥을 치고도 남았다.

이제 지킬 것은 없어졌고, 잃을 것 또한 사라졌다. 남은 거라고는 악바리처럼 살아남은 근성과 철면피와도 같은 자존심이었다. 그리고 그것은 복수라는 이름으로 재구성이 되었다. 즉 복수를 하는 것이 그의 금이 간 자존심과 명예를 회복할 수 있는 길이라 믿어 의심치 않고 있었다.

"나는 아버지가 원하는 대로 휘두를 수 있는 장기의 말이 아닙니다! 이득을 위해 내 인생을 포기하라는 아버지의 말씀에는 절대 굴복할 생각 없어요. 그리고 그런 인생을 살고 불행하게 끝나는 건 어머니 하나면 됐어요!"

2년 전의 이우성이 세상 무서운 줄 모르고 또다시 지껄인다. 그럼 현재의 이우성은 멋모르고 재잘거리는 그를 비웃으며 정 비서에게 지시를 내리는 수밖에 없다.

"이 방을 나가는 즉시 아버지께 보고해. 나, 이우성이 그토록 원하시던 LH그룹과 손을 잡겠다고."

그가 원하면 진행이 될 수밖에 없는 일이었다. 어쨌든 양가에서 서로를 원하고 있었고, 마지막 보루가 될 수 있던 태우리마저 꼼짝할 수 없게 된 상황에서 우성이 오케이만 한다면 빠르게 이뤄질 혼사였다.

"맞선 날짜는 최대한 빠르면 빠를수록 좋겠어. 어쨌든 그건 형식에 불과하니까."

모든 것을 계산해 염두에 둔 우성이 사진 속 여자에게로 시선을 돌렸다. 그리고는 제법 음산하게 뇌까렸다.

"강성현, 이미지. 두 사람의 불행을 위해 내 인생을 걸겠어. 어디 벗어날 수 있다면 한번 발버둥들 쳐보시지 그래?"

여자를 금방이라도 안을 것처럼 바싹 붙어 서서는 황홀한 눈빛을 해 보이는 사진 속 강성현은 우성의 손아귀 아래 무참히 구겨지고 말았다.

그렇게 맞선은 이루어졌다. 우성이 정 비서를 통해 아버지에게 의사를 밝힌 지 이틀 만에 이루어진 일이었다. 그리고 대망의 맞선 날 당일, 그는 그녀보다 30분 일찍 와서 기다리다가 또 30분 약속 시간보다 늦게 들어갔다. 들어가기 전까지 그가 호텔 커피숍이 환히 보이는 길가에 차를 주차해 두고 한동안 우리를 지켜봤다는 것은 그녀에게 비밀로 부쳐져야 했다.

태우리. 남들보다 많은 조건을 타고난 여자의 이름이었다. 그녀가 가지고 있는 것들은 남들이 노력을 한다고 얻을 수 있는 것도 아니기에 특별했고, 또 가치가 있었다. 그건 우성도 마찬가지였기에 그는 좋게 말해 동등한, 나쁘게는 안하무인한 행동으로 우리를 자극했다.

재미있는 점은 그녀가 그의 언행에도 놀라지 않고 자리를 지켰다는 점이었다. 일반적인 여자들의 반응이란 구겨진 자존심에 물세례를 퍼붓거나 똑같이 모욕적인 언사로 대응하는 것, 두 가지 중 하나였다. 하지만 우리는 그러지 않았다. 변화 없는 차분한 얼굴을 하고 그의 검은 속내가 무엇일지 먼저 분석하고자 노력했다.

'역시.'

그녀의 반응에 미소를 지은 것은 다른 누구도 아닌 우성이었다.

"약혼자가 내연녀와 정사를 치르고 있는 와중에도 증거 자료부터 수집하고 있었다지? 대단해."

정말 대단하다고, 당신.

우성은 차마 내뱉지 못한 말을 속으로 중얼거리며 단단해 보이는 우리를 응시했다. 다이아몬드 같은 여자였다. 그녀를 벨 수 있는 것은 또 하나의 다이아몬드밖에 없을 것처럼 강하고, 또 가치가 있어서 반짝반짝 빛이 나고 있었다.

그에 반해 정작 본인은……

시궁창에 처박혔다. 그날의 기억을 차마 이겨내지 못한 채 오물을 뒤집어썼다. 그렇게 시간은 갔고, 묻은 오물은 닦아내도 사라지질 않았다. 썩어가는 냄새가 지독해질수록 감추고자 뿌리는 향수의 향기는 독해져만 갔고, 그래서 남은 거라곤 자격지심과 피해의식뿐이었다. 거짓과 허울보다 더 쓰리고 독한, 향수의 이름이었다.

덕분에 화가 났다. 화가 났다는 표현보다 그녀를 향한 부러움에 열등감을 느꼈다는 것이 옳을지도 모른다. 우리를 바라보는 우성의 눈빛에 콤플렉스로 얼룩진 묘한 시기와 질투가 떠올랐다.

그는 그녀를 상처 입히고 싶었다. 상처받았음에도 철저하게 망가지지 않은 그녀를 부숴 버리고 싶은 파괴욕구가 일었다. 인정하게 된다면 비참하겠지만…… 어쨌든 사실이었다. 그래서였는지도 몰랐다. 가시 돋친 말을 대놓고 내뱉은 것은.

"당신이 선택한 약혼자였는데 왜 그랬지? 감정이 없는 인형같이 말이야."

"날 비난하는 건가요?"

"설마. 난 당신의 이런 면을 높게 평가하고 있어. 두 집안의 인수합병이나 다름없는 결혼인데 괜한 감정이 끼어들면 성가시게 되잖아?"

"재미있군요. 내가 꼭 당신과 결혼할 것처럼 확신하는데 그러지 말길 바라죠. 언제고 제대로 된 결과가 나오기 전까지 자만하면 안 된다고 충고하고 싶군요."

우리는 미소라고 하기에는 부족한 웃음을 머금고 흔들림 없이 대답했다. 얕은 바람에 뿌리 뽑히지 않는 울창한 숲처럼, 누군가의 돌팔매에 쉽게 파도치지 않는 바다처럼 그녀는 넓었고, 또 깊었다.

그녀의 상대하지 않겠다는 투의 태도는 곧장 부메랑이 되어 우성의 심기를 건드렸다. 반응조차 덤덤하고, 내뱉는 말 또한 허점을 찌르기에 자칫 오해할 수 있는 그녀의 태도에 우성의 속이 꼬였다.

"사람들이 당신을 이라이자라고 부르는 이유를 알겠어."

"나보고 감정 없는 인형이라고 칭한 건 당신이에요. 몇 년째 지속되는 그 단어에 내가 상처받길 바란다면 오산이에요. 상처를 주고 싶다면 다른 방법을 찾아봐요."

한동안 말을 아끼고 있던 우리가 다시금 입을 열었다. 만난 지 얼마간은 입만 꾹 다문 채 상황 판단을 하고 있던 그녀는 모든 상황을 머릿속으로 다 정리한 느낌이었다.

"당신은 꼭 일부러 누군가를 상처내길 원하는 사람 같아요. 그래야 자신이 살 수 있다는 것처럼."

"……그게 당신에게 문제가 되나?"

"아무 상관도 없는 타인의 아픔에 동화될 것처럼 보이나요, 내가?"

문제가 되지도 않고, 화가 나지도 않는다는 이야기다. 다시 말해 이우성의 존재는 그녀에게 파문을 일으킬 정도의 돌멩이 수준도 되지 않는다는 말이다.

애초에 관계성을 원한 적은 없었다. 그러니 소속감은 머릿속에 도 없었고, 더불어 감정은 거추장스러운 거미줄처럼 여겨진다고 생각했다. 그런데 지금, 우리의 입으로 그 사실을 재확인하는 이 순간, 우성은 모순되는 감정을 느꼈다.

그녀의 숲을 요동치게 만드는 바람이 되고 싶다.

그녀의 바다가 폭풍 치게 만드는 지진이 되고 싶다.

그렇게 흔들리는 그녀를 보고 싶다.

떠올리는 것만으로도 묘한 쾌감에 젖게 만드는 장면을 상상하 며 우성은 두 눈을 번뜩거렸다.

"사람 화나게 하는 재주도 있는 줄은 몰랐어."

"당신이 나를 알고 있는 것처럼 나도 당신을 알고 있으니까."

"그래서 내 전후사정을 다 알고 계신다?"

"당신도 이 바닥에선 꽤 유명하니까."

"얼마나 자세히 알고 있지?"

"자세히 알아야 하나요? 다른 사람과 엇비슷해요. 보고서로 보 고, 남들에게 들은 내용이 전부죠."

그렇게 말하는 우리의 머릿속이 환하게 들여다보이는 것만 같 았다. 그녀가 떠올리는 단편적 단어들로는 여자, 약물중독, 정신 과 치료, 입원 등일 것이 분명했다. 알고 있는 사실에 다시금 모욕 감이 치밀어 올랐다.

모든 감정을 제어하는 법을 배웠다. 더불어 감정을 느끼지 않는 것이 편하다는 것도 배웠다. 오래전 이우성이 뜨겁게 타올랐다면 이제는 극한의 온도로 내려가는 일밖에는 남지 않았다고 생각했다. 그런데 이상했다. 태우리라는 이 여자, 그녀의 앞에서는 제어하는 법을 모르는 아이처럼 감정이 들쑥날쑥하다.

분명 아침에 먹어야 했던 약을 먹지 않기 때문이야.

그렇게 여긴 우성은 짜증스러운 얼굴로 주머니 속 약병에서 그녀 몰래 약 한 알을 꺼내 입안에 털어 넣었다. 그리고는 어깃장을 놓듯 말을 짓이겼다.

"그래, 좋아. 어차피 감정놀음 할 것도 아니고, 그렇다고 조건을 따질 것도 아니면 남은 건 단 하나지. 섹스."

우성의 말에 놀라기라도 한 것일까. 우리는 냉랭한 목소리를 낼 생각도 하지 못한 채 멀거니 앉아 있었다. 그런 그녀를 향해 먼저 등을 돌린 우성은 그녀가 원하지 않는, 조금 가까운 미래의 만남을 예고하는 것도 잊지 않았다.

"참, 당신이 원하지 않더라도 우린 조만간 보게 될 거야. 곧."

우성의 예고는 정확했다. 우성이 예고하고 나흘. 주말 이틀을 제외하고 나면 남는 하루, 즉 월요일. 우리는 출근하고 얼마 지나지 않아 우성을 마주하고 앉아 있어야만 했다. 이번에도 역시 호텔 커피숍이었다.

그와 만나기 몇 시간 전으로 시간을 되돌려 우리의 상황을 떠올려 본다면 그녀는 우성과 만날 생각을 전혀 하고 있지 않았다. 그저 아침에 받은 기획안을 보고 사업차 미팅을 위해 자리에서 일어났을 뿐이었다.

그 기획안이 몇 달째 제자리걸음 중이었고, 그 몇 달이 태우리가 마케팅 전략부의 전무로 영입된 다음이라는 것을 감안한다면 우리에게 있어서는 꽤 골치 아픈 일이 아닐 수 없었다.

"태 전무!"

마케팅 전략부 2팀의 윤 전무에게서 콜이 안 올 수가 없었다. 신경질적이고 예민한 윤 전무는 현재 태우리의 영입으로 골치를 썩고 있었고, 제 밥그릇을 빼앗길까 전전긍긍하며 트집 하나를 잡으려고 노력하는 중이었기 때문이었다. 우리가 온 뒤로 그 기획안을 제외한 모든 것들에서 월등한 성적을 내고 있는 터라 윤 전무의 심기는 매우 불편해져 있었다.

"이미 상대 기업과 계약이 다 체결된 일인데 왜 이렇게 진척이 느린 거지?"

태우리가 들어왔기 때문이라는 대답을 듣고 싶은 거다. 진행되는 일에 실수가 있다면 그 역시 태우리에게 떠넘기고 싶은 거다. 그래서 전무의 앞에 붙는 '공동'이라는 수식어를 없애고 싶은 거였다, 윤 전무는.

1팀에 비해 무척 저조한 성적을 내고 있어 사원들 사이에서 공공연히 1팀의 뒤치다꺼리를 전담하는 곁절이 조라는 별명으로 불리고 있던 2팀의 리더, 윤 전무는 게으르고 비열하며 일반적인 양심도 없는 사람이었다. 약자에게 강하고, 강자에게 약하며, 자신의 위치를 구축하고 지키는 데에 전전긍긍할 뿐 그 외의 책임감이

나 능력은 없는 남자라는 것을 파악하기까지 고작 세 달 남짓한 시간이 걸렸다.

우리는 치밀한 계산을 하는 눈으로 윤 전무의 행동과 표정 하나하나를 자세히 관찰하며 위로 올라온 기획안을 그의 앞에 내려놓았다. 어쨌든 지금은 동등한 위치에 있으니 달리 무슨 제재도 가하지 않을 생각이었기에 우리는 얌전히 보고를 했다.

"계약을 체결할 때 기획 부분에 대해서는 ㈜IH 쪽의 의견을 전적으로 수렴하는 쪽으로 합의를 봤습니다. 우리 LH 쪽의 신형 액정화면을 사용하기로 하면서 함께 우리의 기술력까지 대중에게 노출시키는 것에 대한 조건으로 말이죠. 그런데 IHN그룹 계열사 중 하나인 ㈜IH 쪽과 기획안에 대한 타협점을 찾지 못하고 있습니다. 올리는 족족 윗선에서 기획안이 모두 꼬투리를 잡히는 것 같아서 지금 제가 직접 가볼 생각입니다."

팀의 존속 문제가 걸려 있는 일에 이렇게까지 무관심할 수 있을까. 몇 달 내내 지속된 회의와 야근 끝에 완성된 프로젝트의 기획안이었건만 정작 팀 내 리더라는 사람은 아무 생각이 없었다.

대기업이라는 환경에서 어떻게 이런 일이 생길 수가 있는지. 우리는 대기업 내 부패한 중심에 들어와 있는 지금, 들리지 않는 한숨을 몰래 내뱉었다.

그런 우리의 뒤에서 윤 전무는 조용히 욕설을 곱씹었다.

"멋모르는 새파랗게 어린 계집애 주제에."

들으라는 듯 내뱉은 모욕적인 언사에 아주 잠시 우리의 걸음이 멎었다. 하지만 그녀는 별다른 대꾸도 하지 않고 곧장 윤 전무의 사무실을 빠져나왔다.

그리고 지금. 우리는 선을 봤던 호텔 커피숍에서 우성을 마주 보고 앉아 있었다.

"연락은 많이 받았어요. 반가워요, ㈜IH의 대표이사 이우성입니다."

우성이 얼음장 같은 미소를 지으며 손을 내미는 순간, 우리는 그에게 단 한 번도 보여주지 않던 표정을 내보였다. 그녀가 쓰고 있던 얼음 가면에 금이 간 순간, 우성은 절정에 가까운 카타르시스를 느낄 수 있었다.

덤덤했던 목소리에서 보다 뾰족한 투로 변한 우리가 우성을 바라보며 눈을 가늘게 떴다.

"내가 알기로 ㈜IH의 대표이사는 당신이 아니었는데?"

"그거야 내가 배후에서 모습을 드러내지 않았으니까 그렇지."

"왜?"

"그런 바보 같은 물음이 어디 있어? 내가 누구라고 생각해? IHN그룹의 유일무이한 후계자야. 계열사 하나 정도 책임지고 있는 게 더 당연하다고 생각하지 않아? 그전에 난 2년 동안 병원 신세를 지고 있었어. 일단 대중의 이목과 사회적인 이미지를 위해 내가 뒤로 물러나 있는 게 좋을 거라 생각했어."

멋대로 지껄이는 우성의 얼굴을 빤히 바라보고 있던 우리는 들고 있던 서류 파일을 소리나게 옆으로 치워 버리고 한숨을 내쉬었다. 그리고는 한 박자 쉰 다음, 짓궂은 얼굴을 한 우성을 노려보듯 올려다봤다.

"유일무이의 후계자라. 정말 그런가요?"

그녀와 그녀의 팀원 모두를 가지고 장난을 친 우성이었다. 그들의 수고를 고작 사적인 이유를 가지고 물거품으로 만들어 버린 점역시 그냥 간과할 수만은 없는 일이었다.

그래서였다. 평소의 그녀답지 않게 발끈해서 그의 치부를 건드린 것은.

"또 한 명, 있잖아요?"

강성현.

어렵지 않게 그녀가 지목하는 인물을 떠올린 우성의 얼굴이 순식간에 험악해졌다. 눈빛만으로 사람을 죽일 수도 있다는 것을 증명이라도 하려는 건지, 그는 살기 가득한 눈빛으로 우리를 뚫어져라 응시했다.

"저번에도 생각했지만 정말 사람 성질 돋우는 데엔 타고났어, 태우리 전무님."

우성이 살기등등하게 우리의 태도를 지적했다고는 하지만 그녀는 자신이 내뱉은 말을 물릴 생각이 없었다. 미안하다는 생각 역시 없었다. 그를 알기에 우성은 더욱 날카로워진 태도로 조소를 내뿜었다.

"이것도 전략인가? 그렇다면 실패할 확률이 높다는 걸 알아둬."

"다른 직원들은 만나주지도 않고 콕 집어서 날 지목한 이유가 뭐죠? 공적인 일에 사적인 감정이 담겨 있는 것을 보면 애초에 일에 관한 이야기는 할 생각이 없는 거 아닌가요?"

"일단 한 가지는 성공했지. 내가 말했잖아? 우린 다시 만나게 될 거라고."

"유치해요."

"그리고 이게 우리의 두 번째 만남이고."

"그럼 더 이상 볼일은 없겠네요."

"그 말은 첫 번째 남자를 선택하겠다는 이야기인가?"

우성의 말에 우리의 입이 처음으로 꽉 막혔다. 이유는 간단했다. 첫 번째 맞선 상대와 결혼을 하게 될 확률은 거의 제로에 가까웠기 때문이었다.

"미안합니다. 다시 만난다고 해도 내 대답은 변하지 않습니다. 집안끼리의 정략결혼, 나는 할 생각이 없습니다. 부친께서도 강요가 아닌 선택이라고 말씀하셨고요."

그 말이 어떻게 벌써 우성의 귀에까지 들어간 것일까? 발 빠른 정보력이 중요한 이 세계에 있으면서 놀랄 일은 아니었지만 그래도 약점을 잡힌 것만 같아 우리의 마음은 편치 않았다.

그런 그녀의 앞에서 우성이 이죽거렸다.

"내가 당신의 유일무이한 맞선 상대가 된 것으로 알고 있는데?"

우리에게는 반박할 여지가 없었다.

다른 말도 하지 않은 채 어금니를 와각 깨물고 있는 우리를 확인한 우성은 승리의 미소를 지으며 입을 열었다.

"서류는 준비되어 있어. 내 사무실에 있지."

그는 슈트 속주머니를 뒤져 호텔 룸 카드 키를 꺼내 그녀에게 내밀었다.

"함께 올라갈까? 그럼 일 진척이 훨씬 빠를 것 같은데."

자신이 원하는 것을 주면 당신이 원하는 것을 주겠다. 기브 앤 테이크. 이 세계의 절대적인 공식.

그의 은밀한 초대에 우리의 눈매가 사나워졌다. 그녀의 머릿속에는 그와 처음 만났던 때에 그가 속삭였던 제안이 떠올라 있었다.

감정놀음을 할 것도 아니고, 조건을 따질 것도 아니니 결혼 전에 확인해 볼 중요한 한 가지…… 섹스.

03

우성이 룸 카드 키를 내민 것은 순전히 심술 탓이었다. 그의 행동에 그녀가 어떻게 반응할지 궁금하기도 했으니 약간의 호기심 때문이라고 할 수도 있었다.

우성은 의외로 순순히 따라오는 우리의 태도에 의아해하며 호텔방 문을 열었다. 문을 열어 그녀에게 먼저 들어갈 것을 권유한 뒤 따라 들어온 그가 문을 닫았다. 소리를 내며 문이 잠기는 소리를 들으며 우성은 빠른 걸음으로 그녀를 앞질렀다.

바에 가서 선 그가 진열장을 열어 안을 확인하며 우리에게 물었다.

"와인, 아니면 양주?"

"둘 다 됐어요."

"그래도 술이 좀 들어가야 분위기가 좋아지지 않겠어?"

우성이 와인 잔을 한 손으로 들고 고개를 까닥여 보였다. 그의 손짓과 우수에 젖은 눈빛이 우리를 유혹하고 있었다. 하지만 우리는 넘어가지도, 당황하지도 않은 채 그를 똑바로 응시했다.

"날 당황하게 만들고 싶은 거죠, 당신은?"

보이는 것만이 전부가 아니라는 가르침은 어릴 적부터 받아왔다. 더불어 이전의 일로 다시 한 번 체감한 우리는 사람을 볼 때 최대한 본질을 보고자 노력했다. 우성을 볼 때 역시 마찬가지였다.

"무슨 말이 듣고 싶었던 거예요? 제멋대로의 언행에 놀라 무슨 짓이냐고 소리를 지르길 원했나요, 아니면 내가 그렇게 만만해 보이냐고 화를 내길 바랐나요?"

제멋대로에 망나니, 태어나기를 그렇게 태어난 거라고 수군대는 것을 들은 적이 있었다. 하지만 우리의 생각은 달랐다. 그와 만난 것은 단 두 번이었지만 그는 제멋대로에 망나니로 보이길 원하고 있었다.

'일종의 자기방어 수단일지도 모르지.'

그에게는 파혼이 꽤 아픈 상처였는지도 모르겠다. 거기에까지 생각이 미치고 나니 그를 바라보는 우리의 눈빛이 촉촉해졌다.

상처, 그로 인한 아픔, 다음으로 붕괴.

우리는 잠시 생각을 하다가 한숨을 내쉬고는 고개를 저었다.

"안됐지만 다 실패예요. 난 당신이 여기에 살고 있다는 걸 알고 있으니까."

"그것도 조사했나?"

"설마. 우리 같은 사람들이 사는 환경이야 다 비슷하잖아요. 예전에 가출했을 때, 나도 잠시 호텔에서 묵었던 적이 있어요."

"가출이라."

우성이 비릿한 미소를 머금고 중얼거렸다. 그녀의 경험과 자신의 상처를 참 쉽게 비교한다는 사실이 재미있으면서도 화가 났다.

"사람을 미치게 만드는 경향이 있어."

우성이 들고 있던 와인 잔을 내려놓으며 중얼거렸다. 그가 서슬 퍼렇게 속삭였지만 그 와중에도 우리는 꼼짝하지 않고 팽팽하게 그에게 맞섰다.

"칭찬으로 듣도록 하죠."

"그래서 꼭 사람을 극한으로 몰지. 끝이 어딘지 알고 싶게 만든다는 말이야."

시련을 사소하게 만들어 이겨내는 것은 참 강하다. 그 점은 분명 우성과 다른 점이었다. 하지만 같은 점이 있었다. 아무리 휘몰아쳐도 굽히지 않는다는 점. 부러질지언정 구부러지지는 않겠다는 그 심지. 그랬기에 우성의 심사가 제대로 뒤틀렸다.

"그래서, 서류를 토대로 한 사실에 안심하신다?"

거울을 마주 보는 불쾌한 느낌에 그는 보고 있는 거울을 산산조각 내버리고 싶다는 파괴욕을 느꼈다. 그건 우리를 만날 때 더욱 강하게 일어났다.

"쉽게 안심하면 안 되지. 호텔방에 남자랑 단둘이 있는 거잖아?"

우리가 방어를 할 틈도 없이 우성이 먼저 몸을 움직였다. 그는 날렵한 동작으로 소파에 앉으려던 우리의 팔을 낚아채 그대로 그녀를 눕혔다. 저항을 할 새도 없이 그녀의 위로 타고 올라온 그는 양다리로 그녀의 다리를, 한 손으로 그녀의 양팔을 잡아 고정시키고는 다른 한 손으로 그녀의 턱을 잡아 올렸다. 그리고는 그녀의 귓가에 나른하게 속삭였다.

"그리고 나 같은 미친놈은 더 조심해야 한다고. 어떻게 행동할지 나조차 예측을 할 수 없거든."

우성은 가시였다. 덤불이 되어 웅성하게 자라나 결국에는 스스로를 찌르고 말 남자. 자신을 질책하고, 힐난하고, 아파하고, 그러면서 자신의 과거를 합리화시켜야 살 수 있는 남자.

'이렇게까지 사나워지다니……. 대체 무슨 일이 있었던 걸까?'

단 한 번도 자신이 아닌 타인의 일이 궁금한 적 없었던 우리는 문득 자신이 이우성이라는 남자에게 관심을 갖고 있다는 사실을 깨달았다. 그리고 지금, 자신이 그 남자에게 손발이 묶인 채 갇혀 있다는 사실 역시 깨달았다. 그러자 아주 잠시 맺혔던 호기심은 사라지고 남자를 향한 공포가 휘몰아쳤다. 하지만 우리는 그를 자극하지 않으려 노력하며 솟아오르는 공포심을 억눌렀다.

아무리 강한 척, 괜찮은 척한다고 해도 우리도 여자였다. 여자가 마음먹은 남자의 완력을 당해낼 리 만무했다. 그리고 강제로 완력을 써서 여자가 겁을 먹는다면 그것은 폭력이었고, 폭력을 두려워하지 않는 사람은 없었다.

"당신 같은 미친놈은 지금 무슨 짓을 할 생각인가요? 날 가지고 싶은 건가요, 내게 화풀이를 하고 싶은 건가요?"

우리는 가빠지려는 호흡을 가다듬으며 잔뜩 성이 난 우성을 바라보았다. 흔들리지 않는 눈빛으로, 당신이 겁나지 않는다는 태도로.

"무슨 짓을 생각하는 거든, 당신은 날 상처 입힐 수 없어요. 그럼…… 당신도 상처받을 테니까."

정곡을 찔렸다. 우리의 날카로운 지적에 당장이라도 그녀를 가질 것처럼 굴던 우성의 행동이 일체 멈췄다. 그리고 우리는 그 짧은 찰나, 그의 눈빛이 촉촉하게 젖는 것을 보았다. 젖은 그의 두 눈은 누군가를 향해 끊임없이 SOS를 보내고 있었다.

아주 잠시 그의 진심을 엿보았다. 그리고 짧은 찰나 마음이 무뎌졌다. 누군가의 호소에 동정을 보낸 적은 고아원의 기부금 모금이나 호스피스 지원금을 낼 때가 전부였던 우리였다. 하지만 자신의 마음을 반대로 표현하는 미운 오리 새끼 우성을 마주하는 순간, 괜한 안타까움을 느꼈다. 어쩌면 여자들이 흔히들 느끼는 모성애일지도 모른다. 이유가 어찌 되었든 우리는 그가 안쓰러웠고, 덕분에 그에게 모났던 마음이 조금은 뭉툭해졌다.

"미안, 화풀이였어."

의외로 순순히 우성이 물러났다. 그녀의 손목을 옥죄었던 손은 풀어졌고, 양다리 역시 풀려났다. 단박에 입술을 삼켜 버릴 것 같던 거리는 멀어졌고, 그가 숙였던 상체를 들어 올렸다. 그런 우성의 눈빛 역시 조금은 달라져 있었다.

'사람의 본질을 보려는 여자…… 라는 건가? 이렇게 잘난 여자가 고작 강성현의 내연녀라고? 말도 안 돼.'

그녀가 욕심이 났다는 것은 자각하지 못했다. 그가 몸을 일으킨 순간 복부에 꽂힌 우리의 단단한 주먹 때문이었다.

"으헉!"

처량한 단말마의 비명 소리가 울렸다. 짧고 굵었다.

"태권도, 유도, 검도, 합기도. 합이 10단. 6살부터 단련했죠."

우성의 복부에 야무지게 주먹을 꽂아 넣은 우리가 그제야 후련하다는 표정을 해 보였다. 그에게 동조해 동정을 느꼈다고는 해도 지금 그가 한 행동은 도저히 용서가 되지 않았기 때문이었다.

"나를 얼마나 우습게 생각한 건가요? 난 다른 것보다 그 점이 화가 나요."

그녀의 말에 우성이 억눌린 목소리로 중얼거렸다.

"윽, 누가 그렇댔나? 무술은 또 언제 배운 거야? 발레나 피아노가 여자 아이들의 기본 코스 아니었어?"

"그런 것들도 다 배웠죠. 하지만 그전에 내 몸은 내가 지켜야 한다는 가르침을 받아와서요."

우리가 두 눈 부릅뜨고 자그만 주먹을 조금 더 높이 들어 보였다. 그 모습을 본 우성이 처음으로 작게 웃었다. 물론 그 웃음은 얼마 지나지 않아 허공으로 흩어졌지만 우리는 똑똑히 보았고, 들었다. 그의 방심한 미소를.

'하지만 웃는 얼굴이 예쁘다고 다 용서가 되는 건 아니지.'

우리는 우성을 의도적으로 노려보다가 팩 소리를 내며 자리에서 일어났다. 그리고는 가타부타 말도 없이 곧장 밖으로 나가 버렸다.

"하아."

우리가 사라지고 난 다음에야 우성은 억눌린 한숨을 가득 토해낼 수 있었다.

"이게 무슨 짓이야, 이우성. 아주 갈 데까지 가는구나."

그는 얼굴에 양손을 묻고 의지와 다르게 뻗어버리는 자신의 손과 입을 탓했다. 자괴감은 깊기만 했다. 하지만 얼마 지나지 않아 밖에서 난 노크 소리에 그는 정신을 차렸다.

똑똑똑—!

우성이 일어나 현관문을 열었다. 문 앞에 서 있던 사람은 우리였다. 자리를 박차고 나갔음에도 불구하고 몇 분 지나지 않아 자신의 발로 찾아오고 만 사실이 믿기지 않는다는 얼굴을 한 그녀는 분하다는 듯이 한 손을 불쑥 내밀었다.

"예상치 못한 일로 인해 내가 잊어버린 게 있더라고요. 기획안부터 통과시키시죠? 오늘의 용건은 그거였는데."

따귀라도 한 대 맞을 줄 알았던 우성은 순순한 그녀의 요구에 그만 넋을 놓고 웃고 말았다. 얼마 가지 않아 표정을 급하게 수습한 뒤 사인이 박힌 기획안을 넘겨주긴 했어도 이건 영 이우성답지 않은 행동이라는 것은 인식하고 말았다.

코와 코가 맞닿았다. 입술이 닿기까지의 거리는 좀 남아 있었다. 그의 숨결이 뺨에 와 닿아 솜털을 간질였고, 빈틈없이 맞물린 시선이 서로를 옭아맸다. 한겨울에 휘몰아치는 눈발처럼 시린 눈빛과 달리 상대를 녹일 것처럼 불타오르는 온기가 상반된 느낌을 가져다주었다. 그리고 거리가 가까워지자 훅 끼쳐 온 향기는 그의 분위기로는 절대 연상할 수 없는 것이었다. 무겁고 달콤해서 벌레가 꼬이거나 지레 겁을 먹고 도망갈 것 같은 냄새가 아닌, 물 흐르는 시원한 계곡을 연상시킬 맑고 깨끗한 향기였다. 어쨌든 이 모든 일은 우성이 우리를 제압했을 때 벌어진 것이었다.

그 순간을 떠올리는 우리의 얼굴이 붉어졌다, 새파래졌다, 시시각각 색을 달리했다.

'솔직히 무서웠어.'

그때의 일을 떠올리면 지금도 팔뚝에 오소소 소름이 돋아났다. 우리는 팔짱을 낀 채 손으로 반대편 팔을 문지르며 잊히지 않는 우성의 눈빛을 되새겼다. 그것은 굶주린 맹수의 눈빛이었다. 포악하고 겁이 없으면서도 그 속에 무한한 갈증이 있는, 그래서 연민을 자아내는 묘한 이중적인 눈빛.

'정말이지, 그렇게 된 이유가 궁금하군. 예전에 몇 번 봤던 이우

성은 날라리에 반항아이긴 했어도 이 정도로 심각하진 않았는데.'

우리는 복잡한 심경으로 우성과의 만남을 회상했다. 성인이 된 후 단 두 번뿐이었지만 임팩트는 강했고, 그랬기에 머릿속은 더욱 엉켜갔다. 차라리 개성이 없는 평범함, 그 자체의 남자였다면 결혼 상대자를 선택해야 하는 우리의 결정은 더욱 쉬웠을지 몰랐다.

남자의 육탄 공세에 그녀가 당황한 것은 부싯돌을 긁어 불이 튀기는 것처럼 당연한 자연현상이었다. 자연현상에 몸이 절로 반응한 것과 달리 그녀의 머리는 상쾌할 정도로 이성적이었다. 본능에 아주 잠깐 흔들리긴 했어도 말이다.

'그런데 뭐야, 그 남자? 5차 기획안까지 트집을 잡아 사원들 고생시키더니, 뭐? 초안이 좋아?'

호텔로 되돌아가 내민 손이 무안하리만큼 우성은 담백하고 깔끔하게 그녀의 손에 사인을 한 기획안을 들려주었다.

"한 방 더 먹이고 왔어야 하는데. 얄미운 그 면상에."

찻잔을 잡고 있던 우리의 손에 잔뜩 힘이 들어갔다. 잔이 바닥에 긁히는 소리도 듣지 못한 채 방금 전 상황에 온 신경을 쏟고 있던 우리는 누군가 그녀의 손을 감싸자 그제야 정신을 차렸다.

"무슨 생각을 그렇게 해? 얼굴이 무서워."

"어? 아아. 그냥, 일에 대해 생각하다 보니."

"잘 안 풀려?"

친구, 이수였다.

나이수, 배이지, 태우리, 이름에 모두 '이' 라는 글자가 들어간다고 해서 모임의 이름도 '쓰리플'이었다. 고등학생일 적 만나 스물일곱이 되는 지금까지 변함없이 곁을 지켜준 두 사람은 우리가 유일하게 기댈 수 있고, 편안해질 수 있는 쉼터와도 같은 이들이었다. 두 사람에게 자신에게 있었던 일을 꼬치꼬치 털어놓지는 않았어도 그들이 있다는 사실만으로도 위안이 되는, 숲과도 같은 친구들이었다.

"요즘 좀 그래. 뜻대로 일이 풀리지 않고 자꾸만 꼬여가는 느낌이야. 가위로 간단히 잘라 버리면 좋겠는데 쉽게 그럴 수가 없어서 내 인생마저 꼬여 버릴 것 같아."

우리가 조곤조곤한 목소리로 자신의 사정을 우회적으로 둘러 표현했고, 이수는 별다른 질문 없이 물끄러미 그녀의 얼굴을 살피다 조심스럽게 물었다.

"검은 방에 또 갔었니?"

그녀의 물음에 우리의 어깨가 움찔했다. 하지만 그녀는 이내 능숙하게 포커페이스를 유지하며 고개를 저었다.

"아니, 안 갔어."

"몸은 괜찮고?"

이수의 물음에 우리는 단박에 대답을 하지 못했다.

정략결혼. 그 네 글자가 주는 중압감에 금방이라도 침몰할 것 같았지만 그것을 거절하기에 우리는 약속에 너무 충실했고, 더불어 잃을 것이 너무 많았다. 자신이 이뤄온 많은 것들을 지키기 위해 포기를 강요당하는 것, 그것이 주는 지독한 무게감을 이겨내기 위해서는 그녀에게는 누구보다도 '검은 방'이 절실히 필요했다.

친구들을 제외하고는 아무도 모르는 검은 방의 존재를 떠올리며 우리는 다시 한 번 고개를 저었다.

"괜찮아. 괜찮을 거야."

우리는 이수에게 하는 대답인지, 자위를 하는 것인지 모를 말을 중얼거렸다.

그때였다. 우리의 안색을 살피며 곁을 지켜주던 이수의 옆에서 연신 스마트폰을 만지작거리고 있던 이지가 짧게 탄성을 내질렀다. 그 소리에 서로를 바라보고 있던 두 사람이 이지에게 시선을 돌렸다.

"무슨 일이야?"

"어떡해, 큰일 난 것 같아."

"그게 무슨 소리야?"

이수의 물음에 이지가 천천히 고개를 들어 우리를 바라봤다.

"태우리, 너희 집 회사 말이야."

이지는 가타부타 설명도 하지 않고 보고 있던 스마트폰을 들어 올렸고, 우리의 시선은 그녀가 내민 스마트폰 액정에 떠 있는 뉴스 기사에 꽂혔다.

'600억대 횡령' LH그룹 부사장 불구속기소

우리의 작은아버지이자 LH그룹의 부사장, 더불어 우리와는 적

대관계에 있는 남자에 관한 기사가 포털 사이트를 도배하고 있었
다.

　태강식(55) LH그룹 부사장이 지난 1일부터 시행된 새로운 양형기준
을 적용받아 최소 5년 이상의 중형을 피하기 어려울 것이라는 법조계
의 관측이 나오고 있다.

　타악―!
　실시간으로 뜨는 기사들을 확인한 태 회장은 들고 있던 태블릿
을 책상 위에 소리나게 내려놓았다. 격한 반응은 아니었어도 태
회장으로서는 크게 화가 났음을 표현한 것이었다. 엉뚱한 짓을 자
주하는 동생이기는 했어도 능력을 인정해 신임하고 있었는데 뒤
통수도 이런 뒤통수가 없었다.
　때맞춰 인터폰이 울렸다.
　―회장님, 태우리 전무님께서 오셨습니다.
　들어오라 마라, 제대로 된 대답도 해주기 전에 불쑥 문이 열렸
다. 회사에 큰일이 터졌음에도 불구하고 평정심을 잃지 않은 딸의
모습을 바라본 태 회장은 인터폰 버튼을 누르고 있던 손을 거두고
자리에서 일어났다.
　"간도 크죠. 600억 원대의 횡령이에요. 하여간 작은아버지, 생

각했던 것보다 스케일이 크세요."

우리는 클러치 백을 한 손에 들고 도도하게 회장실 안으로 걸어 들어왔다. 그 모습을 지켜본 태 회장은 골치가 아픈지 미간을 좁히고는 우리에게 앉으라며 손짓했다.

"무슨 일이야?"

회장실 책상 앞에 위치한 소파 중앙에 태 회장이 앉았다. 그리고 그가 앉는 것을 확인한 우리는 그제야 태 회장 곁에 자리를 잡으며 용건을 꺼냈다.

"곧 회의가 있을 예정이죠? 그룹경영위원회를 발족하시기 전에 꼭 드려야 할 말이 있어서요."

"중요하지 않은 말이면 나중에 해."

"중요하니까 제가 이렇게 찾아왔겠죠? 그것도 비상상황에 말이에요."

"꽤 즐거워 보이는구나."

"설마요. 창립 70년 만에 큰 위기를 맞고 있는 걸 잘 알고 있는데 제가 즐거울 리 있겠어요?"

우리는 차분함을 가장하며 미소를 지었다. 회사에 들어올 때마다 두꺼운 가면을 뒤집어쓴 그녀는 자신의 아버지를 기업 총수, 태 회장으로 대하고 있었다.

태 회장은 그녀가 무슨 생각을 하고 있을지 가늠해 보다가 그녀 너머의 벽걸이 시계를 확인하고는 본론을 재촉했다.

"그만하고 본론으로 들어가. 비상대책 회의까지 시간이 얼마

남지 않았으니 말이다."

"저로 하세요."

가타부타 설명도 없이, 우리는 가장 중심부로 파고들었다. 화살처럼 날카로웠다.

"부사장 자리 말입니다. 제가 맡고 싶어요."

"너무 큰 욕심이라고 생각하지 않니?"

"설마요. 태어날 때부터 자격을 갖췄고, 자리에 맞게 길러져 왔어요. 지금까지 다른 아이들이 누릴 수 있는 자유는 포기했고, 대신 더 많은 교육을 받았죠. 기회가 왔으면 죽어도 놓치지 말아야 한다고 말씀하신 건 아버지세요. 그리고 전 그 기회를 위해 지금껏 원하는 것들을 포기했고요."

우리는 자신이 중학생일 무렵, 작은아버지에게 빼앗긴 그 자리를 떠올렸다. 태 회장의 앞에서는 쓸개까지 빼놓을 것처럼 굴다가 태 회장이 없는 자리에서는 시시각각 태 회장을 치고 올라갈 계획만 하던 남자였다.

우리의 야심은 우연히 들렀던 본가 서재에서 작은아버지와 임원과의 대화를 엿들었을 때부터 시작되었다. 차근차근 증거를 모아 단번에 작은아버지를 무너트리려고 했지만 꼬리가 길면 잡히는 법. 그가 알아서 무너져 주는 이때가 천우신조(天佑神助)나 다름없다고 생각했다.

"제가 부사장 자리에 부족하다고는 생각하지 않아요."

"태 전무."

"변호사와 통화했어요. 대법원 양형위원회의 양형기준에 따르면 특정범죄가중처벌법상 조세포탈의 경우 포탈세액이 200억 원 이상일 때 기본 형량이 5년에서 9년까지라고 하더군요. 작은아버지는 600억 원대의 조세포탈, 횡령, 배임 등이니 꽤 무거운 처벌을 받을 것 같더라고요. 새 양형기준이 없었다면 아주 큰일 날 뻔했어요. 구체적인 양형기준이 없었을 땐 그룹 J의 전 회장은 260억 원을 탈루하고도 고작 2년 6개월을 선고받았잖아요."

우리는 클러치 백 안에서 작은 USB 하나를 꺼내 태 회장에게로 밀어주었다.

"형이 징역 3년을 초과할 경우에는 집행유예가 불가능하고, 세금을 안 내려고 재산을 고의로 숨긴 사실 등의 가중요인이 드러날 경우에는 8년에서 12년의 징역형도 가능하다니 말 다 했죠."

우리의 말에 태 회장은 USB를 가만히 바라보다가 눈살을 찌푸렸다. 그리고는 우리의 말에 반박을 했다.

"검찰에서 혐의를 모두 적용해 기소하더라도 가중, 감경 요소를 감안해 양형이 늘거나 줄 수 있다. 나는 줄이는 쪽으로 힘을 쓸 거고."

"태 회장님은 작은아버지의 형, 못 줄이세요. 지금 이 앞에 있는 USB에는 꽤 많은 증거자료들이 보관되어 있거든요."

"이걸 넘길 생각이냐?"

태 회장의 물음에 우리는 가만히 고개를 저었다. LH그룹이 더 이상 다치는 것은 원하지 않았기 때문이었다.

"형을 줄이는 데 쓸 돈, 제게 투자하세요. 제가 부사장이 돼서 초반에 회사에 손해를 입히는 돈으로다가요. 그래도 제게 투자하시는 게 이익이실 거예요. 전 이익 혹은 손해에 대한 확률 싸움이지만 작은아버지는 고작 형량에 대한 확률이고, 형량을 줄인다고 해봤자 기업 이미지는 실추됐으니까요. 전 LH그룹의 보험과도 같고, 작은아버지는 재해와도 같은 수준이죠."

지금 이 순간만을 기다려 온 것처럼 구는 우리의 모습에 태 회장이 혀를 찼다. 인내하고 음흉하며 치밀한 것은 자신을 닮았기에 자랑스럽다가도 한편으로는 넌더리가 났기 때문이었다.

"꽤 오랫동안 이때를 기다려 온 것 같구나."

많은 의미가 담긴 태 회장의 말에 우리는 대답하지 않고 웃었다.

"그리고 한 가지 더 제안을 하죠. 제 결혼에 대한 성공 확률을 조금 더 높여 드릴게요."

"계속해."

"아버지께서 내민 두 명의 후보자를 다 만나봤어요. 한 명은 안손희, 집안은 평범한 것 같지만 사람 자체가 괜찮고 가능성도 엿보이죠. 조사해 보니 미래의 경영인 탑 쓰리에 드는 사람이더군요. 다른 한 명은 이우성, 집안은 그 잘난 IHN그룹이지만 사람 자체는 엉망이더군요. 아버지께서 왜 각기 다른 두 사람을 제게 내미셨는지 알았어요. 안손희를 내밀기에는 아버지 안의 태 회장께서 싫으시고, 이우성만 내밀기엔 사업가 안의 아버지께서 싫으셨겠죠. 어차피 둘 다 연애도 아니고, 사랑도 아니에요. 일말의 감정, 없다는 말이에요. 그렇다면 답은 간단하죠. 사업가인 태 회장께서 좋아하실 만한 상대로 고르면 되는 거니까."

이제야 비로소 이우성이라는 남자를 이용할 수 있게 되었다. 어차피 안손희에게 거절의 답변을 들은 지금, 이우성과의 결혼이 불가피하게 됐지만 우리는 이 점을 제대로 이용해 원하는 목적을 달성할 수가 있었다.

"전문 경영인 말고 제게 맡기세요. 회사 매출의 순이익을 내지 못한다면 저, 알아서 물러날게요."

"5년 주마."

"태 회장님 치시고 꽤 후한 기간이네요."

"태 회장이라면 1년 안에 넌 모가지야. 하지만 아버지로서는 믿어보도록 하지. 나도 전문 경영인보다 네게 맡기는 게 좋으니까."

"옳은 선택이세요."

"전적으로 부사장의 권한을 네게 넘기는 건 아니다. 회사의 꽤 많은 지분이 네게 있는 것은 알지만 경영인으로서는 도박이나 다름없으니까 말이다. 그러니 전문 경영인 한 명과 함께 일을 해보도록 해. 네 비서로 그런 사람을 곁에 두란 말이다."

"좋아요. 그럼 안손희라는 그 남자, 제게 붙여주세요."

"맞선 상대를 말이냐?"

"결혼 상대로는 아니어도 비즈니스 파트너로서는 꽤 괜찮은 사람 같았거든요. 화려한 이력도 마음에 들고요."

우리는 우성을 만나기 전에 만난 안손희라는 남자를 떠올렸다. 세상 사는 법을 아는 요령 있는 남자였다. 분명 기업에 도움이 될 것이었다.

아주 잠시 침묵이 흘렀다. 그리고 그 침묵이 답답하다는 듯 회장실 책상 위에 인터폰이 요란한 소리를 내며 울렸다.

—회장님, 회의 시작하기 10분 전입니다.

비서의 알림에 우리는 기분을 다시 전환시키고는 자리에서 일어났다. 그리고는 태 회장을 보며 더없이 인위적인 미소를 지었다.

"그럼 가실까요, 태 회장님?"

원하는 것이 있으면 가차없이 가지고 말 여자, 태우리를 바라보는 태 회장의 눈에 안쓰러움이 들어찼다.

회의실 내부가 술렁이기 시작했다. 갑작스러운 호출과 예고 없이 터진 스캔들 때문이기도 했지만 그룹경영위원회를 발족하는 오늘 느닷없이 진행된 인사이동 때문이기도 했다.

LH그룹의 장녀, 태우리가 부사장에 취임한다는 소식에 임원진들은 경악을 하고 말았다. 일단 태 회장의 결정이라는 것에 반박을 할 사람들이 없었지만 태우리가 나이도 어리고 여자라는 점에서 신뢰성이 떨어지고 있었다.

그에 우리는 반박했다.

"나이와 신뢰, 두 가지에 연관성이라도 있나요? 비례하는 점은 없습니다. 비례했다면 전 부사장께서 이런 대책 없는 일도 저지르지 않으셨을 테니까요. 더불어 젊은 인재를 키워 나가는 LH그룹의 취지와도 맞지 않나요?"

경영 실무 경험에 대해 누군가 질문을 던지자 우리는 지지 않고 대답했다.

"고왕지래(古往知來). 하나를 듣고 둘을 안다, 라는 말이죠. 저는 충분히 그럴 수 있는 능력이 되고, 지금까지 숱한 경력들로 증명을 해왔습니다. 더불어 여기에 능력이 되는 임원진들이 계시니 제게 큰 힘을 주실 수 있다고 생각합니다. 물론 태어나서부터 지금까지 줄곧 보고 듣고 알아왔기에 LH그룹의 발자취에 대해 누구보다 잘 알고 있다고 자부하고요."

"본사가 아닌 계열사라고는 해도 그렇지 어리고 멋모르는 계집애를……."

그렇게 중얼거린 것은 윤 전무였다. 자신이 끈 떨어진 연이라는 사실을 인지하지 못하는 것인지, 아니면 상황 인식 능력이 떨어진 건지, 그는 때와 장소를 구분하지 못하고 우리를 겨냥했다.

순식간에 회의실은 침묵에 휩싸였다. 들으라고 한 소리에 임원진 모두가 윤 전무를 응시했고, 태 회장 역시 불편한 심기를 고스란히 내보였다.

수습에 나선 것은 우리였다.

"실력으로 보여 드리도록 하겠습니다. 그리고 윤 전무님, 절차탁마(切磋琢磨)라고 들어보셨는지 모르겠습니다."

"뭐, 뭐요?"

"논어에 나오는 말입니다. 학업과 인격을 닦는다는 말이죠."

"지금 나, 나보고 한 말입니까? 학업과 인격을 닦으라고?"

"설마요. 제 실력보다 외적으로 드러난 조건을 보시고 의심하시는 건 압니다. 당연하다고 생각도 하고요. 하지만 그전에 전, 능력과 함께 제 인격까지 닦으며 성장하는, 그런 기업인이 되겠다는 다짐을 들려 드리는 겁니다."

윤 전무가 반박하지 못하도록 조목조목 따지고 든 우리는 방금 전의 부드럽던 목소리 대신 숨겨왔던 날을 뾰족하게 세웠다.

"이런 비상인 와중에도 핸드폰을 놓지 못하고 있는 누구와 달리 말이죠."

우리의 시선이 윤 전무에게 예리하게 꽂혔다. 매 회의마다 책상 밑으로 손을 넣고 스마트폰을 조작하기 바쁘던 윤 전무는 몸을 가늘게 떨며 더 이상 반박하지 못했다.

그때를 맞춰 임원 중 한 명이 자리를 박차고 일어나 우렁차게 박수를 쳤다.

"축하드립니다, 태 부사장님."

우리를 인정하겠다는 뜻이었다. 그러자 또 다른 몇 명이 자리에서 일어났다. 역시 박수를 치면서.

"LH그룹의 새 얼굴이자 젊은 인재의 등장이 업계에 새바람을 일으킬 것이라고 믿어 의심치 않습니다."

그러자 망설이고 있던 임원진 대부분이 기립해서 새 부사장 취임을 축하했다. 거부를 한다고 이사회를 소집한다고 해도 어느 정도의 지분을 가지고 있는 태우리를 명분 없이 쫓아낼 수 있을 리도 없고, 더 나아가 태 회장의 명실상부한 장녀이기에 지금은 때가 아니라는 계산이 섰던 것이었다.

사람들의 축하가 진심이 아니라는 것을 아는 우리는 그들을 향해 고개를 숙였다.

"감사합니다. 원래는 취임식을 치르고 업무를 시작해야겠지만 아무래도 사안이 사안이다 보니 취임식은 간단하게, 더불어 형식적으로 진행해야 할 것 같습니다. 꼭 혼인신고부터 한 부부 같지요?"

우리의 말에 사람들이 허허 웃었다. 그 웃음소리와 함께 잔잔히 미소를 지은 그녀는 바로 다음, 정색을 하고 임원진 한 명 한 명의 얼굴을 바라봤다.

"비상경영체제에 돌입하는 지금, 취임식에 앞서 부사장의 업무를 하게 된 점 양해 부탁드립니다. 더불어 부사장이 된 제가 가장 먼저 할 일은 구조조정이라는 점, 역시 이해 부탁드립니다."

그렇게 말한 우리는 고개를 돌려 윤 전무를 바라봤다. 불안함에 동공이 갈대처럼 흔들리는 윤 전무는 광기 어린 얼굴을 하고 우리를 바라봤다.

"전 부사장님의 부재에 따른 위험을 최소화하고 꽤 오랜 시간 썩어 문드러져 계열사 내에서도 암적 존재가 된 ㈜LH를 되살리고자 하는 방책임을 알려 드리며……. 윤 전무님?"

"네, 네?"

"내일부터 안 나오셔도 됩니다."

우리는 여지도 주지 않고 단호하게 말했다. 한번쯤 해볼 법한 협박도 아니었고, 그냥 한번 해보는 말도 아니었다. 그건 결정이었다.

우리의 결정에 사람들이 수군거리기 시작했다. 한 집안의 가장을 순식간에 실업자로 만들었다느니, 전 부사장의 오른팔이기에 잘랐다느니, 매번 마찰을 일으키고 무시했기에 권력을 휘둘렀느니. 분명 이 회의가 끝나고 나면 회사 전체에 추측성 말들도 많아질 것이 분명했다. 하지만 우리는 개의치 않았다.

윤 전무가 놀라 두 눈을 동그랗게 뜨고 말을 더듬었다.

"그, 그게 무슨······."

하지만 우리는 그를 봐줄 생각이 전혀 없었다.

"부당 해고로 신고하시려거든 하세요. 하지만 그에 따른 법적 책임 역시 지셔야 한다는 걸 명심하세요. 윤 전무님께서 신고하신다면 전 소송을 할 생각이거든요. 전 윤 전무님께 재산을 지키는 대신 조용히 떠나시는 걸 추천드려요."

재벌 2세의 횡포다! 사람들은 그 순간, 그렇게 단정 짓고 말았다. 더불어 윤 전무는 세상 모든 것을 걸고 태우리를 파멸시키기라도 할 것처럼 그녀를 노려보고 있었다.

04

느긋한 오후. 우성은 밖에 나갈 채비를 하고 있었다. 딱히 나가야 할 일은 없었지만 요 며칠 분노 조절이 되지 않는 것으로 봐서는 상태가 나빠지고 있다는 판단이 들어서였다. 주치의를 당장 만나고 말겠다는 생각에 준비를 서두르는데 현관에서 노크 소리가 들려왔다.

우성은 무릎까지 올라간 바지를 급하게 잡아 올리며 현관으로 향했다. 바지 버클까지 겨우 채우고 났을 때야 비로소 현관문이 열렸고, 그는 기다리다 지친 얼굴로 기대 서 있는 고재인을 볼 수 있었다.

"삼촌."

우성이 반갑다는 듯 재인을 부르자 그는 우성을 아래위로 훑어 보고는 멀쩡하다는 생각이 들었는지 방 안으로 들어오며 농지거 리를 던졌다.

"출근은 안 하고 땡땡이냐?"

"알잖아, 나. 정상이 아니라니까?"

"인마, 내가 볼 땐 정상이야. 하여간 의사들이 멋모르는 이우성 한테 진단서 끊어주고 약 먹이고 하니까 애가 제 병에 집착하잖 아. 노시보(Nocebo), 몰라?"

"삼촌, 맞는 것 같지만 전혀 안 맞는 말이거든?"

제집 안방이라도 되는 양 멋대로 들어와서 소파에 앉아버리는 재인을 바라보며 우성은 현관문을 잠그고 입술을 비죽거렸다.

"잘 봤다."

"뭘?"

"네 장난 짓거리 말이야. 난 또 네가 왜 갑자기 나서겠다고 그러 나 했지. 아직 준비도 덜된 녀석이 말이야."

재인의 말에 우성의 눈썹이 꿈틀거렸다.

"대표이사의 권한을 잠시만 쓰겠다고 하면서 기획안을 가지고 갔었지? 내가 사인해서 막 넘기려고 한 기획안을 말이야."

태우리를 유인해 내기 위해 잠시 사용했던 기획안에 대한 말이 었다.

"내가 알기로는 (주)IH의 대표이사는 당신이 아니었는데?"

우리의 말이 맞았다. 우성은 그림자 대표이사가 아니라 대표이사 삼촌 밑에서 지도를 받고 있는 견습생의 신분이었다. 그건 2년 동안 모진 풍파를 겪어내고 사회에 나온 그가 최대한 빨리 원래의 자리를 되찾기 위한 지름길이기도 했다.

　　"왜, 실무 경험도 쌓고 좋았다고."

　　"실무 경험? 약혼자 자극이 아니라?"

　　"삼촌."

　　"난 네 말만 믿고 당연히 실무 경험을 쌓으려는 줄로만 알았지. 그런데 요 깜찍한 조카 녀석이 내 자리를 이용해서 약혼자를 놀려 먹었더라, 이 말이야. 다른 누구도 아닌 태우리 부사장을."

　　"머리 좋은 여자야, 그치?"

　　"권력남용이다, 이 조카자식아."

　　재인은 팔짱을 끼고 앉아 현관 문고리에 걸려 있었던 신문을 펼쳐 들었다. 우성은 그런 그를 가만히 바라보다가 냉장고에서 생수한 병을 꺼내 그에게 건네주고는 옆자리에 앉았다.

　　"대단한 여자야. 전무에서 부사장이라, 아무리 그래도 파격 승진이야. 정해져 있던 일이 아니라 그 여자가 꾸몄을 가능성이 높다고 생각하는데, 삼촌은 어떻게 생각해?"

　　"예전부터 그쪽 부사장은 문제가 많았고, 그래서 꽤 전부터 전문 경영인과 오너 일가 체제로 그룹을 꾸려 나가겠다는 말도 많이 돌았지. 그런 부사장이 불구속 입건, 때를 놓치지 않고 재계의 어린 공주님이 그 자리를 탈환. 보통 머리가 아니라는 걸 입증한 셈이야. 조심해, 너."

"내가 왜?"

"그런 여자를 부인으로 두려는 거잖아. 게다가 네 동기도 썩 순수하지만은 않고."

"내 동기가 어떤데?"

천진난만하기까지 한 우성의 물음에 재인이 눈을 찌푸렸다. 우성은 자신의 사정을 낱낱이 알게 되는 순간 샅샅이 드러나게 될 그의 결혼 동기에 대해 전혀 걱정이 없는 듯했다.

'태우리라고 알아내지 못할까. 조사만 시키면 만천하에 다 드러날 일인데. 양손으로 하늘을 가리는 격이지.'

재인은 복잡한 심경을 숨기며 우성을 향해 우회적인 충고를 던졌다.

"차라리 정략결혼이 더 순수하다고 생각된다, 난."

"비상대책 회의에서 윤 전무부터 잘라 버린 거, 들었어?"

"문제가 많았던 사람이야. 부인은 바람을 핀다고 그러고, 아들은 유학을 보냈고, 윤 전무는 도박에 관련해서 사채를 끌어다 쓴 것 같고, 게다가 전 부사장 라인이잖아? 잘라 버리는 게 당연해."

"면박을 준 게 문제지. 사람 다 보는 앞에서 말이야. 회의실에서 대놓고 물어봤다며? 지금 우리랑 진행하는 프로젝트에 대해 한 줄이라도 좋으니 간략하고 명확하게 압축해서 말해보라고."

"한마디도 못했다고 하더라."

"부당해고로 노동부에 신고는 할 수 있겠지만 멍청하게 앞일 내다보지 못하고 자른 태우리 여사가 아닐 테니까 무서워서라도 못하지. 지금까지의 비리 내역이 다 그 여자 손에 있을 게 뻔한 시나리온데 말이야."

우성은 생각보다 태우리에게 관심이 많은 것 같았다. 그녀의 일거수일투족에 촉각을 곤두세운 우성의 진심이 무엇인지, 재인은 감히 판단할 수 없었다.

재인이 복잡한 눈빛으로 우성을 바라보는데 그는 짓궂은 소년처럼 하얀 이를 드러내며 웃었다.

"그래서 축하 화환을 보냈어."

"뭐?"

"부사장의 취임을 축하한다, 우리의 결혼에도 그런 열정을 보여달라, 더불어서 조심하는 법을 좀 배워라."

"정말 그렇게 써서 보낸 건 아니지?"

"왜 아니겠어?"

"조심은 왜?"

"그 여자, 그러다 칼침 맞을 여자니까."

"뭐?"

"바른말만 하고, 하는 족족 옳은 것은 알겠는데, 그러다 주변 사람 다 적으로 돌려 버리고 나면 남은 것은 장렬한 복수 내지는 원한일 테니까. 그전에 조심하라고."

"너만 하겠냐?"

조카를 바라보는 삼촌의 입술에서 낮은 한숨이 새어 나왔다. 누이의 하나뿐이 없는 조카이자 자신에게도 자식 같은 피붙이였기에 우성의 방황은 재인의 마음을 어느 때보다 시리게 만들었다. 그런 재인의 마음을 아는지 모르는지, 우성은 깊은 눈으로 그를 바라보다가 이내 훌쩍 자리에서 일어나며 말했다.

"그만 일어날게. 주치의 만나러 가야 하거든. 요즘 업무 과다로 골치가 좀 아파."

"업무 과다면 너 대신 내가 매일 하고 있는 것들은 뭐냐?"

"삼촌은 경영 실무자, 나는 경영 견습생. 삼촌은 정상인, 나는 정신병 환자. 누가 더 피곤하겠어?"

"하여간 말이나 못하면."

재킷을 걸치는 우성을 바라보며 조카의 상태가 궁금해 들렀던 재인도 천천히 나갈 채비를 했다. 주인 없는 방에 머물러 있을 이유가 없었다.

우성이 주치의에게 전화해야 한다는 것을 기억해 내고 전화를 했을 때, 그는 어마어마한 잔소리를 들어야만 했다. 왜 미리 연락해 주지 않았느냐, 내게는 계획이 없는 줄 아느냐, 내가 오라면 오고 가라면 가는 어느 집 똥개냐. 물론 어마어마한 돈을 들여 주치의와 계약을 했을 때, 계약서에 오라면 오고, 가라면 가야 한다는 조항이 들어 있었기에 마지막 문구는 취소하고 말았지만 어쨌든 나날이 기세등등해지는 주치의 하 선생이었다.

잠시 기다리라는 말에 우성은 툴툴대며 대기자용 의자에 앉아 있었다. 하지만 채 5분도 되지 않아 자리에서 일어날 수밖에 없었다. 하 선생의 진료실에서 나오는 사람이 다름 아닌 태우리라는 것을 보고 말았기 때문이었다.

"아!"

우성을 보기 무섭게 우리의 입에서 난감하다는 탄성이 터져 나왔다. 그랬기에 우성은 홀린 듯 자리에서 일어나 정신과 진료실에서 나오는 우리를 붙잡았다.

"의외의 장소에서 마주치는군. 이제는 우연이라기보다 인연, 혹은 운명으로 칭해야 할 사이가 된 것 같지 않아?"

"생각보다 낭만적이네요, 이우성 씨."

우리는 재빠르게 얼굴에 드러난 당황스러움을 수습하고 우성의 손아귀에 잡힌 손목을 조심스럽게 빼내었다.

"화환은 잘 받았어요. 그걸 보낸 의도가 축하인지, 저주인지는 아직도 모르겠지만."

"똑똑한 줄 알았는데 의외로 허술한 데가 있네. 축하, 청혼, 충고가 담긴 메시지였는데 그걸 알아내지 못하다니."

우성의 말에서 우리가 알아낸 것은 두 가지였다. 축하가 진심이었다는 것과 청혼을 빙자한 조롱 내지 자극이 들어 있었다는 것. 마지막에 그가 언급한 충고에 대해서는 짚이는 바가 있었지만 애초에 자기 관리조차 못하는 남자에게 듣고 싶은 것이 아니었기에 넘겨 버렸다.

우성이 물었다.

"여긴 무슨 일이지?"

"말해야 할 필요가 있나요?"

"이제 곧 결혼하게 될 사이인데 약혼자의 상태에 대해서 모르면 쓰나."

"그럼 약혼식을 하거든 다시 물어봐요. 그땐 친절하게 답해 드리죠."

약혼에 대해 순순히 인정하는 우리의 모습에 우성의 눈이 가늘어졌다.

이 여자, 분명히 우성과의 결혼을 미끼 삼아 부사장의 지위에 오른 것이 분명하다.

물론 그것이 전부가 될 수는 없겠지만 일부가 되었을 것이 분명하다는 판단이 서자 우성은 느릿하게 웃었다. 동기나 수단이 어떻든 그는 결혼이라는 성취만 있으면 됐다.

그는 가볍게 고개를 숙이고 그에게 등을 돌린 우리를 나지막하게 불렀다.

"내일, 잘하라고. 부사장 취임식 말이야. 나도 당신을 축하하러 갈 참이거든. 그러니까 잘해. 여자를 깔보는 다른 허접한 남자들의 콧대를 가차없이 눌러 버려."

"그렇게 말하지 않아도 그럴 참이야."

"그래야지. 그래서 날 더 반하게 만들라고, 태우리 여사."

우성에게서 그런 말을 들을 줄은 상상도 하지 못했던 모양인지,

그를 바라보는 우리의 눈빛이 낯설었다. 만남이 거듭될 때마다 각기 다른 모습을 보이는 다각형의 인물을 뚫어져라 바라보던 우리는 대답 대신 고갯짓을 하고 등을 돌렸다.

이번만큼은 우성도 그녀를 붙잡지 않았다. 이래저래 복잡한 상황에 얼마나 치였으면 정신과 전문의를 찾아왔을까 하는 생각 때문이었다. 때마침 하 선생이 진료실 문을 열고 나왔다. 차트를 정리하려다 우성과 눈이 마주친 그녀는 잔뜩 신경을 곤두세운 채로 검지를 까닥거렸다.

단발머리의 하 선생은 뿔테 안경을 고쳐 쓰며 우성을 눈에 담았다. 하 선생의 손짓에 우성이 손을 흔들었다.

"여어, 돈 잘 버는 하 선생."

"돈 많은 이우성 환자, 아무리 계약은 그렇게 했다고 하지만 어느 정도 상식선에 맞춰 매너를 지켜줘야 하는 것 아닌가?"

"아아, 양심도 없지. 상식과 매너를 지킬 거였으면 내가 왜 그렇게 많은 돈을 퍼부을까, 하 선생에게?"

딱히 반박할 수 없게 만드는 이우성의 말발에, 하 선생은 그저 인중에 낚싯바늘이 걸린 것처럼 입술을 삐쭉이고는 다른 차트 하나를 들고 진료실 문을 열었다.

"들어와."

하 선생이 진료실 안에 들어가 당당히 소파 하나를 차지하고 앉은 우성을 진단하기도 전, 그는 우리가 나간 진료실 문만 뚫어져라 바라보며 정신이 팔린 채 질문했다.

"뭐야? 태우리 여사가 여기에 왜 있는 거야?"

"뭐가 어떻게 안 좋은 건데?"

"태우리도 뭐, 나같이 무슨 병이 있는 거야? 아니면 그냥 상담?"

"상태가 더 나빠졌어? 밤에 잠은 잘 자고?"

상당히 주관적인 질문 공세만 하는 까닭에 커뮤니케이션 자체가 되지 않는 두 사람이었다. 우성이 궁금함을 참지 못한 자신의 질문에 직업 정신을 발휘한 하 선생을 노려보자 그녀는 차트를 내려놓으며 얕은 한숨을 내쉬었다.

"의료법상 환자의 개인 정보는 말해 드릴 수 없습니다."

"야."

"아무리 그렇게 윽박질러도 의료법상 환자의 개인 진료 내역은……."

"아, 됐어."

"히포크라테스 선서를 하고 하얀 의사 가운을 걸친 나는 네 친구가 아니라는 것을 명심, 또 명심……."

"됐다고. 그만하라고. 너 때문에 내가 정신병 걸릴 것 같아."

우성이 심드렁한 얼굴로 손을 내저었다. 덕분에 하 선생의 경계는 풀렸다. 하지만 우성은 계속 정신과 상담을 받으러 온 우리를 떠올리고 있었다.

'분명히 뭔가 있는 것 같은데.'

우성이 곰곰이 생각에 잠겨 있는데 차트를 살펴본 하 선생이 조심스럽게 물었다.

"상태가 어때?"

"요즘 잠을 통 못 자. 가슴이 뻐근하고, 숨도 막히고."

"숨을 못 쉬는 바람에 구급차 불렀던 때와 비교하면?"

"그때보다는 꽤 안정적이긴 하지만."

"약은?"

"한 알 남았어."

우성이 기다렸다는 듯 품 안에서 약병을 꺼내 하 선생에게로 내밀었다. 앤타이디프레센트(Antidepressant), 항우울제였다. 약병과 차트를 번갈아 보던 하 선생은 차트를 덮어 탁자 위에 내려놓고는 비딱하게 앉아 있는 우성을 바라보았다. 어떤 누구는 평생 겪지 않는 일을 겪고 심각한 마음의 병을 앓게 된 그를 향한 연민이 샘솟았다. 하지만 요즘 사회에 비일비재하게 일어나는 일이고, 또한 정신과 전문의로서 우성보다 더한 환자들도 보아온 하 선생은 친구로서의 마음을 다잡고 쓰고 있던 안경을 콧잔등 위로 밀어올렸다.

"다행이야. 네가 저번에 복용하던 약은 효과가 직빵이긴 해도 그만큼 부작용도 많거든. 네가 모르는 부작용이 있었을 거야, 아마. 몽유병 같은. 어쨌든 그때는 네가 생각하지 말아야 할 것까지 생각하고 있었으니까 그렇게 처방했지만 이제는 달라. SSRI와 니코틴 인히비터의 복합물을 복용 중이니까. 힘들거나 몸에 안 맞는다는 생각이 들면 곧바로 말해. 아마 처음에는 그렇게 느껴지겠지만 이건 꽤 오랜 기간 복용해야 하는 약이니까 꼭 아침에 음식물과 함께 복용하고."

하 선생이 무슨 말을 하는 건지 이해도 되지 않았고, 그렇다고 알고 싶지도 않았다. 간단하게 풀어서 이야기하자면 결론은 이우성은 지금 약을 계속 먹어야 한다는 것, 상태가 호전되고 있다는 것, 딱 두 가지였다.

진료실 안에 몸뚱이만 내던져 놓고 있던 우성의 마음은 어느새 병원에서 마주쳤던 태우리를 향해 달려가고 있었다. 그녀가 왜 여기 있었는지, 왜 전문의의 도움이 필요한 것인지, 그 누구도 알려주고 싶어하지 않는 사실을 궁금해하고 있었다.

이우성, 나이 서른.

열여덟, 고등학생 시절 이미지라는 여자를 만난다. 첫눈에 반하지만 유학길에 올라야 하는 이우성은 곧장 미국으로 간다. 한국으로 귀국했을 때의 나이는 스물여섯. 3개월 후, 극적으로 이미지와 재회한다. 적극적인 구애 끝에 5개월 만에 이미지와 만나게 되고, 함께 경영 실무 경험도 쌓게 된다. 하지만 경영 새내기에 불과했던 그는 과한 업무량에 그녀와의 관계에 소홀해지게 되고, 만난 지 1년째 되는 날 강성현과 이미지의 관계로 모든 것이 끝난다. 그리고 6개월간 자살, 도피, 섹스, 약물, 알코올 등 갖은 형태로 도망을 치다

결국 정신병원에 처박히게 된다. 그리고 2년…….

　우리는 이우성이라는 오만방자한 남자에 대한 서류를 다시 한 번 꼼꼼히 읽었다. 정신과 진료실에서 그를 만난 후, 지금껏 차곡 차곡 쌓여왔던 호기심이 봇물 터지듯 쏟아져 나왔기 때문이었다.

　우리는 이우성의 과거를 꼼꼼히 읽은 다음, 꽤 오랫동안 말없이 책상 앞에 앉아 있었다. 그건 우성을 생각하는 지금도 마찬가지였 다.

　"……리. 태우리 부사장님?"

　누군가 자신을 부르는 목소리에 우리가 불현듯 정신을 차렸다. 그제야 그녀는 수백 개의 눈동자가 자신을 향하고 있다는 사실과 자신이 부사장 취임식에 있다는 현실을 깨달았다.

　"아, 네."

　깊은 상념에서 깨어나 현실을 직시한 순간, 가장 먼저 눈이 마 주친 상대가 이우성이었다. 다른 누구도 아닌, 그의 까맣고 묘한 눈빛이 자신에게 향하고 있다는 것을 깨달은 우리는 순간 얼굴이 빨갛게 달아올랐다.

　우리가 자리에서 일어났다. 차분하게 마음을 가라앉히고 단상 으로 향하는데 스커트 아래로 드러난 다리에 그의 시선이 거추장 스럽게 달라붙는 것을 느꼈다. 덕분에 단 한 번도 긴장한 적 없던 그녀는 처음으로 긴장이라는 것을 하고 말았다. 그녀는 단상 아래 에 숨긴 축축한 손바닥을 스커트에 문질러 닦으며 마이크를 쥐어

잡았다.

"감사합니다. ㈜LH의 새 얼굴이자 젊은 인재들을 대표하는 사람으로서 더욱 깨끗하고 건강한 기업을 만드는 데 온 힘을 다하겠습니다. 제 경영 방침은 이렇습니다."

우리는 누구보다 집요하게 따라붙는 우성의 시선을 따돌리고자 애를 쓰며 숨을 골랐다. 그의 눈빛에서 느껴지는 것은 집착, 구속, 그리고 소유욕이었다. 왜 그가 그녀에게 그런 눈빛을 보내는지, 어째서 그렇게 뜨거운 눈빛으로 바라보는 건지, 우리는 이유를 알고 싶으면서도 평생 모르고 싶었다. 알게 되면 그 순간, 우성에게 빠져들 것만 같았다. 우성이 자신에게 그런 마음이 아님을 잘 알고 있기에, 우리는 덧없는 고갯짓만 반복해야 했다.

"취도이정(就道而正), 길에 나가 저 자신을 무한히 교정하겠습니다. JUST DO IT! 다른 사족 붙이지 않고 그냥 해나가겠습니다. 견현사제(見賢思齊), 저보다 나은 사람을 보고 배우며 그와 같게 되기를 주저하지 않겠습니다. 려이하인(廬以下人), 늘 낮은 자세로 임하겠습니다. 이 세 가지가 저의 경영 철학이요, 기업을 이끌어갈 차세대 리더로서의 다짐입니다."

그런데 왜일까. 그 무엇보다 일을 중요하게 여기는 우리는 부사장 취임식에서조차 집중을 할 수 없었다. 우성이 있다는 이유 하나만으로.

우리는 머릿속에 차오르는 잡다한 생각을 지워 버리고는 자신을 낯설게 바라보는 수백의 눈동자 앞에 불끈 쥔 주먹을 들어 보였다. 지금 이 상황에서 그들이 자신을 신임할 거라고는 생각하지 않았다. 그렇지만 적어도 가능성이 무한하다는 것만큼은 보여주고 싶었다.

우리의 연설이 끝나기 무섭게 우레와 같은 박수가 터져 나왔다. 앞줄 가장 바깥 측에 앉아 있던 우성이 먼저 자리에서 일어났고, 덕분에 대부분의 사람들이 기립박수를 치게 되었다.

연설을 성공적으로 마친 우리는 가볍게 인사를 하며 단상을 내려와 앞줄에 앉아 있던 사람들과 차례차례 악수를 나눴다. 웃음기 없던 그녀의 얼굴에 야트막한 미소가 떠올랐고, 그때 즈음 마지막 차례인 우성이 그녀를 향해 손을 내밀었다.

"취임을 진심으로 축하합니다, 태우리 부사장."

우리는 반신반의한 얼굴을 하고 자신의 앞에 내밀어진 그의 손을 물끄러미 바라봤다. 마치 자신에게 주어진 선택의 기회처럼 느껴졌기에 선뜻 그 손을 잡을 수 없었다. 지금 우성의 손을 잡는다면 아무래도 그의 올가미에 잡혀 영원히 빠져나올 수 없을 거라는 예감이 들었다.

우리가 머뭇거리고 있는데 우성이 잽싸게 그녀의 손을 잡아챘다. 그의 커다란 손바닥이 그녀의 작은 손바닥을 감싸고, 그의 기다란 손가락이 그녀가 꼼짝할 수 없게 옭아매고, 단단하게 힘을 주어 빈틈없이 맞물리게 한 그가 느릿하게 손을 흔들었다. 그리고 그녀와 눈을 마주친 다음 미소를 지었다.

오싹했다. 소름이 돋았다. 금방이라도 도망치고 싶은 생각에 가볍게 몸을 떤 우리는 빠르게 그에게서 손을 빼냈다.

"축하, 감사합니다."

고개를 까닥 숙이고는 돌아서려는 찰나, 그녀에게 꽂혀 있던 우성의 시선이 일순 다른 곳을 향해 흩어졌다. 그게 이상하다고 생각한 순간이었다. 우리의 시야가 막혔다. 그녀의 앞을 막아선 우성 때문이었다.

"지금 이게 무슨……."

짓이냐고 묻기도 전, 우성의 정장 바지 사이의 틈으로 새하얀 대리석 바닥 위에 떨어지는 새빨간 핏방울을 보았다. 불꽃처럼 뜨거운 그의 선혈이 핏자국 위에 겹쳐져 떨어져 내렸고, 동그랗던 방울은 이내 흥건히 바닥을 물들이고 말았다.

"까아아아아아아아악!"

누군가의 찢어지는 비명 소리가 들려왔다. 그제야 우리의 정신도 제자리를 되찾았다.

"죽여 버릴 거야, 죽여 버릴 거라고오!"

윤 전무의 광기 어린 고함 소리였다. 우성으로 인해 시야가 막힌 우리가 천천히 몸을 움직인 순간, 그녀는 윤 전무가 휘두르는 칼을 손으로 쥐고는 매섭게 그를 노려보고 있던 우성을 확인할 수 있었다.

"헉!"

"이보라고, 태우리. 내가 말했지? 조심하라고."

"다, 당신!"

우리는 한 손으로 입을 막고 눈앞에서 벌어진 처참한 광경을 바라볼 수밖에 없었다. 우리가 떨리는 목소리를 숨기려 애를 쓰며 윤 전무를 향해 손을 뻗었다.

"칼에서 손 떼요, 윤 전무."

"당신, 태우리! 계집애 주제에 감히 나를 잘라? 감히 나를, LH 그룹에서 뼈를 묻다시피 한 나를? 네가 그렇게 잘났어?"

미친 사람처럼 고함을 질러대는 윤 전무는 휘날리는 머리와 풀어헤친 셔츠 바람을 하고 손을 사시나무처럼 떨어댔다. 그럴 때마다 칼을 잡은 우성의 살갗을 깊숙이 파고들어 선혈을 뿜어내게 만들었다.

우리는 우성의 파리해진 얼굴을 바라보았다. 그의 얼굴은 핏기 없이 하얗게 질려가고 있었지만 보다 선명한 눈빛은 그녀에게 괜찮다고 말하고 있었다. 그것을 확인한 우리는 방금 전보다 안정된 얼굴을 하고 윤 전무를 노려보았다.

"원한다면 지금까지 모은 자료를 보여줄 수 있어요. 부당이 아닌 정당 해고를 증명해 주죠. 괜찮겠어요, 윤 전무?"

"으, 으아아악!"

때맞춰 연락을 받은 경찰들이 몰려들었다. 윤 전무는 체포가 되었고, 우성은 구급차에 실려 자리를 떠났다. 태우리의 부사장 취임식은 다이내믹하게 끝이 났고, 남은 것은 하얀 대리석 바닥 위에 새빨간 핏자국뿐이었다.

―(주)LH 부사장 취임식에서의 난동. 해고당한 임원, 부사장에게 칼을 휘둘러…….

―사내에서 일어난 테러, 과연 무엇이 문제인가!

―반사회적 인격장애. 미국 의학회의 진단기준의 정의: 법률적 사회기준을 따르지 않음. 충동적이며, 공격적이고, 쉽게 흥분함. 무책임하며 사람이나 동물에게 가해를 가하는 것에 양심적 가책을 느끼지 않음.

삐리링―

우성은 보고 있던 텔레비전을 꺼버리고 옆에 다가와 선 우리에게 시선을 돌렸다. 수술을 받고 집으로 돌아온 지 만 하루 만에 우리는 다시 올 일이 없다고 호언장담을 했던 그의 호텔방 가운데에 멀거니 서 있었다.

"또 보네."

우성이 속삭였다. 하루 전보다 핼쑥해진 얼굴이었어도 눈빛만큼은 형형했다. 그 모습을 바라보는 우리의 얼굴에 난감한 빛이 스쳤다. 미안하고, 고맙고, 또 안타까워서 가슴이 무겁게 가라앉았다.

"뭐라고 해야 할지."

"인사 혹은 사과, 둘 중에 하나가 아닐까?"

짓궂은 그의 대답에 우리가 고개를 끄덕였다. 그녀의 시선은 그의 오른손을 두르고 있는 새하얀 붕대에 꽂힌 채였다.

"고마워요. 당신이 날 도와줄 줄은 몰랐어요."

"소중한 약혼자의 몸에 흠집이 나면 쓰나."

말을 해도 꼭.

우리가 처음으로 고개를 들어 우성을 바라봤다. 씩 미소를 짓는 그의 얼굴을 한번 가볍게 노려봤던 그녀는 날 선 눈빛을 풀어버렸다. 미워할 수 없는 그의 웃음 탓이었다.

우성이 미소가 감도는 얼굴로 나직이 중얼거렸다.

"당신이 아니라 다른 사람이었더라도 그렇게 했을 거니까 죄진 사람 얼굴은 하지 마."

처음 만났을 때와 다른 그의 얼굴이 낯설다. 맥이 풀린 느낌의 그는 장난기 많은 소년 같기도 했고, 너른 품을 가진 성인 남자 같기도 했다. 그 느낌이 묘해 잠시 그에게 정신을 팔고 있던 우리가 재빨리 시선을 거두어들였다.

"손은……."

"괜찮아. 인대 몇 줄 끊어지고 근육이 파열된 것뿐이야. 새끼손가락은 신경까지 끊어져서 움직일 수가 없다고는 하지만 애초에 약속 따위 할 일이 없으니 필요없었어."

그렇게 답하는 우성에게 무슨 위로와 어떤 사과의 말을 해야 할까, 우리가 갈피를 잡지 못하고 있을 무렵 우성이 먼저 눈치를 살피다 조심스럽게 물었다.

"당신은……. 괜찮아?"

"덕분에요."

"많이 놀란 것 같던데."

두 눈을 동그랗게 뜬 채 어찌할 바를 모르고 있던 우리를 떠올린 우성이었다. 그녀의 눈가가 촉촉이 젖었던 것은 그의 착각일 수도 있었지만 어쩐지 그때의 그녀는 보호해 주고 싶을 정도로 짠했었다.

그녀를 향한 걱정을 들킬까, 우성이 퉁명스럽게 말을 이었다.

"태우리 부사장이 당황하는 진귀한 모습도 보고 말이야. 꼭 득템한 느낌이야."

그렇게까지 말했음에도 우리는 잠잠했다. 평소라면 딱딱한 태도를 고수하며 아프게 톡 쏘아붙일 것이 분명한데 그녀는 그녀답지 않게 입을 다물고 서 있었다. 그게 불편했던지 우성이 진심을 가장한 장난을 던졌다.

"그나저나 사람 문병을 오는데 너무 양손 가볍게 온 거 아닌가? 손은 무겁게, 마음은 가볍게가 문병의 모토로 알고 있는데."

"반대겠죠. 손은 가볍게, 마음은 무겁게. 하지만 오늘은 손도 무겁고 마음도 무겁게 왔어요, 나."

우리는 가방을 뒤져 자그만 상자 하나를 꺼내 우성에게 내밀었다.

"이게 뭐야?"

"열어봐요. 당신이 그토록 원하던 거니까."

우리의 말에 우성이 그녀의 의도를 파악하고자 한쪽 눈을 가늘게 뜨고는 상자를 열었다. 상자 안에는 심플하면서도 제법 화려하게 다이아몬드가 박힌 반지가 들어 있었다.

"호오. 지금 청혼하는 건가? 당신이 먼저?"

"빚지고는 못 사는 성격이라서요."

"말도 참 예쁘게 하고?"

"당신은 할 생각 없다지만 난 한 번 한 약속은 죽어도 지키는 성격이기도 하고요."

"빚은 평생 갚겠다? 살갗이 찢어진 것으로 당신의 인생을 샀다니, 꽤 싸게 값을 치렀는데? 당신, 손해 봤어."

"당신은 본인 스스로를 함부로 대하는 것 같아요. 난 그렇게 생각하지 않는데 말이죠."

우리의 대답에 우성이 두 눈을 커다랗게 떴다. 하지만 이번에는 우리가 담담히 미소를 지으며 자신의 미래를 마주 보았다.

"곧 약혼식이 있을 거예요. 약혼식이 끝나면 꽤 빠른 시일 안에 결혼식을 할 예정이고."

"추진력 하나는 좋군. 후회하지 않을 자신 있어?"

"그건 내가 물어봐야 할 말이에요. 이우성 씨, 후회하지 않을 자신 있어요? 얼마 전까지 난 태 회장님과 당신, 두 사람의 협공으로 타의에 의해 결혼을 하게 된 수동적인 인간이었지만 지금은 다르거든요. 결혼이 수단이었던 그때와 달리, 이제는 내 스스로 당신을 선택했어요. 그리고 내가 결정을 했으니 후회는 하지 않을 생각이에요."

우리의 말에 우성이 입을 꼭 다물었다. 우리는 그에게 대답하거나 생각할 틈도 주지 않고 말을 이었다.

　"난 불행하게 살 생각은 전혀 없어요. 그러니 결혼하기 전에 당신도 마음 정리는 확실히 하는 게 좋을 거예요."

　그녀의 의도를 파악하려는 그의 눈동자가 불안하게 움직였다. 하지만 그는 죽어도 깨닫지 못할 것이 분명했다. 그녀의 마음에 위태롭기만 한 이우성이 들어왔다는 사실은.

05

햇빛이 따사롭고 하늘이 높고 푸르던 가을의 어느 날, 우리와 우성의 결혼식이 있었다. 결혼식은 간단하고 조촐하게 우성의 본가에서 치르기로 결정이 된 상황이었고, 결혼식이 있을 정원에는 그 준비로 한창이었다.

우리는 정원이 한번에 내려다보이는 2층 방 안에서 단조롭던 푸른 빛깔이 노랗고 붉은 빛깔로, 점진적으로 물드는 주변을 멍하니 바라보고 있었다. 화려하게 수놓인 프렌치 의자에 앉아 있던 우리가 창가에서 몸을 돌려 화장대 거울을 물끄러미 바라봤다. 파리하게 질린 얼굴 위로 몇 번이고 분홍빛 블러셔가 스쳐 지나갔지만 생기를 감돌게 만들 수는 없었다.

"화사해야 할 신부 얼굴 꼴이 말이 아니네."

우리는 거울에 비치는 자신의 얼굴이 보기 싫다는 듯 거울을 눕혀 천장을 반사하게 만들어 버리고는 야트막한 한숨을 내쉬었다. 그녀의 불안은 얼마 전 있었던 약혼식에서 모습을 보이지 않던 우성으로부터 비롯됐는지도 모를 일이었다.

"아무리 정략결혼이라고는 해도 당신이 원하던 일이었잖아, 이우성. 왜 지금 와서야 겁쟁이처럼 도망을 치는 거지?"

우리는 평소라면 있을 수 없을 정도로 약한 모습을 보이며 불안에 떨었다. 아무도 없는 밀폐된 공간에서야 비로소 꽁꽁 숨겨왔던 약점들을 내보일 수가 있는 그녀였다.

드레스 대신 시폰 원피스를 걸치고 있던 그녀의 약지 위로 3캐럿의 다이아몬드가 번쩍거리고 있었지만 그것마저도 우리를 기쁘게 해줄 수는 없었다. 차라리 사랑하는 사람에게 받는 실가락지가 더 행복할지도 몰랐다.

형식적인 프러포즈를 기대한 것은 아니었어도 택배로 반지를 받을 줄은 몰랐던 터라 적잖이 당황한 우리는 반지가 도착했을 때의 기억을 떠올리며 엄지손톱을 잘근잘근 씹었다.

"불행해질 생각은 없어. 절대로."

그건 일종의 다짐이나 마찬가지였다. 스스로에게 세뇌를 시키는 주문처럼 우리는 몇 번이고 그 말을 되뇌었다.

불행의 반대는 불행하지 않은 것. 행복한 것과는 퍽 다른 의미였다. 불행해질 생각은 없지만 행복해질 생각은 꿈꿔본 적 없던 우리로서는 아마 행복이 어떤 느낌인지도 구체적으로 알기가 힘들 것이었다.

움직이지 않는 새끼손가락을 본 날 이후, 우성을 본 적은 단 한 차례도 없었다. 우성을 본 적은 없었지만 거침없던 그의 움직임은 날로 선명해졌고, 그를 보지 못함에도 불구하고 그녀의 곁엔 늘 그가 있었다. 더 자주, 더 또렷하게.

우리는 그 점이 무서웠다. 그저 한 번 자신을 도와주었다는 사실 하나만으로 급격하게 마음이 움직인 점이. 하지만 다시 생각해 본다면 그저 도와준 것이 아닌, 생각 한 번 하지 않고 온몸으로 자신을 구해준 것이었다. 그건 아무 누구나 할 수 없는 꽤 큰일이었다.

"아버지나 동생들도 해줄 수 없는 일이었지. 해준 적도 없고."

그때의 일을 떠올리는 것만으로도, 우성에게는 미안하지만 우리의 가슴 한쪽이 시큰해졌고 또 따스해졌다. 심하게 요동치는 배 안에 있는 것처럼 울렁거리는 것이 퍽 어지럽기까지 했다. 그것이 이우성이라는 남자를 마음에 담았기 때문이라는 것을 알기까지는 그리 오랜 시간이 필요하지 않았다.

"이렇게 멍청하게 시간을 보낼 때면 꼭 쓸데없는 생각만 떠오르기 마련이지."

우리가 고개를 세차게 저었다. 그리고는 들고 온 태블릿을 화장대 위에 세우고 업무를 시작했다. 서류 파일을 읽어 내리고, 사업 관련 메일을 수신하는 것으로 40분 넘는 시간을 보낸 것 같았다.

때맞춰 그녀의 휴식시간을 알리는 노크 소리가 들려왔다.

똑똑똑—

"네, 들어오세요."

우리가 태블릿에 고정시켜 두었던 시선을 떼어내는 순간, 열린 문으로 와자지껄 들어오는 친구들이 보였다. 이수와 이지였다.

"계집애!"

"태우리 여사의 행보는 늘 우리를 놀라게 만들지. 오늘, 미리 인지해 둬야 할 사항은 없는 거 맞지?"

민트색 원피스 차림의 두 여자가 깔깔거리며 들어오자 방 안의 분위기는 금세 환기가 되었고, 덕분에 제대로 된 신부 대기실이 완성되었다.

"친한 친구의 결혼식 날, 무슨 옷을 입고 가야 하나 고민 많이 했다."

"얘가 그러잖아. 외국에서는 결혼식에 세 가지가 필요하다고. Something old, Something new, Something blue. 낡은 것은 우리 둘, 오래된 친구니까. 새로운 것은 이 원피스, 얼마 전에 부랴부랴 카드 긁었다. 푸른 것은 역시 우리 둘의 드레스! 색상이 너무 튀어서 일상생활에서 활용하기는 거의 불가능할 것 같지만 마음먹고 샀어. 태우리 여사를 위해서."

"가터벨트도 필요하다는데 혹시 있어?"

"가터벨트를 허벅지에 차고 있으면 신랑이 드레스를 들추고 입으로 끌어 내리는 게임을 한다던데……."

거기까지 말한 이수와 이지가 묵묵부답인 우리의 눈치를 살폈다. 두 사람의 말에 우리의 커다란 두 눈에 당혹감과 수치심이 차례로 맺혔다 사라지는 것을 알아챈 이지가 먼저 너스레를 떨었다.

"내가 나이수 엄청 핀잔 줬다니까. 여기는 외국이 아니라 한국이라고. 정서상 무지하게 안 맞는다고."

"하긴 그, 그래. 그런 거 하면 집안 어른들이 싫어하시겠지? 내가 생각이 좀 짧았어."

이수는 이지의 말에 대꾸를 하며 들고 있던 쇼핑백을 등 뒤로 숨겼다.

너는 사랑받지 못하고 있구나…….

그런 메시지를 전하려던 것이 아니었다. 그런 의도로 우리를 상처 입히려던 것도 아니었다. 그저 쓰리플 멤버 중 처음으로 결혼을 하는 그녀를 진심을 다해 챙겨주고 싶었고, 축하해 주고 싶었을 뿐이었다. 그저 지금 이 결혼이 정상적인 것이 아니기에 일반적인 축하 역시 있을 수 없다는 것을, 지금에서야 가슴 저리게 깨달았을 뿐이었다.

우리의 시선이 등 뒤로 숨긴 이수의 손으로 향했다. 줄이 그어진 핑크빛 쇼핑백에는 유명한 속옷 회사의 로고가 새겨져 있었다. 그것을 확인한 우리가 덤덤하게 손을 내밀었다.

"이리 줘. 선물인 것 같은데 받을래."

"친한 친구들은 속옷을 해줘야 한다고 해서……."

"그러니까. 잘 쓸게."

우리는 이수에게서 빼앗다시피 한 상자를 품에 안고 가만히 쓸어보았다. 그리고는 두 사람을 향해 최대한 어색하지 않을 웃음을 내보였다.

"걱정하지 마. 내가 원해서 하는 결혼이야. 나, 충분히 행복해."

누구보다 행복하고, 어떤 순간보다 특별하다는 듯.

자신이 지어낸 미소가 두 사람에게 어떤 식으로 다가갔는지, 웃음에 열중하고 있는 우리는 알아챌 수가 없었다. 그녀가 아는 것은 그저 지금 한 이 말이 친구들에게 처음으로 한 거짓말이라는 것뿐이었다.

신부 대기실에서 빠져나오기 무섭게 이지가 깊은 한숨을 내쉬었다. 덕분에 이수는 차마 같이 무거운 마음을 드러내지 못하고 조용히 자리를 지켰을 뿐이었다. 가타부타 떠들었다가는 우리가 가십거리가 되고 말 거라는 생각에 한마디 말을 하는 것조차 조심스러웠다.

그저 조용히, 급격히 어두워진 얼굴을 숨기며 계단을 내려가는데 빠르게 계단을 올라오는 한 남자와 마주쳤다. 까만 정장에 부토니아를 가슴에 단 남자는 입구에서 고개를 까닥거리며 인사를 하던 신랑, 이우성이었다.

우성의 얼굴을 확인하기 무섭게 이지의 표정이 변했다. 그녀는 자신을 스쳐 지나가려는 그를 붙잡고 고의를 담아 웃어 보였다.

"안녕하세요."

"안녕하세요?"

이지의 인사에 우성은 반사적으로 인사를 했을 뿐이었다. 이지가 다시 되물었다.

"신랑 되시는 분이시죠?"

그 물음에 우성은 대답 대신 그녀가 누구인지 궁금하다는 얼굴로 바라봤다. 바로 몇 분 전에 얼굴을 맞대고 인사를 하고 악수까지 했는데도 무신경한 눈앞의 남자는 이지를 기억하지 못했다. 그 점이 이지를 약 오르게 만들었다.

"입구에서 인사드렸는데 아무래도 기억을 못하시나 봐요. 신랑이라면 사랑하는 신부의 친구 몇몇의 얼굴과 이름은 기억하고 있어야 하는데…… 좀 의외네요?"

그제야 우성은 자신에게 뾰족하게 날이 선 이지의 태도를 이해했다는 듯 얼굴에서 궁금증을 지웠다. 호기심이 사라진 남자의 얼굴은 건조하고 딱딱했다.

"배이집니다."

이지가 명함 한 장을 우성에게 내밀자 그는 명함을 받아 확인하며 고개를 까닥였다. 안 그래도 날카로운 외모를 가지고 있는데 무표정하기까지 하니 더없이 차갑고 냉정한 인상을 주었다.

"의사…… 시군요. 이우성입니다. 아직은 제대로 된 직함을 달지 못한 견습생이라 드릴 명함이 없군요."

"아마 내 명함이 필요할 때가 있을 겁니다. 당신 아내가 될 우리에 대해 누구보다 잘 알고 있는 사람으로서 말이죠. 오랜 친구라는 이름으로 충고 하나 하자면 말입니다?"

시비를 걸기라도 할 것처럼 구는 이지의 태도에 침묵을 고수하고 있던 이수가 그녀의 팔을 잡아당겼다.

"이지야, 그만하고 가자."

"있어봐, 좀!"

이지는 고분고분 끝낼 생각이 없었다. 만류하는 이수의 손을 강경하게 뿌리친 그녀는 독이 바짝 오른 말투로 경고를 날렸다.

"내 친구, 울리지 마세요. 행복하게 해달라는 거창한 말은 못하겠지만, 우리에게 거짓말까지 하게 만들진 말라는 겁니다."

"거짓말?"

"행복하다고 하면서 웃더군요."

"그게 지금 거짓말이라는 겁니까? 멋대로 판단하고 애꿎은 타인에게 쏟아내는 거, 별로 좋지 않은 매너 같은데."

"애꿎은 타인이라고 말할 수 있을까, 과연?"

자신을 죽일 것처럼 구는 이지의 태도에 우성이 한쪽 눈썹을 꿈틀거렸다. 하지만 이지는 쉽사리 멈추지 않고 나불댔다.

"결혼이라는 거, 애들 장난 아닌 거 알 거라고 생각합니다. 목적이 뭐든, 한번 맺은 인연이니 그렇게 쉽게 취급하지 마시라는 말입니다. 백년가약을 하는 겁니다, 두 사람. 존중해 주고, 이해해주고, 믿어주고, 소중하게 대해주세요. 사랑까지 해주지는 못하더라도……."

말에 뼈가 있고 가시가 있었다. 이지가 무슨 말을 하려 하는지

못 알아들을 바보가 아니었다, 우성은. 이지는 친구라는 미명 아
래 그를 비난하고 있었다.

"우리에게 있어 태우리는 그 누구보다 행복해질 권리가 있는
아이니까."

우리를 생각하는 마음이 진심이라는 것쯤은 알았다. 하지만 그
건 이지와 이수, 두 사람의 사정이었다. 그 마음을 우성에게 요구
하는 것만큼 분수에 지나치는 일도 없었다. 그랬기에 우성은 불쾌
하다는 것을 숨기지 않으며 날카롭게 대꾸했다.

"주제 넘는 말이라는 거, 알고 있죠?"

"알고 있지만 꼭 주제 넘는 말을 해야 하는 순간이라는 것도 있
으니까."

물론 쉽게 주눅이 들 이지도 아니었다. 그렇게까지 답한 이지는
호의적이지 못한 눈빛을 끝까지 거두지 않으며 마지막 경고를 날
리고 계단을 마저 내려갔다.

"그 아이, 검은 방에 가게 하지 말아요."

"검은 방?"

제대로 된 설명을 해줄 마음은 없는 듯했다. 등을 돌리고 사라
져 가는 기 센 여자를 물끄러미 바라보던 우성은 짜증이 가득한
얼굴로 머리를 긁적거리며 몸을 돌렸다.

"하아, 정말 제멋대로군."

친구들이 방에서 나간 뒤, 잠시 고요한 정적을 음미하고 있던

우리가 향한 곳은 화장실이었다. 방에 갇혀 있는 것이 지독하게 몸서리가 쳐지는 덕분에 방을 빠져나온 그녀는 복도를 하염없이 서성이다 괜히 화장실로 향했다. 신부 대기실에도 있는 화장실이었지만 일단은 방으로 돌아가고 싶은 마음은 없었다.

파우더 룸을 지나쳐 화장실 문을 확인하는데 안에 누군가 있는지 꼭 잠겨 있었다. 문고리를 몇 번 돌려보다가 파우더 룸에 비치된 소파에 앉아 기다리려는데 안에서 희미하게 여자의 울음소리가 들려왔다.

서러운 그 울음소리에 자리에 앉으려던 우리가 다시 몸을 일으켰다.

똑똑—

우리가 노크를 했다.

"무슨 일입니까?"

"아, 아무것도⋯⋯. 흐윽."

주체할 수 없는 마음을 고스란히 내보이는 여자로 인해 심기가 불편해진 우리가 밖으로 나가려는 찰나, 절대 열리지 않을 것 같던 문이 열리고 한 여자가 밖으로 나왔다.

작은 얼굴, 긴 머리카락, 가느다란 실루엣, 오목조목한 이목구비. 첫사랑의 향수를 불러일으키기 충분한 외모의 여자는 금방이라도 쓰러질 것처럼 휘청거리며 벽을 짚었다. 화장기 없는 얼굴은 눈물로 촉촉이 젖어 있었는데 그 모습이 흉하기보다 청초하게 느껴질 정도였다.

아주 잠시, 짙은 화장에 감싸여 있는 자신이 부끄러워졌던 찰나. 여자가 먼저 우리를 알아봤다.

"어머! 당신은……."

"날 아나요?"

"알죠. 태우리 부사장님, 맞으시죠? 우성이와……. 아, 이우성 씨와 결혼하시는……."

우리의 물음에 여자는 의도적인 것인지, 아니면 의도는 없지만 그저 멍청한 것인지 모를 대답을 꺼내 놓았다. '우성'이라는 이름을 쉽게 입에 올릴 정도로 친근했다는 과거를 알려주고 싶기라도 한 모양이었기에 우리는 동요하지 않고 눈앞의 여자를 물끄러미 바라봤다.

두 사람의 결혼식에 참석할 만한 여자, 그건 단 한 명뿐이었다. 이우성의 이복형인 강성현과 혼인관계 있는 여자, 이미지. 그리고 미지의 아는 척에야 비로소 우리는 보고서로 받아본 이미지의 얼굴을 기억해 냈다. 관심도 없었고, 정신도 없었기에 그녀를 첫눈에 알아보지 못한 우리였다.

"축하…… 합니다."

흐느끼는 여자에게서 축하를 받고 싶지는 않았다. 진심이 아닌 축하 역시 필요없었다. 우리는 깊은 한숨을 내뱉고는 고개를 내저었다.

"참 이상하네요."

"네?"

"당신의 의도가 말이죠. 이우성과 관계성을 어필하고 싶은 건지, 아니면 비련의 여주인공 흉내라도 내려는 건지, 그도 아니면 아직 이우성을 잊지 못해 난리났다는 마음을 보여주고 싶은 건지. 이 중에 답이 있긴 한가요?"

우리의 물음에 미지는 두 눈을 동그랗게 뜨고 말을 더듬거렸다. 우리가 자신을 알고 있을 거라고는 생각조차 해본 적 없었다는 투였다.

"다, 당신……. 알고 있었나요?"

"뭘요? 당신이 누구인지를, 아니면 이우성과 어떤 관계였는지를, 그도 아니면 당신이 이우성에게 무슨 짓을 저질렀는지를?"

"나, 난……."

"참 이상하네요, 정말. 우성 씨는 당신을 까맣게 잊은 채 나와 결혼을 하는데 이우성을 버린 당신은 미련을 못 버리고 그렇게 울어대고 있으니."

한 번 거짓말을 하고 나니 두 번째 거짓말은 꽤 쉽게 나왔다. 행복하다는 말 다음으로 우성이 그녀를 잊었다는 말을 꺼낸 우리는 그런 말을 내뱉은 자신이 우스워 피식 웃고 말았다. 그 웃음이 썩 효과적이었는지 미지는 입술을 앙 다문 채 도전해 왔다.

"난…… 그 사람을 버린 게 아니에요."

"외로워서 다른 남자의 유혹을 이기지 못했다고 할 셈인가요? 차라리 버렸다고 하지. 그 편이 더 당신 스스로를 깎아내리지 않았을 텐데."

"그 사람도, 우성 씨는 지금 내게 복수를 하려는 거예요."

"나와 결혼함으로써?"

"마음에도 없는 결혼을 해서 날 상처 입히고 싶은 거야. 난, 그런 그를 내버려 둘 수가 없어요."

순진한 것인지, 영악한 것인지. 자신이 어떤 처지에 있는지 생각해 볼 겨를도 없이 감정적인 대응에 나서는 미지의 모습이 퍽 실망스러웠다.

이런 여자를 우성이 그렇게나 사랑했다는 것인가?

아주 조금은 회의적인 마음까지 들었다. 그 때문이었을까. 미지에 비해 이성적으로 대꾸하던 우리의 안에서 여자의 욕심이 새어나온 것은.

"마음에도 없다고 누가 그래요? 사랑으로 이루어진 결혼이에요. 난 그 사람에게 사랑도, 든든한 사업적 배경도, 집안도 다 줄 수가 있죠. 그러는 당신은 그에게 무얼 줄 수 있나요?"

"난……."

"당신의 사랑은 벌써 길을 잘못 들었고, 당신은 그 흔한 사랑 하나도 줄 수 없는 몸이지 않나요? 강성현 씨의 부인, 이미지 씨?"

현실을 알려주는 것이 아니라 여자로서 미지를 공격하고 있다는 사실을 알게 된 것은 말을 내뱉고 난 뒤였다. 그 공격에도 미지는 주춤할 생각을 하지 않고 두 눈을 똑바로 뜨며 대응했다. 말을 더듬으며 두려운 기색을 내비치긴 했어도 주눅이 든 것 같진 않았다.

"나, 난 당신을 알고 있어요. 당신이 내 뒤에서 남편과 어떤 짓을 벌이는지, 다 알고 있어요."

"어떤 짓을 벌이던가요, 내가?"

"내가 모, 모르는 곳에서 남편과……. 남편이 당신과 만나는 것을 알고 있어요. 남편이 내게서 마음이 멀어진 것도, 그 마음이 당신에게 가 있는 것도 전부 다. 그렇게 당신은 내게서 모든 것을 빼앗아갈 참인가요?"

"모든 것이라고 하면…… 강성현과 이우성, 두 남자를 말하는 건가요?"

재미있는 상상이라고 해야 하나. 우리는 미지의 말에 답을 하지도 않은 채 피식거리며 웃었을 뿐이었다.

"재미있네요. 둘 다 내가 갖는 편도 썩 나쁘진 않을 것 같네."

그 말을 내뱉고 난 우리는 웃음을 지운 채 싸늘한 조언을 남겼다.

"집에서 막장 드라마만 너무 많이 보지 말고 사회적, 경제적 지식도 쌓도록 해요. 그래야 남편에게 어떻게라도 도움을 줄 수 있을 테니까. 더불어 착각 속에 사는 당신이 현실을 깨닫게 되는 계기도 될 수 있을 거라고 봐요, 난."

그렇게 말하고 돌아서려던 우리를 잡은 것은 미지였다.

"어떻게 그런 말을 아무렇지 않게 할 수 있죠?"

"난 내 욕망에 한 번도 비굴했던 적 없었어요. 그러는 당신은 스스로에게 당당한가요?"

이우성이라는 연인을 두고 강성현이라는 남자와 관계를 가졌으면서도 아직까지 우성이라는 이름을 놓지 못하고 있는 그녀의 태도에 우리가 화가 난다는 듯 쏘아붙였다. 그러자 미지는 아무런 말도 하지 못하고 서 있다가 그녀를 밀치고 밖으로 뛰어나갔다.

'아무 반박도 할 수 없는 여자들의 무기는 눈물밖에는 없지.'

우리가 불쾌해진 기분을 툭툭 털어내며 밖으로 나오는데 언제부터 서 있었던 건지 모를 우성이 묘한 얼굴을 하고 있었다.

'어디서부터 들은 걸까?'

오해의 소지가 퍽 다분하다고 느껴지는 자신의 말들을 하나씩 떠올려 본 우리는 별다른 말도 없이 스쳐 지나가는 우성을 멍하니 바라볼 수밖에 없었다.

신부 대기실로 돌아오기 무섭게 우리를 맞이하고 있었던 것은 다름 아닌 성현이었다. 멀끔한 외모와 괜찮은 실력을 가지고 있으면서도 이복동생을 향한 뼈저린 질투와 열등감으로 자신의 장점마저 망치고 있는 남자였다. 그를 보자마자 우리는 밀려드는 두통을 참지 못하고 비틀거렸다.

"부부가 쌍으로 날 힘들게 할 생각인가 봐요."

"부부라니?"

성현은 만지작거리고 있던 우리의 태블릿을 내려놓으며 그녀에게로 다가갔다.

"그나저나 참 충격적이야. 아무리 그래도 그렇지 이우성과 결혼을 하다니."

"당신만 할까요."

"내가 왜?"

"아내를 두고 밖으로 나도는 거, 썩 좋아 보이지 않거든요. 물론 내가 상관할 바 아니지만."

남편의 사랑이 없었던 까닭이 분명하다. 오래전 헤어진 연인의 그리움으로 사무친 것을 보면. 그런 미지가 답답하면서 한편으로는 안됐다는 생각에 우리는 눈앞의 성현을 무감각하게 바라봤다. 이런 남자일수록 감정을 드러내지 않아야 한다고, 감정을 드러내는 순간 그는 쾌감에 젖을 것이라고 생각했기 때문이었다.

성현은 그녀의 결혼에 길길이 날뛰고 있었다.

"그 자식은 당신을 이용하려는 것뿐이야. 이 결혼, 잘못 생각하는 거라고."

"나 정도 위치에 있으면 순수한 감정만 기대하긴 어렵죠. 아무 것도 없는 태우리가 아닌, 모든 것을 갖춘 태우리니까."

"똑똑한 줄 알았는데 의외로 멍청한 부분도 있고."

LH그룹의 태우리. 강성현이 좋아하는 배경을 타고난 여자. 언젠가부터 우리를 알게 되면서 성현의 야심은 조금씩 커지기 시작했다. 우리를 자신에게 넘어오게만 한다면 우성보다 더 큰 미래를 손에 쥔다는 결론을 얻었기 때문이었다. 오랜 시간에 걸쳐 성장한 열등감과 피해의식은 강성현의 도덕적인 잣대와 사회적 통념마저도 단번에 무너트릴 수 있었다.

"설마, 이우성을 좋아하는 건 아니지?"

"좋아한다면?"

"하하하하하하!"

우리의 대답에 미친 듯이 웃던 성현이 얼굴을 굳혔다.

"그러면 안 되지."

광기가 느껴질 정도로 오싹한 순간이었다. 하지만 우리는 자신이 느낀 공포심을 뒤로 숨기고 뻣뻣한 태도를 일관했다.

"당신이 이우성에게 진심이 된다면 나 역시 진심으로 당신을 빼앗고 싶어지잖아."

"예전부터 말했지만 상대를 잘못 골랐어요."

성현의 말에 우리는 고개를 저었다.

"어떻게 당신이 유혹을 한들 난 넘어가지 않을 거니까. 당신이 어떤 유혹적인 배경이 있다고 한들, 죽어도 당신은 아니에요."

"죽어도 나는 아니지만 이우성은 된다?"

혼자 중얼거린 성현이 우리가 있는 쪽으로 성큼성큼 다가서더니 그새 그녀의 허리를 감싸고 곧장 얼굴을 들이밀었다. 키스라도 할 것처럼 구는 그의 태도에 우리는 인형처럼 그를 무심하게 바라기만 했다. 감정 따위 없는 얼굴로.

그 순간이었다.

"이게 무슨 짓입니까?"

열려 있던 문틈으로 이 광경을 보고 있었던 것인지, 손희가 급하게 뛰어들어 왔다.

"이제 몇 분 후면 다른 남자의 신부가 될 여자입니다. 지금 뭐

하시는 겁니까?"

한 손에는 꽃을 들고 있던 손희의 얼굴이 딱딱하게 굳어 있었다. 누군가에게 들켰다는 것이 두려웠는지, 성현은 소동이 일어나는 것을 원하지 않는다는 투로 급하게 신부 대기실을 빠져나갔다. 사람들의 시선을 그렇게 무서워하면서 대담한 짓을 벌이려고 호시탐탐 노리는 그가 우스울 정도였다.

"괜찮아요?"

"네."

"거기서 그렇게 있으면 어떡합니까? 상대를 밀치거나 반항을 해야지."

"미친놈들은 반응을 하면 할수록 좋아 날뛰는 경향이 있으니까요. 이런 일이 한두 번도 아니고."

"한두 번이 아니라고요?"

"월요일에 출근하면 가장 먼저 내 주변 경호부터 늘려줘요. 요즘 들어 일이 많이 생기네."

손희의 등장이 꽤나 도움이 됐다. 우리는 긴장을 풀어버린 얼굴을 하고 손희를 바라봤다. 유순해진 그녀의 얼굴을 잠시 넋을 잃고 바라보던 그가 기억이 났다는 듯 짧은 탄성과 함께 꽃다발을 그녀에게 안겼다.

"참, 축하해요."

"예쁘네요, 꽃이."

"무슨 선물을 해야 할지 몰라서요. 그리고 이건 부탁하신 자료."

"고마워요. 그리고 나 좋아해요, 꽃."

하얀 백합을 품에 그득히 안은 우리가 잔잔한 미소를 지었다. 그가 내려놓은 자료를 한 번 보고 다시 품 안 가득 찬 백합 향기에 취해 몽롱해지려던 바로 그 순간이었다.

"그럼 좋네."

비꼬는 목소리에 손희와 우리, 두 사람 모두의 시선이 우성에게로 향했다. 입구에 비스듬히 몸을 기대고 팔짱을 낀 우성이 비릿하게 웃자 우리의 얼굴이 다시금 긴장으로 굳어졌다.

"언제부터 거기에 있었죠?"

"강성현과 키스를 하려던 순간부터?"

"그건 오해예요."

"그렇겠지."

곧 부부가 될 두 사람 사이에 오가는 딱딱한 대화에 불편함을 느낀 건지 손희가 먼저 자리에서 일어났다.

"먼저 나가볼게요."

손희가 사라지는 것을 끝까지 지켜보고 있던 우성은 몸을 일으키더니 우리에게로 다가왔다.

"외간 남자는 오면 안 되는 곳에 벌써 두 명이 다녀갔군."

"필요한 자료 때문에 부탁했어요."

"저 자식은 또 누구야?"

결정적인 순간에는 관심을 보이지 않으면서 꼭 다른 때에는 연인에게 하는 것처럼 민감하게 구는 그가 이해가 되지 않았다. 우리가 미지를 만난 것을 두 눈으로 봤으면서도 아무 언급조차 하지 않으면서 성현과의 만남에 유독 민감하게 반응하는 그가 얄미운 나머지 우리는 뾰족하게 대꾸를 했다.

"당신이 나타나지 않았던 약혼식 때 왔다면 당신이 알 수 있었던 사람이에요. 나와 함께 ㈜LH를 이끌어갈 인재지요. 약혼식 때 왔고, 그 후로 한 번 미팅을 했죠. 아쉽네요, 소개시켜 줄 타이밍을 두 번이나 놓쳐서."

그녀의 대답에 우성은 묘한 눈길로 그녀를 바라보더니 이내 한 쪽 팔을 그녀에게 내밀었다.

"가지. 그토록 원하던 결혼식이 지금 시작될 참이거든."

그렇게 우성과의 미래를 향한 첫 걸음은 엉망으로 꼬인 채 시작이 됐다. 버진 로드를 걷는 내내, 주례사의 물음에 거짓으로 대답하는 그 순간까지도, 우리는 불안함을 감출 수 없었다.

"이우성 군은 태우리 양을 아내로 맞이하여 평생을 아끼고 사랑할 것을 맹세합니까?"

야속하게도 그는 우리의 눈을 똑바로 바라보며 대답했다. 네, 라고……. 우리의 사회적 위치를 고려해 그녀의 자존심만큼은 지켜주겠다는 표정을 하고, 그렇게.

06

다사다난한 결혼식이 끝나고 일주일이 지나도록 서로의 얼굴 한번 본 적 없는 부부였다. 두 사람의 상황과 여건을 고려해 신혼여행은 무기한 연기를 한 것도 모자라 일주일 내내 같은 공간에 한번 있어본 적도 없었다. 세간에서는 그런 유형의 부부를 두고 '쇼윈도 부부'라고 부르고 있었다.

우성은 홀로 텅 빈 집 거실에 앉아 깊은 생각에 잠겨 있었다. 걱정과 불안과 두려움에 꺼리다 보니 결국 상황은 더욱 복잡해진 것 같았다.

어두운 장막이 내리깔리자 세상은 더욱 화려해지기 시작했다. 아파트에서 내려다보이는 야경은 아름다웠고, 한강 둔치에서는 퇴근한 사람들이 삼삼오오 짝을 이뤄 산책을 즐기는 것이 보였다. 모두가 함께인 지금, 우성만큼은 철저히 혼자였다.

집에 혼자 있을 때면 떠오르는 그날의 기억에 탄식을 내뱉곤 했다. 강성현과 태우리의 키스 바로 직전의 상황, 그 장면을 보는 순간 오래전 이미지와 있었던 일이 생생하게 되살아나면서 급격한 우울과 압박감이 그를 강타했다. 트라우마로 남아버린 일은 꽤나 정신적인 부분이 커서 아무리 극복하려 애를 써도 몸이 제대로 반응하질 못했다.

"제길, 그 개자식! 주먹부터 날렸어야 하는데……."

우성은 아직까지 떨리는 주먹을 공허하게 바라보며 어금니를 앙다물었다. 응징을 하고 싶은 마음은 굴뚝같았다. 2년 동안 이를 갈아온 일이니 당연할 수밖에 없다. 하지만 정작 성현을 눈앞에 두고는 비겁하게 달아나 버리고 말았다. 그럴 수밖에 없었다.

2년 전 그 일이 있기 전까지 성현은 우성이 진심을 다해 따르던 형이었고, 그 후로 2년 동안의 공백은 일종의 구멍처럼 뻥 뚫려 있었기 때문이었다. 우성은 스스로의 나약함에 매번 분노하면서도 그 나약함을 이겨낼 힘이 부족하다는 사실을 절감하며 함께 절망할 수밖에 없었다.

"분명 그때의 일 때문이겠지? 날 피하는 이유가……."

얼굴 한번 볼 수 없는 아내를 기다리고 있던 우성은 한 손으로 얼굴을 쓸어내리며 마음을 다잡았다. 시간은 흘렀고, 상황은 변했으니 찌질함으로 무장한 이우성도 변해야 마땅했다.

"난 내 욕망에 한 번도 비굴했던 적 없었어요. 그러는 당신은 스스로에게 당당한가요? 지금 내 욕망은 이우성을 곁에 두는 것이고, 난 아내라는 위치에서 그 역할에 최선을 다할 생각이에요."

"결혼식이 끝나면 이우성, 내 남자예요. 난 내 남자가 다른 여자 때문에 휘둘리는 꼴, 절대 못 봐요. 힘들어하는 모습도 싫고요. 한 번 더당신이 이런 식으로 나온다면 난 내가 가진 모든 것을 이용해 내 남자를 지키는 데에 최선을 다할 거예요. 이건 경고가 아니라 협박이에요."

태우리, 그녀가 미지와 나누던 대화를 기억한다. 결혼식이 있던 날, 파우더 룸에서 오고 가던 그 이야기를 떠올린 우성은 깊어진 눈을 하고 가만히 자신 안의 우리를 되새겼다.

'내 것'과 '남의 것'의 경계가 확실한 여자. 한 번 '내 것'이라는 바운더리 안으로 들어온 이상, 확실하게 지킬 줄 알고, 완벽하게 소유할 수 있는 여자.

그런 여자인 줄은 꿈에도 몰랐다. 우리의 그 모습을 떠올린 우성의 눈가가 순식간에 촉촉해졌다.

"당신이 이우성에게 진심이 된다면 나 역시 진심으로 당신을 빼앗고싶어지잖아."

"예전부터 말했지만 상대를 잘못 골랐어요. 어떻게 당신이 유혹을한들 난 넘어가지 않을 거니까. 당신이 어떤 유혹적인 배경이 있다고 한들, 죽어도 당신은 아니에요."

성현과 그녀와의 대화 역시 잊을 수가 없었다. 두 사람의 대화를 본의 아니게 엿듣게 된 덕분에 우리와 성현이 깊이 연관된 관계가 아님을 알게 됐다. 우리의 고지식한 태도 덕분에 자신이 받은 사진이 찍힌 사실 역시 깨달을 수 있었다.

지독한 오해는 어디서부터 어떻게 풀어야 하는 걸까?

"미쳤지, 미쳤어. 상황판단 안 되는 이우성, 아주 큰일 저질렀구나."

그녀는 성현의 내연녀가 아니었다. 그 말인즉, 그의 비틀린 마음으로 인해 이루어진 결혼을 하지 않았어도 됐었다는 말이다. 자신의 것을 빼앗은 성현에 대한 복수로 성현의 것을 빼앗는다는 유치한 마음을 가지고 있던 우성은 단숨에 붉어진 얼굴을 하고 깊은 한숨을 내쉬었다.

"태우리. 태우리, 당신……. 대체 무슨 생각으로……."

우리를 생각하는 순간, 우성의 눈빛이 흔들렸다. 딱딱하고 뾰족하고 융통성 없는 여자로만 여겼던 그녀가 사실은 속이 깊고, 누구보다 다정하다는 것을 깨달은 순간 우성의 마음이 크게 흔들리고 있었다.

하지만 안 된다. 아픔은 한 번으로 족하다. 마음 전부를 내주고 속절없이 아팠으니 아프지 않으려면 마음 전부를 내주지 말아야 한다.

우성은 고개를 저었다. 시간이 흐를수록 자석처럼 우리에게 끌리는 마음을 다잡아야 했다. 지금까지는 그 마음을 숨기고자 우리에게 퉁명스럽게 대했지만 그런 일은 하지 않을 것이다. 대신 마음 역시 주는 일도 없을 것이었다.

철컥—

생각에 깊게 잠겨 있느라 남보랏빛이었던 하늘이 먹지보다 더 까매졌다는 것도 모르고 있던 우성의 고개가 들렸다. 통유리로 되어 있는 창가 너머로는 선명해진 가로등이 어른거리고, 밤하늘이 알알이 박힌 별 조각도 그 밝기를 더해가는 그때에야 비로소 현관에서 인기척이 들린 것이다.

비밀번호 누르는 소리가 들리더니 이내 현관문이 열렸다. 우성이 있을 때엔 절대로 열리지 않을 것 같던 문이 열린 것이었다. 순간, 예상치 못하게 우성의 심장이 두근대기 시작했다.

우리가 퇴근을 하고 집에 돌아왔을 때엔 12시가 훌쩍 넘은 시간이었다. 얼굴에 피곤이 잔뜩 묻어 있음에도 불구하고 그녀는 한 치의 흐트러짐 없는 모습을 하고 현관으로 들어왔다. 발가락을 압박하던 높은 하이힐을 벗고 불안한 눈으로 캄캄한 어둠을 훑은 그녀는 혹시나 있을 우성을 대비해 숨을 죽이고 안으로 들어갔다.

달칵—

센서에 손을 대자 기계음이 나며 집 안이 환해졌다. 자연스럽게 안이 밝아지자 우리는 한쪽 눈을 살풋 찌푸렸고, 이내 창가 옆 소파에 우두커니 앉아 있던 우성과 눈이 마주쳤다.

짧게 탄성을 내지를 정도로 놀란 우리지만 그 소리는 우성의 귀에 들리지 않았다.

"왜……."

예상한 적 없던 그의 등장에 목소리까지 갈라지고 말았다. 우리는 자신이 당황한 마음을 고스란히 내보이고 싶지 않아 말을 멈추고 몇 번 헛기침을 한 뒤에 다시 입을 열었다.

"왜 그러고 있어요?"

"이렇게라도 있지 않으면 아내를 볼 수가 없으니까. 집에 들어오기는 하는 건지, 내가 그림자랑 결혼한 건 아닌지 의심이 들어서 말이야."

우성의 목소리는 잔뜩 가라앉아 있었다. 술이라도 한잔한 건가 싶어 소파 앞 커피 테이블을 확인했지만 그가 술을 마신 흔적은 그 어디에도 없었다.

"밥은?"

"그냥요."

우성이 처음으로 우리에게 호기심을 가졌다. 그녀에 관해 처음으로 물어보는 모습에 우리는 묘하게 쑥스러워 괜한 손톱만 괴롭혔다. 그의 분위기가 평소와는 확연히 다른 까닭일까, 우리는 그의 눈을 똑바로 바라보기가 힘들었다.

그녀가 빠르게 대답을 하고 눈을 피했다. 그 모습을 물끄러미 바라보고 있던 우성이 고개를 저으며 자리에서 일어났다.

"질문에 대한 대답이 영 딴판이야. 명쾌하지 못한 걸 보니 굶고 다니는 모양이군."

"쓰러질 정도는 아니에요."

쯧! 우성이 못마땅하다며 혀를 차더니 곧장 부엌 쪽 식탁으로 다가가 상 덮개를 열었다. 밥그릇과 국그릇은 비어 있었지만 그를 제외하면 완벽하게 세팅이 되어 있었다.

우성이 고갯짓을 했다.

"밥 먹어."

"당신이…… 차렸어요?"

"아줌마가 차렸어. 안 치우고 놔둔 것뿐이야."

그렇게 대꾸한 우성이 한동안 집요하게 우리를 좇던 시선을 거둬들였다. 그제야 우리는 동그래진 눈으로 우성을 바라봤다. 아아, 조금은 알겠다. 그가 퍽 다정한 사람이 아님을 알지만 그래도 제 딴에는 노력이라는 것을 하고 있다는 것을. 그 증거로 우성의 귓바퀴가 발갛게 달아오르고 있었다.

우성을 살펴보는 우리의 눈이 부드럽게 휘었지만 정작 그녀에게서 등을 돌리고 선 우성은 그 희귀한 모습을 볼 수가 없었다. 그는 몸소 밥과 국을 퍼 그녀의 앞에 놓아주고는 냉장고에서 물병을 꺼냈다.

"고마워요."

우리가 작게 인사하자 그는 퉁명스럽게 대꾸했다.

"아줌마가 다 해놓은 걸 꺼내기만 하는 건데, 뭘."

"그래도."

나를 바라봐 주지 않는 누군가와의 갑작스러운 결혼이 무미건조할 거라고만 여겼는데 그래도 썩 나쁘지 않다는 생각을 들게 해줘서. 또, 소소한 따뜻함을 느낄 수 있게 해줘서.

우리가 식탁에 앉아 식사를 시작했다. 우성은 그녀의 앞에 차가운 보리차 한 잔을 놓아주고는 맞은편에 자리를 잡고 앉아 그녀가 식사하는 모습을 가만히 지켜봤다.

"불편해요. 그렇게 쳐다보는 거. 뭐라도 먹지 그래요?"

"식사는 이미 다 했고, 딱히 간식을 즐기는 성격도 아니라서. 불편해도 그냥 참아. 혼자 밥 먹는 것보다는 낫잖아?"

우성의 말에 딱히 반박할 수 없었던 우리는 따가운 시선을 그대로 받아내며 식사를 계속했다. 오래전부터 식사 예절이 몸에 익은 그녀는 수저 부딪히는 소리 하나, 음식 씹는 소리 하나 내지 않은 채 조용하고 기품 있게 식사를 했다.

"앞으로 어떻게 할까?"

우리가 식사를 거의 끝마쳤을 때 즈음, 우성이 운을 떼었다. 나지막한 그의 목소리에 우리가 무슨 뜻이냐는 듯 그를 바라보며 들고 있던 숟가락을 내려놓았다.

"앞으로 어떻게 해야 할지 대화부터 하자는 거야. 당신, 불행해질 생각은 없다며."

우성의 물음에 우리는 난감하다는 얼굴로 그를 바라봤다. 단 한 번도 그가 대화를 통해 두 사람의 관계를 발전시킬 거라고 생각한

적이 없었던 터라 더욱 당황스럽기도 했다.

그런 우리의 표정을 확인한 우성이 긴장을 지웠다. 현재, 감정적으로 자신이 우리보다 우위에 있다는 사실을 간파한 그는 등받이에 기댔던 상체를 우리 쪽으로 기울였다.

"단 한 번도 생각해 본 적 없나 본데?"

"지금 그 말이 꽤…… 발전적인 가능성을 내포하고 있는 것 같아서요."

"내가 이런 말을 할 줄은 몰랐던 건가?"

"어쨌든, 정략적인 결혼이었으니까."

"정략적인 결혼이라도 난 내가 원했어. 그 점이 다른 정략결혼과 다르지. 그건 당신도 마찬가지잖아?"

우성이 그녀에게 동의를 구했다. 우리는 무언의 동의를 표시하고는 우성의 진지해진 두 눈을 바라봤다. 어디서 어떻게 심경의 변화가 일어난 건진 알 수 없었지만 우리에게 있어서 그의 변화는 양팔 들고 환영할 만한 것이었다.

결혼식에서의 맹세는 비록 진실하지 못했더라도 지금, 우성의 다짐은 진실했다. 사랑은 아니더라도 인간적으로 존중할 수는 있을 것 같았다.

"당신과 마찬가지로 나도 남편의 역할에 충실할 생각이야."

"의외…… 네요."

"내가 좀, 성실함을 기대하긴 힘든 인상을 가지긴 했지."

자조적으로 중얼거린 우성이 짧게 흠흠, 헛기침을 했다. 생각보다 너무 진지한 말을 꺼낸 것만 같다는 생각에 낯간지럽기까지 했다. 하지만 이런 대화는 필수불가결한 것이었고, 한 번쯤은 거치고 지나가야 할 통과 의례와도 같은 일이었기에 우성은 뜨끈한 피부의 온도를 낮추려고 노력하며 말을 이었다.

"이 결혼은 발전적이어야만 해. 어쨌든 난 당신에게 내 인생을 걸었고, 인생이라는 큰 것을 투자한 만큼 발전은 필수적이어야 하지. 게다가 난 최대한 이혼은 생각하지 않을 거야."

"그 부분만큼은 나와 생각이 같군요."

"그럼 어디서부터 어떻게 시작할까?"

우성의 질문에 우리가 잠시 생각을 하다 가방에서 핸드폰을 꺼내 그에게 내밀었다.

"전화번호. 전화번호 알려줘요."

"알려면 얼마든 알아낼 수 있잖아?"

"당신에게 직접 듣고 싶었어요."

서로의 전화번호도 모르는 신혼부부라.

첫 스타트가 나쁘지만은 않다고 생각했던 두 사람은 순간 꽤 먼 거리감을 느끼며 입맛을 다셨다. 아주 잠시 가까워졌다고 생각했건만 일순간 어색함이 되돌아오자 서로를 바라보던 부드러운 시선도 사그라졌다.

"당신 일정은 어떻게 돼?"

이번에는 우성이 물었다. 그 물음에 우리는 1초의 망설임도 없이 대답했다.

"월요일부터 금요일까지 출근해요. 아침잠이 많지 않아서 새벽 4시쯤에는 일어나고요, 그럼 곧장 운동을 하러 나가죠. 출근은 8시 반에 해요."

"기상시간과 운동 스케줄은 똑같네. 출근은 늦춰도 되지 않나?"

"회사를 책임지고 있는 사람부터 솔선수범하고 노력해야 나머지 인재들도 따라온다고 생각하고 있어서요."

"주말은?"

"토요일에도 거의 약속이 있는 편이고, 일요일에도 일이 있어요."

"무슨 일인지 물어봐도 되나?"

"뭐, 일종의 모임과도 같은 거예요."

우리의 대답에 우성은 자세히 캐물을 생각도 하지 않고 고개를 끄덕이며 수긍해 버렸다. 그룹 자제들과의 모임, 혹은 그때 보았던 친구 둘과의 모임 정도로 추측해 버린 그는 일순 불퉁해진 얼굴로 투덜거렸다.

"남편을 위해 할애할 시간은 없나?"

"부부모임이나 절 대동하고 가야 할 일이 생기면 미리 말해주세요. 시간 빼놓을게요."

이런 것들이었다. 우성을 종종 이유 없이 화나게 만드는 우리의 사소한 대답들은.

"하!"

짤막하게 터지고 마는 그의 헛웃음에 우리의 가느다란 어깨가 경직되고 말았다.

"일주일 전에 예약해 놓으면 되는 건가?"

"당일에 말해주는 것보다는 좋죠."

우리는 그저 우성의 물음에 곧이곧대로 답했을 뿐이었다. 하지만 그것이 우성을 심술궂게 만들고 있다는 사실을 알지 못했다.

"부부관계는?"

그녀가 당황할 것을 알면서 일부러 직구를 던진 것은 심술 내지 그녀의 마음을 알고 싶었기 때문이었다.

"그건……."

우리가 잠시 머뭇거렸다. 기업을 이끌어 나가기엔 충분한 자질을 갖추었지만 이성과의 관계에 있어서는 숙맥이나 다름없던 그녀는 노골적인 그의 질문에 입을 꼭 다물어 버렸다. 얼굴이 새빨개지지는 않았지만 광대 부근이 불그스름하게 달아올라 먹음직스러운 복숭아 빛깔이 되었다.

입술이 파르르 떨리는 것도 같았다. 하지만 기본적으로 태우리라는 여자는 제 감정을 드러내는 데에 취약했고, 반대로 말해 포커페이스를 유지하는 데에 강점을 보였다. 그녀를 자주 만나면서 더 깊게 알고자 노력을 하니 그런 부분들을 서서히 알게 된 우성이었다.

그 사실을 아는지 모르는지, 우리는 조심스럽게 입을 떼었다.

"그 부분에서는 지식이 부족해서 검색을 해봤어요. 신혼부부일 경우 일주일에 두 번에서 세 번이라고 하더군요. 그 정도면 될

까요?"

역시 이런 부분이 우성을 화나게 만든다. '당신은 내게 있어 특별한 사람이 아니다. 일말의 감정도 느끼지 않는다'는 메시지를 강조하는 듯한 그녀의 선 긋기는 그를 은근히 아프게 만들었다.

"내가 검색한 결과는 좀 다른데. 시도 때도 없이, 마음이 당길 때라고 알고 있는데."

그녀를 난감하게 하고 싶어서 한 말은 아니었다. 부부관계에 대한 솔직한 생각을 말한 것뿐이었다. 단지 그의 솔직함에 우리가 당황한 것뿐이었다.

"정해두는 거, 별로야. 원할 때마다 해."

"그건…… 너무 충동적이지 않아요? 계획적인 게 좋을 것 같은데."

"당신은 너무 계획적이야. 난 부부 생활까지 계획을 세워 하고 싶진 않아."

단호하기까지 한 그의 말에 우리가 입을 다물었다. 알겠다는 무언의 긍정이기도 했지만 하루아침에 부부가 되었다고는 해도 아직까지 낯설기만 한 남자와 얼굴을 맞대고 은밀한 이야기까지 나눌 여유가 없었기 때문이기도 했다.

우리가 입을 다물자 우성이 고개를 돌렸다. 다른 곳을 바라보는 그의 얼굴을, 우리가 바라봤다. 먼 곳을 향하는 그의 시선이 조금은, 아주 조금은 탐이 났다. 덧없이 그를 바라보고 있던 우리가 이내 고개를 돌렸다. 그제야 우성의 시선이 그녀에게로 향했다. 무엇을 보는지, 무엇을 마음에 담는지 모를 그녀를 지켜보는 우성의 눈빛이 복잡해졌다.

서로가 서로를 바라봤다는 사실을 모른 채 한동안 침묵을 지키고 있던 두 사람 중 먼저 입을 뗀 것은 우리였다.

"잘 먹었어요."

우리가 화제를 돌렸다. 그리고 그에게서 도망치기라도 할 것처럼 빠르게 빈 그릇을 들고 자리에서 일어났다. 우성은 잡지 않았다. 그저 식탁에 앉아 싱크대에서 설거지를 시작하려는 우리의 뒷모습을 지켜봤을 뿐이었다.

달그락, 달그락.

물을 받아놓은 대야 안에서 거품 칠을 해놓은 그릇들이 부딪히는 소리가 들렸다. 숨소리조차 들리지 않는 집 안에서 들리는 것이라고는 그 소리뿐이었다. 우리가 있다는 것을 증명해 주는 소리이기도 했다.

우성은 그 소리가 정겹다는 생각을 하며 물끄러미 우리의 뒷모습을 바라봤다. 벗어놓은 겉옷 아래 입고 있던 새하얀 와이셔츠 아래로 그녀의 유려한 실루엣이 드러났다. 소매를 걷어 올린 덕에 드러난 가느다랗고 하얀 팔이 단정하게 움직였고, 그 위로 물방울이 튀었다가 사라졌다.

그 모습을 지켜보고 있던 우성이 소리 없이 자리에서 일어났다. 곧장 그녀의 등 뒤로 다가간 그는 그녀의 가녀린 허리를 조심스럽게 감싸고 와이셔츠 깃 위로 드러난 긴 목덜미에 자잘한 키스를 흩뿌리기 시작했다.

그의 숨결이, 그의 입술이 그녀를 민감하게 만들었다. 그의 입술이 목덜미를 타고 귓불로 올라간 순간, 달그락거리는 소리가 멎었다. 우리는 닦고 있던 그릇을 양손으로 움켜잡은 채 바짝 긴장하고 있었다.

"지금이 그때인 것 같은데."

편편한 배를 감싸고 있는 그의 커다란 손이, 어깨를 잡고 있는 그의 또 다른 손이, 목덜미를 찌르는 그의 높은 콧날이, 더불어 한 번도 느껴보지 못한 은밀한 손길이 그녀의 잠자고 있던 여성을 깨우려는 듯했다.

간지럽다. 생경한 뜨거움도 불쑥 치밀어 올랐다. 그 느낌이 두렵고도 은근한 죄책감이 들었기에 우리는 고개를 푹 숙이고 말았다.

타앙—

들고 있던 그릇이 싱크대 바닥으로 떨어졌다. 서둘러 젖은 손을 행주에 닦아낸 그녀가 어깨로 그를 밀어내며 도망쳤다.

"……먼저 쉴게요."

그녀가 속삭인 뒤 급하게 자신의 방으로 몸을 숨겼다. 하지만 우성은 당황하지 않았다. 단단히 닫힌 방문을 지켜보길 몇 초, 우리가 방금 전과는 다른 얼굴로 방문을 열고 나왔다.

"대체 이게 무슨 짓이에요?"

날 선 그녀의 목소리에 우성이 천진난만한 얼굴로 어깨를 으쓱거렸다.

"내 물건 다 어쨌어요?"

"결혼하고 일주일이야. 신부 얼굴도 보지 못한 채 독수공방하는 남자가 힘쓸 일이 뭐가 있겠어? 가구나 옮기고 재배치 좀 하는 것밖에."

"그래서 내 짐은 어쨌는데요?"

"안방에 있지. 우리, 부부잖아?"

상큼하기까지 한 그의 대답에 우리는 전의마저 상실한 채 멍하니 그를 바라봤다. 그는 자신이 한 일이 정당하다는 것을 강조하고 싶은지 꽤 귀여운 얼굴로 투덜거렸다.

"그러게 누가 신혼 기간에 7일 내내 야근하래?"

이번에는 우리가 졌다. 괜한 오기를 부려 야밤에 짐을 옮기다가 허리가 나가고 싶지도 않았고, 그렇다고 이불 하나만 가지고 소파에서 자는 것으로 내일의 컨디션을 망치고 싶지도 않았기 때문이었다.

하는 수 없이 우성이 열어주는 방문 안으로 한 발 내딛은 그녀는 낯선 얼굴로 방 안을 두리번거렸다. 우리의 물건이 반, 우성의 물건이 반. 우리의 냄새도 반, 우성의 냄새도 반. 익숙한 것과 다른 것이 각각 절반씩 공존하는 공간이 매우 낯설게 다가온 까닭이었다.

이것저것 둘러보며 환경에 적응하는 시간을 갖기에는 시간이 너무 늦었다. 우리는 피곤한 얼굴을 한 채 곧장 화장대 앞에 앉았다. 클렌징 티슈를 익숙하게 뽑아내 얼굴을 꼼꼼히 닦아내기 시작하자 우성은 이번에도 화장대 뒤에 있는 침대에 앉아 그녀를 지켜봤다.

"스토커 같은 거 알아요?"

"스토커 짓을 좀 해야 당신의 행동 패턴을 알 수 있을 것 같아서. 좋은 말로 관찰이라고 해줘. 요즘 내 생활 패턴이 완전히 변한 데에는 당신의 영향도 크기 때문에 아무래도 〈태우리 관찰 일기〉를 써야겠다고 생각 중이거든."

우성이 장난스럽게 대답하자 우리는 화장대 거울 너머로 그를 바라봤다. 장난스럽게 말했다가 이내 후회라도 하는지 고개를 푹 숙인 채 더벅머리를 벅벅 긁어대는 그의 모습이 흡사 첫사랑을 눈 앞에 둔 소년과도 같았다. 물론 우리는 그가 소년이 아니라는 것도, 자신이 그의 첫사랑이 될 수 없다는 것도 알고 있었지만 말이다.

"나도 어떻게 해야 할지 생각 중이야. 저지르는 것까진 좋았는데 앞으로 대책이 없어서 말이야. 누군가와 함께 살아본 적도 없고, 더군다나 아내가 있었던 적도 없고."

난감하다는 듯 중얼거리는 우성이 꼭 길을 헤매는 아이 같다. 누군가 길라잡이가 되어주면 좋으련만, 그와 함께 살게 된 우리 역시 길라잡이가 되기에는 퍽 아는 것이 없었다.

잠시 입을 다문 채 그를 바라보고 있던 우리가 생각이 났다는 듯 옆에 내려놓았던 가방을 집어 올렸다.

"아! 혼인신고는 어떻게 할래요?"

"당신이 알아서 해."

그의 대답에 우리는 가방 안에서 혼인 신고서를 꺼내려다 말았다. 그리고는 무릎에 올려두었던 가방을 다시 바닥에 내려놓았다.

우리가 클렌징 티슈를 버리고 자리에서 일어나자 침대에 양반다리를 하고 앉아 있던 우성이 따라 일어났다. 그는 우리를 따라 욕실로 들어가더니 그녀가 세안하는 모습까지 다 지켜봤다.

"화장을 지우니 꼭 어린아이 같네."

칭찬일까? 우리는 그의 의도를 파악하지 못하고 잠시 눈동자를 굴리다가 칫솔을 집어 들었다. 그러자 우성도 새 칫솔을 뜯었다. 함께 양치를 하고 두 개의 다른 칫솔을 같이 꽂아두었다.

"그만 자자. 피곤해."

"나, 오늘은……."

"건드리지 않을 거야. 나도 자존심이 있지."

그녀가 한번 거절했던 것을 기억한 우성이 뾰로통한 얼굴을 하고 먼저 침대로 갔다. 그가 침대에 눕는 것까지 지켜본 우리는 망설이다가 천천히 그의 곁으로 다가가 누웠다. 킹사이즈의 침대였지만 이상하게도 참 좁게 느껴졌다.

흐으읍.

우리가 숨을 깊게 들이마셨다. 우성에게서 등을 돌린 상태였다. 방 안이 너무나 조용해서 심장 뛰는 소리마저 그에게 들릴 것만 같았다. 더불어 제 심장이 이렇게나 뛰어대고 있다는 사실이 놀라웠고, 놀라운 것을 인지하는 순간 더욱 거세지는 심장 고동에 그냥 자리에서 사라지고 싶다는 느낌까지 받아야만 했다.

우성은 가타부타 말이 없었다. 몸을 돌려 그를 보자 그는 곧은 자세로 눈을 감고 있었다.

"피곤하다더니 정말인가?"

안심하면서도 서운하다는 듯 우리가 중얼거리며 그를 향해 돌아누웠다. 두 눈 반짝 뜨고 있는 그는 대하기 힘들지만 잠이 든 그는 제법 괜찮았다.

"휴우."

짧게 한숨을 내쉰 그녀는 몸을 동그랗게 말고 눈을 감았다. 아침부터 밤까지, 너무나도 길고 고된 하루였다. 그랬기에 그녀는 금세 잠에 빠져들었다.

그녀의 숨소리가 고르게 들리자 눈을 감고 있던 우성이 살며시 눈을 떴다. 아이처럼 잠이 든 우리를 확인하고 난 그가 그녀에게로 몸을 돌려 누웠다.

"의외야, 태우리."

그는 아이처럼 잠이 든 우리의 얼굴을 물끄러미 바라보다 조심스럽게 손을 뻗었다.

"정말 의외야."

말간 얼굴도, 강한 성격도, 그러다 여려지는 마음도, 또 그에 끌리는 자신의 마음도.

덕분에 우성은 그녀의 말랑거리는 뺨도 만져 보고 흘러내리는 머리칼도 쓸어 올려주다 화들짝 놀라 그녀에게서 떨어졌다. 그리고는 세차게 고개를 저어대며 그녀에게서 등을 돌렸다.

"정말 의외라고……."

그녀에게서 등을 돌리고 누운 그는 아직까지 손끝에 선연한 우리의 감각을 느끼며 복잡한 얼굴로 눈을 감았다. 아무래도 이대로 잠이 들면 꿈을 꾸게 될 것 같았다. 태우리, 그녀가 나오는.

07

4:00 a.m. 태우리 기상. 우리가 먼저 욕실을 쓰고 나면 쏟아져 내리는 물소리에 잠을 깬 우성이 비척비척 일어나 욕실로 향한다.

4:30 a.m. 우리가 머리를 말리고 부엌으로 향하면 우성이 테이블을 세팅한다. 우리는 프라이팬에 달걀 두 개를 터트려 넣는다. 우리가 원하는 대로 달걀 프라이를 했지만 이제는 안다. 우리는 서니 사이드 업, 우성은 스크램블 취향이라는 것을.

그 와중에 우성은 테이블 세팅을 마치고 주스를 만들기 시작한다. 우성의 취향이야 상큼한 레모네이드지만 우리는 포도주스를 선호한다는 것을 알게 됐다. 그렇기에 그는 냉장고에서 두 가지 종류의 과일을 꺼낸다.

5:10 a.m. 조용히 식사를 시작한다. 우리는 거실에 있는 세 개의 텔레비전을 모두 켜고 하나는 한국 뉴스 채널을, 다른 하나는 CNN, 다른 하나는 증권 채널로 고정시켜 놓는다. 그런 우리의 곁으로 다가온 우성은 오늘 배달되어 온 세 종류의 신문을 천천히 보기 시작한다. 식사 도중 앤타이디프레센트 한 알을 먹는 것도 잊지 않는 두 사람이다.

6:00 a.m. 운동복 차림을 하고 집을 나선다. 우리는 차를 타고 근처 피트니스 센터로 가고, 우성은 집에서부터 한강까지 가볍게 조깅을 한다. 하지만 시간이 지나면서 우성은 집에서 그녀의 피트니스 센터로 향하고, 우리는 피트니스 센터에서 나와 우성을 만난다.

7:00 a.m. 우리가 다니는 피트니스 센터 앞에서 만난 두 사람은 헤드폰을 낀 채 각자의 취향에 맞는 음악을 들으며 무턱대고 달리기 시작한다.

이건 며칠간 반복된 아침 스케줄이었다. 그리고 우성이 우리를 만날 수 있는 시간이기도 했다. 며칠 동안 이런 스케줄로 살면서 느낀 건데 아무래도 남녀의 역할이 바뀐 것 같다는 느낌이 들었다. 바쁜 샐러리맨 가장 역할에 태우리, 주야장천 밖으로 나도는 남편을 기다리느라 뜬눈으로 밤새 지새우는 아내 역할에 이우성. 캐스팅이 좀 후지다.

"이건 너무 심하지 않아?"

우리와의 운동을 마치고 한강을 배경으로 산책을 하며 집으로 돌아가는 길, 침묵을 지키고 있던 우성이 울컥해서 입을 열었다. 길을 걷다 말고 우성이 우뚝 서자 우리가 그를 돌아보며 헤드폰을 벗었다.

"뭐가요?"

귓속으로 흘러들어 오는 음악에 우성의 목소리를 놓치고 만 그녀가 헤드폰을 목에 걸고 그를 바라봤다. 무슨 말을 했냐며 두 눈을 동그랗게 뜨자 아무래도 우성은 억울했는지 언성을 높였다.

"일주일 내내 4시에서 8시. 그것도 중간에 운동하는 시간을 제외하면 두 시간 정도 되나? 얼굴 볼 수 있는 시간이 말이야."

"그사이에 내가 보고 싶어진 것도 아닐 텐데 왜 그래요?"

"노력하자고 한 건 당신이었어."

"생활방식이 다른 걸 어떡해요? 하루아침에 바꿀 수 있는 것도 아니고."

"아무리 생각해도 신혼여행을 안 간 것이 문제야."

"못 가는 상황인 걸 알잖아요? 더군다나 당신도 원하지 않았었고."

우리는 꼬박꼬박 맞는 말만 한다. 그런데도 어떻게 된 일인지 우성은 괜히 부아가 치밀어 올랐다.

'불행해질 생각은 전혀 없다던 사람이 행복해질 노력은 하질 않으니, 원.'

생각보다 소극적인 우리의 태도에 은근히 섭섭함을 느낀 우성이 그녀를 원망스러운 눈빛으로 바라보다가 혼자 놀라 고개를 저었다.

'뭐야, 나 행복해지고 싶은 건가?'

우성은 본인 속에 잠자고 있었던 행복의 욕구가 깨어나는 것을 느꼈다. 물론 가장 먼저 했던 일은 부정이었지만 말이다.

우성이 잠시 혼란스러운 얼굴로 서 있는 것을 지켜본 우리가 말을 건넸다.

"그만 가요. 늦겠어요."

우리의 말에야 비로소 출근을 해야 한다는 것을 기억해 낸 우성이 대답 대신 고개를 끄덕이며 그녀와 걸음을 같이했다. 그렇게 며칠 함께 걸으며 느낀 것은 여유로운 산책길에 오를 때면 늘 우리의 시선이 주변 연인들에게 꽂혀 있다는 것이었다.

출근 준비해야 할 시간을 쪼개 함께 운동을 하는 연인부터 끝나가는 주말을 아쉬워하며 아침부터 산책하던 연인까지. 손을 잡고, 함께 걷고, 대화를 하고, 함께 노래를 듣고, 입을 맞추며 연신 얼굴에서 웃음이 떠나지 않는 그런 연인들을 바라봤다. 바라보는 그 눈빛에 부러움이 담겨 있다는 것은 어렵지 않게 알아챌 수 있었다.

'사람들은 아무도 모르겠지. 세상 무엇 하나 부러울 것 없을 부잣집 딸이 어느 누군가를 이렇게 부러워하고 있다는 것을.'

그녀의 그런 모습을 바라보며 우성은 문득 그가 그녀와 같은 환경을 가지고 있다는 것과 그로 인해 비슷한 패턴으로 성장했다는 것을 깨달았다. 어쩌면 태우리는 이우성의 또 다른 모습일지도 모른다는 생각이 들었다.

우성이 슬그머니 손을 뻗었다. 어딘가에 닿지 못한 채 허공에 이리저리 휩쓸리는 그녀의 빈손을 채워주고 싶다는, 막연한 욕구 때문이었다. 어쩌면 자신의 빈손이 채워졌으면 하고 바랐는지도 모른다. 어디서부터 시작되었고, 어떻게 설명을 하건, 원하는 것은 하나라는 것은 확실했다.

우성의 목표가 고정되었다. 눈앞에서 흔들리는 우리의 하얀 손. 그 손을 향해 손을 뻗는 순간, 몸을 부르르 떤 우리가 바람막이 주머니로 손을 쑥 집어넣었다.

그녀를 향해 뻗은 손이 무안해지려는데 거둬들일 틈도 주지 않은 그녀가 고개를 팩 돌렸다. 그러더니 누가 봐도 손을 잡으려다 실패한 모습으로 엉거주춤 있는 우성을 물끄러미 바라보았다. 우성이 무슨 변명이라도 하려는데 그녀가 먼저 변명과도 같은 말을 중얼거렸다.

"요즘…… 일교차가 너무 심해요. 낮에는 여름같이 더운데 아침이랑 밤은 꼭 춥단 말이야."

우리는 우성의 눈치를 흘깃 보고는 주머니로 쑤셔 넣은 손을 슬그머니 다시 뺐다. 그 모습에 우성은 잠시 망설이는 듯하더니 곧장 그녀의 손을 낚아채서는 자신의 바람막이 주머니 안으로 넣어주었다.

"환절기니까."

조용히 속삭이고는 앞서 걷는 그를 따라 우리도 종종걸음을 했다. 방금 무슨 일이 있었냐는 듯, 아무 일도 없었다는 듯, 무심한 표정이었지만 마주 잡은 두 손은 쉽게 풀리지 않도록 단단히 엉켜 있었다.

바람막이는 제 구실을 톡톡히 했다. 바람을 막을뿐더러 보온까지 확실히 해준다는 광고를 증명이라도 하는 것처럼 맞잡은 두 손을 열기로 뜨끈뜨끈하게 달아오르게 만들었다.

두 손이 열기로 먹음직스럽게 삶아졌음에도 놓을 생각이 없다는 듯 꼭 붙잡고 있던 손은 집 앞에 다다르고 나서야 풀어졌다. 밀폐된 공간에서 풀어진 터라 바람이 시원하게 느껴질 법도 하건만 두 사람은 못내 아쉽다는 듯 입맛만 다셔댔을 뿐이었다.

띵—

층에 다다랐다는 기계음이 들리고서야 정신을 차렸는지 두 사람은 엘리베이터 문이 닫히기 바로 직전에야 허겁지겁 밖으로 나올 수 있었다.

8:10 a.m. 빠르게 샤워를 마치고 준비를 한 우리가 하이힐을 신었다. 무릎 바로 위까지 오는 스커트를 입은 그녀는 커피색 스타킹의 뒤꿈치를 끌어 올리며 바닥에 내려두었던 가방을 집어 들었다.

우성은 넥타이를 둘러맨 채로 현관 앞에 서서 그녀의 모습을 느긋하게 지켜보았다. 무릎까지 오는, 제법 긴 스커트와 늘씬한 다리를 감싸고 있는 스타킹이 오늘따라 자극적으로 다가온다는 생각을 하고 있던 그가 으름장을 놓듯 중얼거렸다.

"오늘도 안 들어오면 알아서 하라고."

우성의 한마디에 우리가 몸을 돌렸다. 그러더니 말간 얼굴을 하고 성실한 모범생의 답변을 내놓았다.

"아직 잘 모르겠어요. 또 야근을 해야 할 수도……."

"상사가 너무 부지런해도 민폐야. 당신의 열정을 보여주는 건 좋지만 그 밑에 직원들에게는 휴식이 필요하다고. 적당히 하고 들어와, 오늘은."

우성은 더 이상 봐주지 않겠다는 듯 고개를 저었다. 이 상태로 가다가는 정말이지 쇼윈도 부부로 고착되고 말겠다는 생각이 들었기 때문이었다.

그럴 수는 없지.

천하의 이우성, 여자 때문에 청춘을 허비했다는 오점 위로 정략 결혼 때문에 인생을 실패했다는 기록마저 남길 수는 없었다.

그리고 한 가지 더.

"당신은 일주일에 세 번을 이야기했지만 실상 일주일에 한 번도 못한 거 알고 있지?"

우성의 물음에 우리의 몸이 단번에 굳어버렸다. 신혼 첫날밤과도 같았던 일주일 후의 밤, 준비가 되지 않았다는 말로 그를 밀어냈지만 이제는 마땅한 이유조차 댈 수가 없었기 때문이었다.

프로젝트, 야근, 또 스케줄 조정. 갖가지 핑계를 대며 그를 피해왔지만 이제는 그럴 수 없다는 것을 알게 된 우리는 난감하다는 듯 우성을 바라봤다. 하지만 그녀의 커다란 눈망울 공격에 약해질 생각이 없는지, 우성은 단호하게 답하며 시선을 피했다.

"오늘만큼은 나도 양보 못해."

"……알았어요. 일찍 들어오도록 노력할게요."

"퇴근 시간에 맞춰서 집에 오지 않으면 회사 앞으로 데리러 갈 테니 알아서 해."

"이우성 씨!"

"직원들 보는 앞에서 남편에게 끌려 나오고 싶지 않으면 알아서 하라고. 섹스를 해야 하니 모두들 이해 좀 해달라고, 그렇게 소리칠 테니까."

우성의 말에 우리는 현관에 우두커니 선 채 발갛게 달아오른 얼굴로 그를 노려봤다. 어찌나 말 한 번 예쁘게 하시는지, 사람이 기분 나쁠 말만 골라 하는 재주라도 있는 모양이다.

"나도 말을 잘하는 편은 아니지만 당신은 나보다 심해요. 그거 알아요?"

우리는 우성을 새초롬한 눈으로 노려보다가는 한마디 톡 쏘아붙이고는 몸을 홱 돌려 집을 빠져나갔다. 뭐라고 대답할 새도 없이 현관문이 열렸다 닫히는 통에 우성은 종로에서 뺨 맞은 사람처럼 멍하니 서 있다가 아, 참! 뭔가 생각났다는 투로 급하게 슬리퍼만 신고 현관문을 열었다.

"어이, 그……."

우성이 우리를 부르기도 전에 우리가 엘리베이터 안으로 쏙 몸을 감췄다. 덕분에 그녀에게 묻고 싶었던 말은 상대를 찾지 못하고 허공으로 흩어져 사라지고 말았다.

"밥은 잘 먹고 다니는 거야?"

뼈가 앙상한 그녀의 몸을 떠올린 우성이 한숨을 내쉬며 고개를 저었다.

"어째 가면서 더 말라비틀어지는 거야? 내가 기를 빨아먹기라도 하는 것처럼."

그는 하릴없이 뒤통수만 벅벅 긁다가 이내 포기했다는 듯 현관 안으로 몸을 숨겼다.

1:00 p.m.

날이 어둑어둑하더니 결국 비가 왔다. 시원하게 쏟아져 내리는 것도 아니고 찔끔거리는 빗방울에 기분까지 찜찜해진 우성은 창밖을 바라보고 있다가 이내 자리에서 벌떡 일어났다.

"뭐야?"

"삼촌, 오전 중으로 처리하라는 건 다 끝내놨으니 잠깐 나갔다 온다?"

"뭐?"

"자꾸 신경 쓰이는 게 있어서 하나만 확인하고 올게. 금방 올 거야."

손만 한번 휘적거리고는 곧장 사무실을 빠져나간 그가 향한 곳은 근처 커피숍이었다. 점심시간이라 사람들로 북적이는 그곳에서 20분이 넘도록 줄을 선 그는 마침내 참치 샌드위치와 커피라는 결과물을 얻고 싱글벙글 커피숍을 빠져나갔다.

그렇게 점심을 싸들고 간 곳은 ㈜LH 태우리 부사장실이었다. 하지만 금세 그녀가 프레젠테이션을 위해 회의실에 있다는 사실을 접한 그는 궁금한 마음을 안고 회의실로 내려갔다.

"리포지셔닝은 기존의 타깃 및 시장이 유지된 상태에서 새로운 포지션으로 이동하는 것입니다. 반대로 무딘 칼날 전략(Dull Blade Strategy)은 기존의 가치를 유지한 채 새로운 시장을 개척한다는 데에 차이가 있죠. ㈜LH가 발전적이기 위해서는 확실하게 정리를 하고 목표를 세워야 한다고 생각합니다. 기존의 것을 지켜 나가는 것은 좋습니다. 하지만 그건 벌써 LH그룹에서 해나가고 있습니다. 그럼 우리는 어떻게 해야 하는가!"

불투명한 유리 내부, 우리의 실루엣만 어른거렸다. 둥근 회의실 책상 정중앙의 마이크를 잡은 채 조곤조곤한 목소리로 많은 임원들 앞에서 확실한 의사를 표현하는 그녀의 모습을 두 눈으로 담으며 우성은 묘하게 자랑스러움을 느꼈다.

입가에 미소를 띤 채 회의실 내부를 바라보는데 뒤에서 누군가 어깨를 툭툭 쳤다.

"잠입하신 겁니까? IHN그룹의 스파이의 뒷덜미를 잡았으니 이번 달 월급 인상이라도 되려나?"

같잖은 농담에 우성이 인상을 쓰고 고개를 돌렸다. 그제야 우성의 뒤에 서 있던 남자는 장난기를 지우고 그에게 손을 내밀었다.

"결혼식 때 뵈었는데……. 제대로 소개를 못 드렸죠? 안손희입니다."

"아!"

"태 부사장님의 경영 파트너입니다."

경영 파트너라는 남자의 웃는 얼굴이 마음에 들지 않는다.

태우리 이 여자, 회사에 있는 시간이 집에 있는 시간보다 더 많은 이 여자. 그녀의 곁에 늘 붙어 있는 남자라는 건가?

일종의 오피스 허즈번드쯤 되겠다.

육감적으로 거부감을 느낀 우성은 불쾌하다는 표시를 팍팍 내며 미소 가면으로 중무장한 남자를 꼼꼼히 훑어보았다. 경영 파트너라더니 중요한 회의에는 참석하지 않고 무얼 하나 했더니 한 손에 테이크아웃 포장지가 들려 있었다. 브랜드 이름을 확인한 우성이 조소를 흘렸다.

"죽 심부름이나 하는?"

"심부름이라기보단 같이 일을 하는 친구로서 걱정스러운 마음에 챙겨주는 거랄까요?"

대놓고 시비를 거는 우성의 태도에도 손희는 아무렇지 않다는 듯 어깨를 으쓱하며 차분히 대답을 했다. 덕분에 우성은 손희의 손에 들린 죽이 우리를 위한 것이라는 것을 알게 됐다.

"괜한 마음 썼네요."

"네?"

"비즈니스 파트너가 와이프에게 신경 써주는 거, 퍽 고맙지만은 않아서요."

우성은 낯선 남자에게 대놓고 경계를 표시하며 우리와의 적정 선을 지켜달라는 무언의 분위기를 풍겼다. 그것을 알아듣지 못할 손희가 아니었다.

"아아, 역시 그런가요?"

손희는 유들유들하게 웃으며 내밀었던 손을 거둬들였다.

"안 그래도 남편분이 알면 좀 그렇겠다는 생각은 했습니다. 아무래도 선까지 봤던 사인데 그런 남자가 비즈니스 파트너로 있는 데다 신경까지 써주면 더 불쾌하실 게 분명하죠. 하지만 오늘따라 부사장님 컨디션이 영 별로라서요. 이러다 아프시기라도 하면 업무 계획에도 차질이 생기고요. 게다가 아시다시피 알아서 챙겨 드시는 분 아니시잖습니까?"

"뭐라고 했죠?"

"네?"

"방금 전에."

"아프시다는 거요?"

"아니, 그전에. 선을 봤다고요?"

우성의 이마에 주름이 졌다. 단 한 번도 손희가 맞선남 제1호였다는 사실을 생각해 본 적 없던 그는 괜한 불쾌함에 사로잡히고 말았다.

"아아, 네. 그랬죠. 모르셨습니까?"

"혼사를 거절한 쪽이 당신이었어요?"

거절하지 않았다면 이루어졌을 혼사.

자신의 곁에 태우리가 없었을 수도 있다는 생각을 하니 괜한 두려움이 몰려왔다. 한 번도 생각해 본 적 없던 다른 미래에 불쾌함을 느낀 우성은 손희의 얼굴을 지그시 바라보았다.

어쩌면 '태우리 여사의 남편' 자리에 우성보다 훨씬 잘 어울렸을지도 모르는 남자. 그 남자를 바라보는 우성의 눈빛이 퍽 낯설었다.

2:20 p.m.

임원들이 줄지어 회의실을 빠져나왔다. 피곤함이 역력한 얼굴을 한 그들은 빠르게 흩어졌고, 손희는 마지막으로 빠져나오는 우리를 반갑게 맞이했다.

"잘 끝내셨어요?"

"아, 덕분에요. 프레젠테이션 준비를 도와줘서 훨씬 수월했어요. 고마워요."

힘겹게 웃는 우리의 얼굴이 파리했다. 어느 때보다 지쳐 보이는 그녀의 안색이 썩 좋지 않다는 것을 확인한 손희가 서둘러 그녀와 부사장실로 올라갔다.

"아니에요. 식사하셔야죠?"

갑작스러운 인사이동으로 인해 어수선한 분위기와 더불어 부사장의 교체로 인한 다른 경영 방식의 안정화로 인해 며칠째 이어진 야근이 그녀를 지치게 만들었음이 분명했다.

부사장실로 돌아오기 무섭게 그는 테이블 위에 들고 온 음식들을 펼쳐 놓기 시작했다.

"나가서 사온 거예요?"

"아침부터 얕게 기침하셨죠? 환절기라 감기 조심해야 해요."

"그러게. 요 며칠 몸이 안 좋다는 걸 알면서도 쉴 생각을 안 했어요."

"목이 칼칼하실 것 같아서 죽 사왔어요. 혹시 몰라 일반 감기약도 사왔는데, 드실래요?"

"아뇨, 괜찮아요. 이거면 충분해요. 생각해 줘서 고마워요."

우리가 웃으며 손희가 가져온 죽의 포장을 뜯었다. 조금 식긴했어도 여전히 맛있어 보이는 전복죽이었다. 포장지에 싸인 플라스틱 스푼을 들어 올리는데 손희가 잠시 망설이다 운을 떼었다.

"참, 그리고……."

그의 말에 포장지를 뜯던 우리가 움직임을 멈추고 손희를 돌아보았다. 난감하다는 표정을 하는 그의 모습이 평소와 달랐다.

"아무래도 제가 실수를 좀 한 것 같아요."

"네?"

"남편분이 오셨었거든요."

손희의 조심스러운 목소리에 우리가 들고 있던 숟가락을 탁자위에 내려놓았다.

"남편이…… 왔었어요?"

"저에 대해 모르고 계시더라고요."

손희에 대해 모른다는 말에 우리가 한쪽 눈을 찌푸렸다.

"그게 무슨 말이죠?"

"저와 맞선을 통해 알게 된 사이라는 걸 모르시더라고요."

"아⋯⋯."

"그 말을 듣더니 제게 이걸 주고 가시더라고요."

손희가 포장된 죽 옆에 내려놓은 박스를 그녀의 앞으로 밀었다. 샌드위치와 커피가 든 포장 상자로 우리의 시선이 향했다.

"먹으라고 하시던데 아무래도 태 부사장님을 위한 것 같아서요."

손희의 말에도 우리는 묵묵부답 우성이 가지고 왔다는 상자를 바라봤다.

"실수했다면 죄송합니다."

"실수라뇨. 그저 맞선을 봤던 것뿐인데 뭐가요. 그런 걸 신경 쓸 사람도 아니고요, 우리 남편은."

"그럼 다행이고요. 식사하세요."

손희가 가볍게 인사를 하고 방을 빠져나갔다. 우리는 그 소리를 들으며 멍하니 샌드위치 박스를 바라보고 있다가 이내 차갑게 식은 샌드위치를 들어 올렸다.

그 뻣뻣한 남자가 어떤 얼굴을 하고 이걸 샀을까.

어떻게 이런 걸 사올 생각을 했을까.

우성을 떠올리는 것만으로도 샌드위치는 갓 만든 것처럼 따뜻하고 맛있었다.

9:00 p.m.

우리가 퇴근한 시간이다. 퇴근을 늦게 한다면 곧장 데리러 오겠다고 엄포를 두던 그는 그 어디에도 찾아볼 수 없었다. 그와 약속한 시간에 늦었다는 생각에 미안한 마음으로 서둘러 회사를 빠져나왔지만 그보다 그녀를 찾아오지 않은 그에게 느끼는 서운함도 컸다.

"뭘 기대한 거야?"

우리는 혼잣말을 중얼거리며 여느 때와 같이 차를 타고 퇴근했다. 집 앞에 도착하자마자 멋대로 걸음을 서둘렀다. 집에 불이 꺼져 있다는 것을 확인했지만 왠지 그가 어둠 속에 홀로 앉아 있을 것만 같았다.

우리는 허겁지겁 집으로 올라갔다. 문을 열고 들어간 그녀는 어둠을 헤치며 그를 찾았다. 옷을 갈아입고, 몸을 씻는, 평소의 모습은 볼 수가 없었다.

우성을 찾은 곳은 창이 없는 서재에서였다.

"아, 왔어?"

미등만 켠 채로 책을 읽는 데에 몰두하던 그는 갑자기 들리는 인기척에야 비로소 고개를 들고 아는 척을 해왔다.

'아, 왔어?'

우성의 답이 썩 마음에 차지 않았던 우리의 눈가가 찌푸려졌다. 하지만 의외로 우성은 평온해 보였고, 딱히 그녀를 추궁하는 느낌도 없었다.

'화를 내는 것은 아니더라도 적어도 토라지길 바랐던 건가, 나는?'

우리는 맥 빠진 얼굴을 하고 우성을 멀끔히 바라보았다. 서둘러 올라온 자신이 한심하다는 생각이 들었다.

"왜 그렇게 헉헉거려?"

우성이 읽고 있던 책을 덮고 우리를 향해 몸을 움직였다. 회전 의자가 뱅그르르, 우리가 있는 방향으로 돌아갔다.

"서둘러 퇴근한 건가?"

우성이 물었다. 우리의 생각을 알고 있으면서 짓궂게, 그녀의 입에서 확답을 듣고 싶기라도 한 것처럼.

"왜 그렇게 서둘렀지?"

"그야 당신이……."

"내가 일찍 들어오라고 해서? 평소에는 들은 척도 안 하던 사람이 갑자기 내 말을 순순히 듣는 게 좀 이상한걸."

이상하다. 무슨 일이든 누군가에게 흔들리는 일 없이 자신이 원하는 대로 주관적인 삶을 살던 태우리가 눈앞의 이 못된 남자에게 속절없이 흔들리고 있다. 이상하다. 이상한 일이 아닐 수가 없다.

우리는 흔들리는 눈빛에 우성을 담았다. 그리고 그녀의 눈빛이 흔들리는 것을 본 우성은 조금은 풀어진 마음으로, 또한 묘한 확신에 차 담대해진 마음으로 그녀의 양손을 붙잡았다.

"이런 걸 기대한 건 아니고?"

우성이 힘주어 그녀를 자신의 앞으로 끌어당겼다. 우리는 순식간에 우성의 다리 사이에 갇혀 그를 내려다보고 있었다. 늘 올려다보아야만 했던 그의 얼굴이 바로 눈앞에 있었다. 위치가 변하고 각도가 바뀌자 그를 바라보는 시선도 달라졌다.

"내가 신경 쓰였지? 당신, 그 비즈니스 파트너와 내가 무슨 대화를 했는지 알고 있을 것 아니야."

"난……."

그의 질문의 요점이 무엇일까, 그것을 생각하는 우리의 눈빛이 복잡해졌다. 하지만 그녀를 바라보는 우성의 눈빛은 간결했다. 그를 처음 봤을 때의 불안정한 모습은 이제 꽤 많이 사라지고 없었다.

"난, 화가 났어. 당신과 그 남자의 이야기를 듣는데 말이야."

우리의 대답을 기다리다 지쳤는지 우성이 먼저 말을 꺼냈다. 미운 말만 골라하던 그의 입술이 처음으로 예뻐 보이던 순간이었다. 날카롭다고 생각했던 눈매도 퍽 곡선이 유려하다는 생각을 했다. 아몬드 같은 눈동자와 그에 비치는 자신이 썩 잘 어울린다는 느낌까지 받았다.

"이상하지? 당신과는 그저 선을 본 사이일 뿐, 아무 상관도 없다는 걸 아는데도 괜히 기분이 나빴어. 왜일까?"

정말 왜, 일까?

사실 나도 그랬어요. 당신의 예전 여자를 만났을 때.

멋대로 움직이려는 입술을 단속시킨 우리는 아랫입술의 보드라운 속살을 깨문 채 그의 눈을 바라봤다. 녹아내릴 것처럼 다정한 눈빛이 아팠다. 왜 갑자기 변한 건지, 차라리 욕심나지 않게 예전처럼 대해준다면 퍽 쉬울 것을.

"집에 곧장 와서 생각해 봤어. 요 며칠 왜 이렇게 기분이 저조한가. 꼭 속이 불편한 것처럼 찜찜하고 답답하고 그런 게 무엇 때문인가."

우성이 작게 속삭였다. 어둠처럼 낮게 깔린 그의 목소리는 유독 그녀에게는 크게 들렸다.

"결론은 하나였어. 당신, 태우리."

가슴속에 있는 커다란 산에서 그가 외친다. 태우리, 그녀를. 태우리는 메아리가 되고, 울림이 되고. 그렇게 심장을 들썩이게 만들었다.

우성의 진심은 꽤 파급력이 컸다.

"그러니 당신도 그냥 인정해. 내가 신경 쓰였다고. 난 지금 그 말이 너무 듣고 싶어."

우성이 붙잡은 그녀의 양손에 차례로 입술을 대었다. 그의 입술이 스치고 지나간 손등에 뜨거운 낙인이 찍혔다.

우리는 몸을 파르르 떨며 가까스로 목소리를 냈다.

"……내가 좋아진 건가요?"

"글쎄."

"나를…… 갖고 싶은 건가요?"

"글쎄."

"당신은 나랑 뭘 하고 싶은 건가요?"

우성이 싫지만은 않다. 조금은 그의 상처에 동정심도 느낀다. 예민한 그의 영혼도 안타깝고, 아픔으로 얼룩진 그의 눈빛도 안쓰럽다. 하지만 그것들이 마음에 와 닿는다고 해도 그것이 과연 사랑일 수 있을까?

우리는 고개를 저었다. 그 순간, 뜸을 들이고 있던 우성이 입을 열었다.

"난 아무래도 당신을 알아가고 싶은 것 같아."

아아, 그런가 보다. 그래, 당신을 알아가고 싶은 거다.

우성의 말에 우리는 두 눈을 질끈 감았다. 이 남자는 처음부터 아니라고 생각했다. 아버지의 강요로, 또 그의 강요로 이루어진 결혼에 굴복하고 싶은 마음은 추호도 없었다. 그랬기에 더욱 강하게 나갔다. 그를 피하기도 했고, 무시하기도 했다.

아버지의 계략에 완벽히 복종하는 모습을 보이고 싶지 않았는데…….

"좋아하는 건지, 사랑하는 건지, 미워하는 건지, 괴롭히고 싶은 건지, 그렇게 확실히 말할 수 있는 감정은 아니야. 요 며칠 복잡하거든, 내 속이."

그녀의 속도 모르고 우성은 제 가슴만 통통 두드렸다. 그가 가슴을 두드릴 때마다 우리의 속도 통통 울리고 있다는 사실도 모른 채 너무 심하게 솔직해져 버렸다.

"그런데 하나 확실한 건 당신이 내 손안에 들어왔다는 것, 그리고 난 내 손에 들어온 건 확실하게 아끼는 버릇이 있다는 것 정도

랄까?"

우성이 그녀와의 줄다리기를 포기했다는 투로 담백하게 말했
다. 포기하고 나니 솔직해질 수 있고, 그리고 나니 당당해질 수 있
었다.

"그러니 도망치는 건 이쯤에서 그만두고 순순히 내게 키스해."

그의 주문이 너무나 달콤해서 그만 모든 것을 잊어버리고 싶어
진다. 순순히 포기를 외치고 싶어 입술이 간질거리기까지 한다.
아무래도 미친 게 틀림없다.

우리는 몽롱해진 눈을 하고 우성의 얼굴을 찬찬히 훑었다.

"나, 대놓고 당신 유혹하는 거야 지금."

우성의 유혹에 우리는 나직한 한숨을 내뱉으며 그의 단단한 어
깨에 손을 올렸다.

'샌드위치에 넘어간 여자는 나 하나뿐이겠지? 너무 싸다, 태우
리.'

멋대로 실소가 터져 나왔다. 우리가 움직이자 우성이 한 손으로
그녀의 허리를 감싸 안았다.

삐걱—

우리가 그의 다리 사이에 무릎을 대었다. 그녀의 무게가 실린
회전의자가 소리를 내며 흔들렸다.

08

외로워도 슬퍼도 울지 않던, 청순한 얼굴로 눈물을 가득 머금고 웃어 보이던, 늘 푸를 것 같던 청춘 속 캔디는 빛이 바랜 채였다. 영롱했던 두 눈동자는 빛을 잃었고, 늘 미소를 머금고 있던 입술은 파랗게 질린 채였다.

새장 속에 갇혀 버린 카나리아처럼, 그녀는 천천히 시들어가고 있었다.

고층의 오피스텔에서 미지는 자기 자신을 가둔 채 살아가고 있었다. 성현이 마련해 준 신혼집이었지만 남편의 얼굴을 보기란 하늘에 별 따기였고, 그러다 보니 그녀는 하루하루 말라갈 수밖에 없었다.

띠링, 삑삑삑삐빅—

덜컹.

비밀번호 누르는 소리와 함께 현관문 열리는 소리가 들렸다. 안방 침대에 누워 꼼짝하지 않고 있던 미지가 단박에 몸을 일으켜 현관으로 향했다. 일주일 동안 코빼기도 보지 못했던 남편이 그곳에 있었다.

"왔어요."

미지의 얼굴에 순식간에 화색이 돌았다. 화장기 없던 말간 얼굴은 청초함을 자아냈었지만 이제는 달랐다. 마음고생과 눈물 바람으로 상한 얼굴은 관리조차 제대로 해주질 않아 맨얼굴은 성현에게 큰 감흥을 주지 못했다.

"어."

"저녁은, 드셨어요?"

"어."

"씻을래요?"

"됐어."

성현은 한결같았다. 우성과 반쪽짜리 혈연 지간이라고는 했지만 애초에 성격과 성향 자체가 달랐다. 아버지 이 회장과 그의 내연녀 사이에서 태어나 곧장 이 회장에게 버림을 받은 채 어머니 밑에서 자란 그는 누구보다 욕심이 강했다. 물욕도 물욕이었지만 핏줄에 대한 욕심은 심하다 싶을 정도였다.

이 회장의 설득 끝에 우성의 친모, 고 여사가 마음을 접고 성현을 들이기로 했지만 그 대신 성현은 이 가(家)의 성(姓)을 받을 수 없다는 조건이 붙었다. 그 말인즉, 성현은 이 회장의 핏줄이되 절대 이가의 자식은 될 수 없다는 것이었다. 더불어 이 회장의 유산 상속 및 후계 경쟁에도 뛰어들 수 없음을 뜻했다.

물론 그때야 순순히 동의를 했던 성현이었다. 그때에는 이가의 일원이 되는 것이 가장 중요했으니까. 하지만 지금은 달랐다. 피해자는 강성현이었고, 가해자는 이 회장인데 왜 피해자가 더 큰 피해를 입어야 하냐는 생각이 짙었다.

그래, 맨 처음엔 그런 그의 상황이 안쓰럽고 안타깝기만 했지.

미지는 눈물 젖은 눈으로 성현을 바라보았다. 모성애를 자아냈던 그의 모습에는 변함이 없지만 그렇다고 계속되는 학대를 눈물 없이 참아내기란 힘들었다. 폭언과 무시, 더불어 남편의 바람기는 육체적 학대보다 견디기 힘들었다.

"오늘은 집에 있다 갈 건가요?"

조심스럽게 묻는 미지의 목소리가 파르르 떨렸다. 하지만 성현은 아내의 부름에도 묵묵부답이었을 뿐이었다. 참다못한 미지가 성현을 부르짖었다.

"여보!"

물기로 촉촉하게 젖은 그녀의 목소리에 짜증부터 났던지, 성현은 챙기던 옷가지를 바닥에 내팽개치며 냉랭하게 그녀를 밀어냈다.

"그렇게 울지 말라고. 안 그래도 배경조차 될 수 없는 여자를 선택한 것에 대한 손해가 막심한데."

"손해…… 라고요?"

"이우성이 사랑하는 여자라는 것만으로도 가치가 높았지만 지금은 다르잖아? 그 녀석도 생각보다 꽤 빨리 당신을 잊은 것 같고, 결과적으로는 시궁창에 빠졌어야 할 녀석이 더 도약하는 꼴이 됐어. 내 기분이 어떨 것 같아?"

꺾이지 않을 것 같던 고고한 장미는 꺾인 지 오래다. 화병 속 장미는 더 이상 아름답지 않았고, 어장 속 물고기 역시 낚시꾼의 흥미를 불러일으키지 못했다. 억울한 것은 가시를 무디게 만들고 자신의 몸을 내어준 장미, 하나였다.

"난, 난…… 그 사람을 버리고 당신을 선택했어요. 그와 함께 알던 친구들 얼굴도 난 못 봐요. 당신만 보고 따라온 나에게 어떻게 그럴 수가 있죠?"

"누가 그렇게 하라고 했나?"

"성현 씨!"

"날 선택한 건 당신이야. 이우성을 버린 것도 당신이지. 자신을 돌아봐 주지 않는다며 외롭다고 지저귀던 작은 새에게 도움의 손길을 뻗은 것뿐인데 왜 나를 탓하는지 잘 모르겠군."

이런 남자일 줄은 단 한 번도 상상한 적 없던 미지였다. 그녀와 함께일 때엔 늘 다정했고, 또 달콤했다. 모든 것을 줄 것처럼 굴던 남자가 변한 것은 그녀가 우성과 헤어진 뒤 결혼을 말했을 때였다.

"온정의 손길을 사랑으로 착각한 건 당신 아닌가?"

"난……."

"결혼하기 전에 경고했잖아. 당신이 원하는 건 줄 수 없을 거라고. 그런데도 당신은 하겠다고 했지. 난 당신이 원하는 대로 해줬어."

"결혼식도 하지 못하고 혼인신고만 했을 뿐이잖아요."

비명과도 같은 미지의 반박에 성현은 비웃음을 날리며 순진한 척, 아무것도 모르는 얼굴로 울부짖는 여자를 향해 쐐기를 박았다.

"그래도 좋다면서? 이제 와 순진한 척 연기하지 마. 당신도 열심히 계산기 두드린 것 다 아니까. 이우성과 만나기에는 집안의 압박도 크고, 또 괜한 자격지심도 있었겠지. 그러니까 당신을 배신할 리 없는 그 아이를 버리고 내게 온 게 아닌가? 어쨌든 당신은 부유한 삶을 살고 싶었고, 그러기 위해서는 조금 더 쉬운 길을 선택한 거니까. 어쨌든 난 그 빌어먹을 서류 덕분에 눈앞에서 오랫동안 꿈꿔오던 기회가 왔는데도 제대로 잡을 수가 없어. 혹시 이혼할 생각은 없나?"

"다, 당신……!"

"곰곰이 생각해 보고 이혼서류에 도장 찍을 생각 있으면 말해. 위자료는 두둑이 챙겨줄 테니까."

찬바람 일으키며 다시 집 밖을 빠져나가는 성현의 뒷모습을 망연자실한 얼굴로 바라보며 미지는 문이 닫히는 소리와 함께 자리에서 주저앉고 말았다.

그녀는 비틀거리며 침실로 가 장롱 안에 숨겨두었던 서류 봉투를 꺼냈다. 서류 봉투 안의 사진들을 침대 위로 쏟아낸 그녀는 입술을 짓이기며 핸드폰을 집어 들었다.

❖

같은 시각, 한남동에 위치한 주상복합 빌라의 서재에서는 신혼부부의 서툰 열기로 뜨거웠다.

삐그덕—

우리의 무게가 실린 회전의자가 소리를 내며 흔들렸다. 유독 크게 들리는 그 소리가 최면에 걸리던 우리를 번쩍 정신이 들게 만들었다. 우리가 움찔하며 올렸던 무릎을 내려놓으려 하자 보다 먼저 우성이 그녀의 허리에 팔을 둘렀다.

"못 가. 이미 시작됐거든."

그가 강하게 잡아당기자 우리가 휘청거리며 양손으로 그의 어깨를 짚었다. 그러자 그는 다른 한 손으로 굽힌 그녀의 허벅지를 잡아 다리 바깥쪽에 고정을 시켰다. 방금 전보다 훨씬 더 다리가 벌려지자 우리가 그의 어깨를 밀어내며 난색을 표했다.

"잠깐, 이 자세는 좀······."

다리가 벌려지자 스커트가 팽팽해졌고, 함께 허벅지 위로 올라가기 시작했다. 우리는 한 손으로 올라가는 스커트를 끌어 내리려

했지만 노력은 헛수고였다.

"어차피 벗을 거, 괜한 수고하지 마."

"정말, 당신!"

"이제 보니 이렇게 발끈 성질낼 때 섹시한데? 예전에는 미처 몰랐어."

"이봐요! 이우성 씨."

우리가 아무리 화를 내도 이제는 무서울 것 없다는 얼굴로, 우성은 연신 웃으며 우리를 올려다봤다. 그의 미소에 전의마저 상실한 우리는 힘없는 한숨만 내쉬며 꼿꼿하게 긴장했던 어깨를 부드럽게 풀었다. 힘없던 한숨이 나른한 신음으로 바뀐 것은 바로 뒤였다.

우성은 하얀 셔츠로 둘러싸인 그녀의 가슴에 얼굴을 묻으며 뜨거운 한숨을 토해냈다. 얇은 옷감은 그의 숨결을 여과 없이 통과시켰고, 낯선 남자의 숨결이 살갗에 닿자 우리는 그 노골적인 감각에 몸을 가늘게 떨 수밖에 없었다.

우성의 손이 움직이기 시작했다. 매혹적인 곡선을 뽐내며 서 있는 그녀의 허벅지를 살살 쓸어 올리기 시작한 그는 아침부터 그의 시선을 사로잡았던 스커트 속으로 손을 밀어 올렸다. 부들부들한 스타킹의 감촉이 손바닥을 가득 메운다. 얇고 투명한 장애물을 가운데 둔 우성은 조급하게 그녀의 살갗을 찾아 유영해 나갔다.

"앗!"

우리의 입에서 짧은 탄성이 터져 나왔다. 그의 손이 허벅지 안

쪽의 여린 살갗을 매만진 그때였다.

"자, 잠깐. 씻지도 않았어요."

"난 오히려 이쪽이 더 좋아."

"하지만……."

"아직도 생각할 여유가 있는 거야?"

기업을 이끄는 일원으로 프로젝트를 진행하거나 회의를 할 때
엔 머뭇거림 하나 없이 확고한 태도를 보이던 그녀가 우성을 앞에
두고는 부끄러움 타는 새 신부처럼, 짝사랑하는 소년을 앞에 둔
소녀처럼 양 볼을 발갛게 물들였다.

귀엽다. 사랑스럽다. 빈틈 하나 없을 것 같던 여자의 허술한 모
습은 자신만 감상할 수 있는 비밀과도 같았기에 더 좋았다.

"안 되겠네, 태우리. 제대로 여기에 집중하라고."

부사장의 껍질을 깨고 부화하려는 작고 여린 태우리를 맞이하
려는 우성의 몸짓이 더욱 조심스러워졌다. 우성은 물 흐르듯 자연
스러운 동작으로 재빠르게 자리에서 일어나 그녀를 책상 위에 앉
혔다. 스커트가 말려 올라간 다리 사이에 자리를 잡은 그는 엄지
와 검지로 그녀의 턱을 단단히 고정한 뒤 그녀와 시선을 맞추었
다.

"나만 봐. 나만 생각하고, 나만 느껴. 지금 이 순간만이라도."

마주한 두 사람의 두 눈에 억만 개의 별이 떠올랐다 사라졌다.
서로를 향해 반짝거리는 눈망울이 눈꺼풀에 가려 사라질 때까지
영롱하게 빛을 냈다.

우성의 입술이 천천히 우리에게로 향했다. 우리의 입술에 닿기 전, 그는 잠시 머뭇거리다가 곧장 그녀의 입술을 삼켰다.

첫 키스였다. 두 사람의.

우리는 숨을 멈추고 우성의 입술을 느꼈다. 그의 입술 크기부터 질감까지, 모든 것이 생생하게 다가왔다. 부드러웠고 촉촉했고, 또 사랑스러웠다. 가만히 맞대고 있는 그 순간, 우리는 생애 처음으로 남자와 입술을 부딪치는 고등학생 소녀가 되어 있었다.

"숨 쉬어. 키스 하나로 당신을 잃긴 싫으니까."

그가 살짝 입술을 떼어내더니 작게 속삭였다. 귓가가 간질거리고 마음이 버석거렸다. 가슴속 그득히 들어찬 갈대숲이 비벼대고, 가득 떨어진 형형색색의 낙엽들이 바삭거리고, 나무 이파리들이 울어댔다. 간지러웠고, 충만했고, 다양했다.

파하!

우리가 참았던 숨을 내쉬었다. 그녀가 달콤한 숨을 뿜어내는 순간, 우성이 그 모든 것을 들이마시며 그녀의 입안으로 혀를 밀어 넣었다.

"흡!"

그의 침입을 예상하지 못한 우리가 짧게 탄성을 터트렸다. 그 탄성은 도화선이 되어 빠르게 우성의 불씨를 지폈다. 깊고도 소유욕이 강한 키스를 선사하는 우성의 목구멍에서도 앓는 소리가 새어 나왔다. 그 소리는 묘하게 우리의 기분을 좋게 만들었다. 이 남자가 자신으로 인해 몸이 달았다는 것을 확인할 수 있었으니까.

그러니 더 이상 두렵지 않았다. '나'와는 다르기만 한 남자도 한 사람의 인간이고, 같은 감정을 느끼고 있다는 사실이 그녀에게 안정감을 주었다.

우리가 양손을 뻗어 우성의 등을 살포시 감싸 안았다. 그녀의 손이 날아드는 순간, 우성의 단단한 등이 바싹 긴장을 하며 멈칫했다. 하지만 얼마 지나지 않아 그는 더욱 큰 확신을 가지고 당당하게 움직였다.

우성의 손이 그녀의 가느다란 허리를 쓰다듬었다. 그러다 곧장 자잘한 단추들이 있는 셔츠를 풀어 헤쳤다. 단추가 풀리고, 그녀의 상체가 드러나자 그의 입술이 그녀의 목덜미를 찾았다.

"하앗, 간지러워요."

"목덜미가 민감한가 봐."

우성이 그녀의 목에 얼굴을 묻은 채 작게 키득거렸다. 그리고는 천천히 아무도 침범한 적 없는 그녀의 속살에 손자국을 찍기 시작했다.

그의 손이 매끈한 허리에서 납작한 배로, 그리고는 천천히 가슴이 있는 곳을 향해 타고 올라갔다. 태우리의 성격 같은 새까만 민무늬 브래지어가 방해꾼처럼 그의 손에 걸렸다.

끄응.

절로 앓는 소리가 났다. 양손으로 몇 번이고 시도하다가 그마저도 되지 않자 우리는 작게 웃으며 자신이 스스로 브래지어 후크를 풀었다. 어깨에 매고 있던 끈이 스르르 내려가고 그녀의 우윳빛

속살이 드러나자 우리는 셔츠 하나만을 걸친 채 양손으로 가슴을 가리고 그를 바라봤다.

하아아.

그 모습을 바라보는 우성의 입술 사이로 저절로 탄성이 터져 나왔다.

"예쁘다. 정말."

우리로서는 단 한 번도 들어본 적 없던 말이었다. 똑똑하다, 머리가 좋다, 똑 부러진다, 뭐든 잘한다⋯⋯. 우리가 들어온 칭찬들은 대부분 그녀의 능력에 대한 것들이었지 단 한 번도 외모가 주축을 이룬 적이 없었다. 그랬기에 자라오면서 내심 예쁜 여자 아이들을 부러워하기도 했고, 또 동경의 시선으로 바라본 적도 더러 있었다.

하지만 지금, 우성이 그토록 갈망하던 말을 해준다. 예쁘다고. 그 누구보다 예쁘다고. 내 눈엔 그리도 예쁜 당신이 한가득이라고.

"그런 눈으로 날 바라보면 더 이상 참는 게 불가능하지."

금방이라도 왈칵 눈물을 쏟아낼 것처럼 바라보는 우리의 눈을 가만히 들여다보고 있던 우성이 안 되겠다는 듯 그녀의 다리를 자신의 허리에 감게 만들었다. 그리고는 벌떡 일어나 걸음을 옮기기 시작했다.

"꺄악!"

불안정한 자세에 익숙하지 않은 야한 포즈. 그 둘이 주는 묘한 감각에 우리가 비명을 지르며 우성에게 매달렸다. 덕분에 우리의 엉덩이를 받치고 걷느라 불거진 그의 튼실한 근육이 그녀의 손에 와 닿았다. 그제야 느꼈다. 정말 이 사람, 남자구나, 하고.

그렇게 우리를 안고 우성이 향한 곳은 침실이었다. 조심히 그녀를 침대에 눕힌 그는 그녀의 위에 무너지듯이 쓰러져서는 그녀를 안아주었다. 쿵, 쿵쿵, 쿵, 두 개의 심장이 맞닿아 요란하게 법석을 떨어댔다.

"떨려요, 나."

연신 한숨을 내쉬며 호흡을 고르던 우리가 작게 속삭이자 우성은 양팔에 힘을 주어 상체를 일으켰다. 힘을 준 팔이 푸드덕 날갯짓을 하듯 경련하는 모습이 보였다.

"엄청 자신감 넘치는 것처럼 허세를 떨어대긴 했는데, 나도 떨려."

숨겨왔던 작은 진실을 토로한 우성이 자잘한 눈웃음을 흩뿌리며 우리를 바라봤다. 코가 마주 닿을 것 같은 거리에서 보는 그의 얼굴은 이제 낯설기보다 조금 친근하게 느껴지기까지 했다.

"다행이네요. 당신도 떠니까."

"남자 체면이 말이 아닌데."

"사람 냄새 나고 좋아요, 난."

"당신이 좋다면 다행이고."

우성은 그렇게 대답하더니 이내 셔츠를 벗어 탄탄한 근육을 드러냈다. 그런 그를 흐뭇한 얼굴로 바라보고 있던 우리가 상체를 일으키며 양팔을 뻗었다. 그리고는 그의 맨얼굴을 맞잡고 그의 입술에 소리가 나도록 입을 맞췄다.

"아아, 안 되겠다. 이제 그만 항복."

날이 서 있던 그녀가 부드럽게 녹아내리는 모습을 지켜보고 있던 우성의 눈이 순식간에 커졌다.

"당신이 계속 신경 쓰였다는 말, 맞아요. 인정해. 그게 당신이 나를 지키고자 희생했던 새끼손가락을 볼 때마다 일어나는 감정인 건지, 아니면 그저 당신 자체를 보면 솟아나는 감정인지 잘 모르겠어. 하지만 당신이 신경 쓰이는 건 사실이니까."

"당신은 나를 신경 쓰는 거야. 그런 행동을 한 것도 다 나거든."

우리의 대답이 썩 마음에 든다. 그랬기에 우성은 만족스러운 미소를 지으며 그녀를 품에 안았다. 하나였다 부서졌던 조각이 만난 것처럼 아, 이렇게 만나 당신을 품에 안는 것이 어색하지가 않다. 원래부터 정해져 있던 수순인 것 마냥.

우성은 쓰러지는 그녀를 따라 몸을 숙였다. 그리고 곧장 그녀의 작은 입술을 삼켜 버렸다. 이번에는 처음처럼 조심스럽지 않았다. 약간의 서두름과 갈망이 섞인 상태로 그는 그녀의 보드라운 입술을 욕심껏 머금었다.

우리의 어깨를 잡고 있던 그의 커다란 손이 그녀의 감각을 일제히 깨웠다. 그녀를 스케치라도 하듯 유려한 곡선을 따라 움직인 그의 손이 이내 그토록 머무르고 싶었던 그녀의 말랑한 가슴을 잡아 쥐었다. 처음 느끼는 감각을 참지 못한 우리가 몸을 뒤챘고, 덕분에 묵직해진 그의 분신이 그녀를 채근하는 것을 느낄 수 있었다.

그것은 우성의 욕망이었다. 순수하게 우리를 향한 그의 마음이기도 했다. 덕분에 우리는 조금 더 대담해질 수 있었다.

그녀는 본능적으로 움직였다. 어느새 허리로 돌돌 말려 올라간 스커트 아래 드러난 얇은 속옷을 사이에 두고 우성의 페니스가 그녀를 찔러대자 우리는 의식하지 않은 채 엉덩이를 움직였다.

"윽, 잠깐!"

이번에는 우성이 당황하는 모습을 보였다. 그가 참을 수 없다는 얼굴을 하고 신음을 내뱉자 반대로 우리의 얼굴에 화색이 돌았다. 우리는 짓궂은 얼굴을 한 채로 우성이 했던 말을 그대로 돌려주었다.

"이제 멈출 수 없다는 건 잘 알잖아요."

"이젠 응용도 하고."

"이렇게 보니 당신, 예쁘네요."

"제법 장난도 할 줄 알고."

"보면 볼수록 자꾸 매력적이라 큰일이죠?"

우리가 생긋 웃으며 엉덩이를 움직여 대자 우성은 미간에 주름을 잡은 채 그의 몸에 붙는 우리를 떼어냈다.

"그건 맞는 말이긴 한데……. 당신이 그렇게 여유를 보이는 건 마음에 안 드는데?"

우성은 자신의 밑에 깔린 우리의 양손을 잡아 고정시킨 뒤, 드러난 가슴을 지그시 응시했다. 촉촉하게 땀으로 젖은 피부, 둥근 모양의 가슴, 분홍빛 젖꽃판, 그 위에 앙증맞게 놓인 작은 젖꼭지까지 날카롭게 살피는 그의 눈빛에 우리의 몸이 가열되고 있었다.

그에게 잡힌 손을 빼내 만천하에 드러난 가슴을 가리려는 우리의 움직임에 우성이 한 손으로 그녀의 양손을 잡아 머리 위에 고정시키고는 그녀의 가슴에 얼굴을 묻었다.

"하악!"

우리가 급하게 숨을 들이마셨다. 들썩거리는 가슴을 잡아 입에 머금은 그는 그녀의 짭쪼름한 맛을 기꺼이 음미했다. 뾰족하게 솟은 그녀의 젖꼭지는 그녀가 얼마만큼 그를 느끼고 있는지 여실히 말해주고 있었다. 우성은 자신에게 반응하는 그녀의 하나하나가 모두 마음에 들었다.

"아, 잠깐…… . 우성 씨!"

"당신의 입에서 나오는 내 이름이 퍽 듣기 좋군. 이왕이면 다르게도 불러주겠어?"

"하아, 하아. 그게 무슨…… ."

"이를테면 여보, 라던가. 자기, 혹은 오빠도 괜찮을 것 같고."

"앗, 흐윽! 그건…… ."

"전혀 불가능한 부탁은 아니지?"

우성이 장난을 가장한 진담으로 우리를 보챘다. 하지만 그 부탁은 얼마 지나지 않아 머릿속에서 잊히고 말았다. 우성의 입술이 가슴에서 배로, 배꼽에서 허벅지 안쪽으로 헤엄쳐 흘러갔기 때문이었다. 우리가 소스라치게 놀라며 바르작거렸지만 일어나 우성을 밀쳐 낼 수는 없었다.

"자, 잠깐! 하앗! 우성 씨!"

"당신을 알아가고 싶다고 했잖아? 난 당신의 전부를 알고 싶어. 모두가 아는 부분도, 누구도 모르는 부분도, 다."

"하지만…… 거긴!"

"당신을 미치게 만드는 게 나라는 것만 생각해. 그리고 내가 주는 감각을 몸에 새겨 넣어. 잊지 말라고."

그렇게 중얼거린 우성이 우리의 다리에서 스타킹을 밀어 내리고는 훑어 내리던 얇은 속옷을 벗겨냈다. 그리고는 그녀의 다리 사이에 자리를 잡았다.

"당신 안으로 들어갈 거야."

당신의 몸 안으로, 또한 당신의 마음속으로.

그렇게 중얼거린 우성은 우리의 몸 안으로 천천히 자신을 밀어 넣었다. 고통에 날카롭게 세운 손톱이 그의 등을 긁어댔고, 그와 함께 좁고 뻑뻑한 그녀의 속으로 진입한 그가 뜨끈한 땀방울을 흘려냈다. 그렇게 온전히 서로를 가진 두 사람은 품에 안지 않으면 당장이라도 죽어버릴 것같이 간절하게 움직임을 시작했다.

새된 신음 소리가 한동안 침실을 가득 채웠다.

❖

다음날, 날이 밝기 무섭게 우리는 고열과 함께 쓰러졌다.

그녀가 고열로 쓰러지기 전 새벽 4시, 알람 소리에 눈을 뜬 우성은 곁에 우리가 없다는 것을 깨닫고 자리에서 일어났다. 졸린 눈을 부릅뜨고 주변을 둘러보자 어젯밤 열정의 흔적들은 완벽히 정리가 되어 있었고, 우리는 밖에서 두 사람이 만리장성을 쌓은 것이 맞는지 의심스러울 정도로 낯선 얼굴을 하고 앉아 있었다.

"샤워는?"

"어젯밤 당신이 잘 때 했어요."

그녀의 치밀함에 붙으려던 정까지 모두 떨어져 나갈 것 같다는 느낌을 받은 우성이 한마디 말을 하려는데 우리의 얼굴이 평소와 다르다는 것을 알아냈다. 그리고 얼마 뒤, 요란한 기침과 함께 비틀거리는 그녀로 인해 그녀가 감기로 인한 고열에 시달리고 있다는 것을 알 수 있었다.

우성의 잔소리는 그때부터 시작이 되었다.

"몸이 으슬으슬할 때 약을 먹어야 했어. 몸이 안 좋은지도 모르고 그렇게 매일 운동을 나가고 무리해서 야근까지 했던 거야?"

체온계를 그녀의 겨드랑이에서 빼낸 그가 온도를 확인하며 잔소리를 하자 우리는 혼이 잔뜩 난 어린아이처럼 입을 부루퉁하게 내밀고 중얼거렸다.

"당신이랑 잔 건 왜 빼요?"

"그건…… 일종의 힐링 프로그램이니까. 원래 땀 한 번 쏙 빼고 나면 병도 다 낫는 법이야. 그렇게 해도 낫지 않을 정도로 당신은 아팠던 거고."

"칫, 변명은 청산유수네요."

"아픈 와중에도 꼬박꼬박 옳은 말만 해대지. 그렇게 할 말 다 하는 입이 요 입인가?"

우성은 하얗게 질린 얼굴을 한 채 누워 있으면서도 꼬박꼬박 대꾸하는 우리를 얄밉다는 얼굴로 바라보았다. 그리고는 그녀의 도톰한 입술을 아프지 않게 톡 두드린 다음 허리를 굽혀 입을 맞췄다.

쪽.

발랄한 그 소리에 놀란 우리가 한 손으로 입을 가리며 두 눈을 동그랗게 떴다.

"옳아요."

"아픈 주제에 남 걱정하기는. 걱정하는 게 요 입인가?"

쪼옥.

아까보다 조금 더 길고 진한 키스였다.

"진짜 옳는다니까."

"기분 좋으면서 괜히 쑥스러워서 내 걱정하는 척하는 건가? 그게 요 입이지?"

우성이 다시 한 번 그녀의 입술에 입을 맞췄다. 그러고 난 그는 손으로 이마의 열을 재보고는 이불을 꼼꼼히 덮어주었다. 죽부터 쑤고, 시원한 오렌지 주스도 한 잔 만들어야지, 중얼거리는 우성을 가만 바라보고 있던 우리가 입술을 배죽거리며 말했다.

"그러게. 손희 씨가 사다 준 죽을 먹을걸. 죽 먹고 약 먹었음 이 지경까진 아닐 텐데, 그쵸?"

"응?"

"샌드위치랑 커피, 맛있었어요."

아무 일도 없었다는 듯 툭, 우리가 말을 꺼내자 그 말을 들은 우성이 조금 놀랐는지 눈을 동그랗게 떴다. 하지만 이내 퉁명스럽게 대꾸를 했다.

"아프면 죽을 먹지, 뭘 그런 걸 먹어."

타박하는 말투였지만 입가에는 은근한 미소가 피어 있다는 것을 확인한 우리가 피어오르려는 미소를 이불 속으로 숨겼다.

"오늘 하루는 회사에 가지 말고 푹 쉬어."

"안 돼요. 나, 처리해야 할 일이 너무 많단 말이에요."

"당신이 하루 쉰다고 못 굴러갈 회사가 아니야. 만일 못 굴러간다면 포기해야지. 그리고 부하직원들을 더 믿어봐. 검증을 거쳐 뽑힌 인재들이잖아."

우성의 말이 꽤 신빙성이 있다. 남편이라 그런가, 그가 하는 말에 괜히 안심이 되기까지 했다. 아픈 몸을 이끌고 회사에 나가려던 그녀는 우성의 만류에 못 이기는 척 누웠다.

"나, 거실에 누워 있을래요."

"왜? 편하게 침실에 있어."

"하지만……."

아픈데 혼자 넓은 침실에 있긴 싫단 말이에요. 당신은 거실과 부엌을 오갈 텐데.

우리가 속으로 꺼낸 말을 알아차린 것일까. 잠시 그녀를 바라보고 있던 우성은 순순히 고개를 끄덕이며 그녀를 안아 올렸다.

"앗!"

"얌전히 안겨 계시지요, 공주님."

우성은 그녀를 소파 위에 눕혀주고는 주방을 분주하게 돌아다니기 시작했다. 얼마 지나지 않아 꽤 근사한 들깨죽과 반찬 몇 가지, 그와 함께 신선한 오렌지 주스가 대령이 되었다.

우리는 우성이 만들어준 음식들을 비우고는 약을 먹고 깊은 잠에 빠져들었다. 잠을 자면서도 우리는 곁에서 느껴지는 인기척에 종종 미소를 지었다.

그로부터 나흘 후, 상황은 완벽히 역전되어 있었다.

"몸이 으슬으슬할 때 약을 먹었어야죠. 어쩜 남자가 그렇게 말을 안 들어요? 자기가 실천을 해야죠."

"살아났네, 태 여사."

양손을 허리에 얹은 채 당당하게 설교를 하는 우리의 모습에 우성은 이불로 몸을 꽁꽁 감싼 채 부들부들 떨고 있었다.

"나, 힐링 프로그램 필요해."

우성이 어리광을 부리듯 양팔을 뻗자 아무 생각도 없이 그를 안아주려던 우리가 멈칫하고는 그를 슬그머니 노려봤다. 그가 언급했던 힐링 프로그램이 무엇이었는지 기억해 낸 까닭이었다. 우리는 두 눈을 새초롬하게 뜨고는 그의 위로 두툼한 누비이불을 덮어주었다.

"내 프로그램은 조금 달라요. 두꺼운 이불 덮고 푹 자는 것."

그렇게 말한 우리가 종종걸음으로 부엌으로 향했다. 그녀가 부엌으로 향한 지 얼마 지나지 않아 우당탕탕, 꽤 요란한 소리가 들려왔다. '절대로 밖으로 나오지 말 것'이라는 약속을 단단히 했지만 참을 수 없는 호기심에 슬그머니 자리에서 일어난 우성은 문을 살짝 열고 틈으로 밖의 동태를 살폈다.

밖에는 처음으로 야채죽에 도전하고 있는 우리의 모습이 생생하게 펼쳐져 있었다. 부엌은 엉망진창이었다. 서투르게 칼질을 하느라 육수는 졸아붙고, 볶고 있던 쌀알은 눌어붙고, 그녀는 당황하고, 우왕좌왕하고.

그런 우리의 모습을 훔쳐보는 내내 우성의 입가에서는 미소가 떠나질 않았다. 그녀의 허술한 모습을 바라보며 그는 진심에서 우러나오는 웃음을 터트릴 수 있었다. 아아, 아마도 이런 게 행복일지도 모르겠다, 하며.

"짜잔!"

침대에 누워 잠이 들려던 찰나, 안방 문이 열리고 우리가 들어왔다. 쟁반에 야채죽을 들고 있었는데 죽의 상태보다는 우리의 상태가 더욱 걱정이었다.

"이거 고마워서 어쩌지?"

"그럼 맛있게 먹어주면 돼요."

우리의 말을 들으며 아마도 그녀의 처녀작이 분명한 야채죽을 기쁜 마음으로 비운 우성이다. 죽을 비우고 약까지 먹은 뒤 침대에 눕자 우리가 은근한 목소리로 물었다.

"뭐 하나 물어봐도 돼요?"

"뭐든."

"약혼식에 불참한 이유가 뭐예요?"

그녀의 마음속에 아직도 깊이 자리 잡고 있을 거라고 생각해 본 적이 없던 우성이 잠시 망설이다 입을 열었다. 그는 차마 우리의 얼굴을 볼 수가 없어 눈을 감았다.

"고의적이었어. 골탕 먹이고 싶었거든."

"반지를 택배로 보낸 이유도…… 같아요?"

"그건……. 반지에 마음이 담기지 않았었으니까."

그리고 그 질문을 끝으로 깊은 침묵이 찾아왔다. 잠시 그의 곁을 지키고 있던 우리는 약 기운을 빌어 잠에 빠지고 있는 우성의 얼굴을 가만 들여다보다 그의 이마를 가볍게 쓸었다. 그리고는 속삭였다.

"언젠가는 그 반지에 마음이 담길 수 있을까요?"

그 말을 끝으로 깃털과도 같던 우리의 손길은 떠나갔다. 문이 닫히는 소리를 들으며 눈을 뜬 우성은 복잡한 얼굴을 하고 한참 동안 천장 어딘가를 바라봤을 뿐이었다.

그때였다. 탁자 위에 올려두었던 핸드폰이 진동했다. 그 소리에 눈을 몇 번 깜빡거린 우성은 손을 뻗어 핸드폰을 집어 들었다. 저장되어 있지 않아 누구인지 모를 번호에게서 문자 메시지가 도착해 있었다.

「당신 아내의 비밀을 알고 있어요.」

09

　가을이 부쩍 피부로 느껴지는 날씨다. 구름 한 점 없이 푸르고 높은 하늘, 피부로 체감할 수 있는 서늘한 바람, 여름과 가을의 색감을 한번에 느낄 수 있는 길가의 가로수까지. 우성은 한적한 카페에 앉아 찬찬히 주변 풍경을 바라보고 있었다. 풍경을 눈에 담는 그는 사뭇 경직된 모습이었지만 그렇다고 오래전의 기억으로 인한 혼란을 되새기는 얼굴은 아니었다.

　참 이상하기도 하지. 다시 그녀를 만나게 되면 2년 내내 숱하게 품어왔던 증오를 한번에 쏟아내게 될 줄 알았는데 이토록 내 속이 잠잠할 줄이야.

　그만큼 세월이 흘렀다는 말일까, 아니면 심경의 변화가 그만큼

컸다는 것일까. 어쨌든 지금 중요한 것은 평생토록 저주가 되어 따라붙을 줄 알았던 여자의 그늘에서 벗어났다는 점, 또 마음속엔 저주를 풀어준 태우리 여사가 천천히 타오르고 있다는 점.

커다란 통유리 너머, 스틸 컷 같은 풍경을 바라보고 있는데 카페에서 요즘 유행하는 노래가 흘러나왔다. 우성의 마음을 대변하기라도 하듯 영원한 사랑을 믿었었다는 누군가의 목소리가 들려왔다.

쓸쓸한 멜로디를 읊조리는 목소리에 우성이 피식 가볍게 웃었다. 때맞춰 카페 안으로 미지가 들어왔다. 오래전 그의 여자였지만 이제는 그렇지 않은, 누구보다 익숙했지만 이제는 낯설기만한, 그리고 영원할 거라 믿어 의심치 않았던 그 여자.

우성은 일어나 인사를 한다던가, 딱히 아는 척을 한다던가 하는 행동은 취하지 않았다. 그저 가만히 앉아 그녀가 다가오길 기다렸을 뿐이었다. 멀찌감치 떨어진 곳에서부터 우성을 알아본 미지는 그에게 다가와 맞은편에 자리를 잡고 앉았다.

"여어."

"우성아."

"여태 몰랐는데 꽤 뻔뻔하네?"

우성은 독기 없이 태연한 얼굴을 하고 덤덤히 말을 걸었다. 생각했던 것보다 훨씬 차분한 자신의 모습에 꽤 놀라기까지 했다.

"이젠 제법 평창동 사모님 룩도 따라 할 줄 알고."

"자, 잘 지냈어?"

"피차 안부를 묻고 답할 사이는 아닌 것 같으니 곧장 본론으로 들어가자고. 아내의 비밀을 알고 있다고?"

우성은 미지에게 일말의 시선 한번 주지 않은 채 빨리 말을 이었다. 그 모습이 낯설었던지 미지는 우성이 원하는 답을 주지 않은 채 입술만 깨물고 앉아 있었다. 눈물로 반들거리는 그녀의 눈빛은 누군가의 사랑을 간절히 원하고 있음과 동시에 지나가 버린 자신의 사랑을 안타까워하고 또 그리워했다.

그녀의 마음을 어렵지 않게 알아챈 우성은 약간의 짜증이 깃든 얼굴을 하고 고개를 절레절레 저었다.

"생각해 보면 넌 주변의 남자들이 널 바라봐야만 직성이 풀리는 성격이었지. 그래서, 지금 이미지 여왕님은 또 그 병이 도지는 건가?"

"우성아!"

"이미지 씨. 너무 다정하게 부르시는 거 아닌가? 한 여자의 남편이 됐다고, 난. 그러니 이제 예의를 좀 갖춰주시지?"

우리의 앞에서 고의를 담아 '우성이'라고 다정히 불렀던 것을 떠올린 우성의 얼굴이 순식간에 불쾌함으로 물들었다. 물론 결혼식 당시에야 이토록 우리를 마음에 담지 않았기에 별다른 생각을 하지 않았지만 지금에서야 그 당시 우리가 얼마나 불쾌했을지 느낄 수 있었기 때문이었다.

우성의 대꾸가 내심 서운했던지 미지가 섭섭하다는 투로 중얼거렸다.

"냉정해졌다, 너."

"원래 냉정한 인간이었어, 난. 내 여자한테만 다정했지."

"이제 난 네 여자가 아니라는 말이겠지?"

"뭘 기대한 거야?"

"난…… 시간이 흐르고, 내가 무슨 짓을 하더라도 넌 날 사랑해 줄 줄 알았어."

"무슨 근거로?"

스스로를 과대평가하는 미지의 말에 우성의 시선이 처음으로 그녀에게 꽂혔다. 그녀와 눈을 맞춘 그는 아주 오래전, 자신을 뿌리째 사로잡았던 여자를 물끄러미 바라봤다. 그녀 없이는 살 수 없을 거라 장담했던 자신이 그녀 없이도 잘살고 있다는 사실에 괜한 웃음이 새어져 나왔다.

"내가 사람을 잘못 봐도 한참 잘못 봤네. 너, 이렇게까지 바닥이었어?"

우성의 물음에 미지는 흔들리는 눈을 하고 그를 바라보았다. 호수처럼 맑고 커다란 두 눈은 뭇 남자들의 마음을 흔들어대기 충분했지만 이제는 그 아름다움이 일종의 독이라는 것을 잘 알고 있는 우성이었다.

외면의 아름다움과 내면의 숨겨진 아름다움 사이가 얼마만큼 차이가 크게 나는지, 이제는 아는 우성은 한심하다는 얼굴을 하고 미지를 바라봤다.

"날 만나서 가장 먼저 해야 할 건 사과였어. 최소한 네가 날 사랑했었다면, 존중했었다면, 생각을 했었다면 사과를 했어야 해. 이해하려고 노력했어. 그래, 네가 얼마나 강성현 그 자식을 사랑했으면 그러겠나. 나에게 미안한 마음이 있지만 그것만으로도 참을 수 없었으니 그랬겠지. 그런데 넌 끝까지 네 생각만 하네."

우성이 우리에게 배운 것은 자신이 한 선택이 무슨 결과를 초래하든 후회하지 않을 것, 이미 지나간 과거에 마음을 두지 않고 미래를 위해 걸어나갈 것, 그리고 사람을 존중할 것.

"내 안목을 탓해야지 누굴 탓하겠어."

"미안해, 우성아. 정말 그땐…… 너무 힘들었어. 외로웠어. 죽을 만큼 외로웠어."

"널 만나는 날을 늘 꿈꿔왔어. 모진 말을 퍼부을까, 한 대 때리기라도 하면 속이 시원할까, 아니면 널 다시 가져 버릴까. 온갖 추잡하고 더러운 상상들을 서슴지 않았지. 그 정도로 널 사랑했다고 생각했으니까. 그런데 지금 와서 돌이켜 보면 난 그냥 아팠던 거야. 가장 믿었던 사람에게 받은 배신 때문에 말이야."

우성은 덤덤하게 중얼거렸다.

한 번 꽂히면 올인해 버리고 마는 이 빌어먹을 성향 때문에 말이지.

"네가 널 주인공으로 만들고 싶어서 주변 사람들 모두를 조연으로 만들어 버리는 걸 보면 참, 웃기지도 않아. 각자 인생의 주인공이라는 걸 왜 인정해 주질 않는 건지."

"그래, 인정해. 난 널 한 번 저버렸고, 그래서 날 미워하는 것쯤은 잘 알아. 그치만 말야, 이렇게 된 데엔 네 책임도 어느 정도 있다고. 알잖아? 네가 날 얼마나 방치했는지."

토론이라도 한바탕 벌일 기세다. 이쯤 되면 이 여자가 우성을 불러내 하고 싶은 말이 무엇인지, 불러내기 위한 구실일 뿐이었는지 의심이라도 해야 할 정도다.

예전의 일로 시시비비를 따져 누구의 잘못이었는지, 어째서 그런 결론이 났는지, 왜 그렇게 했는지, 그런 일들을 따져 대기에 시간은 너무 많이 흘렀고, 마음도 너무 멀리 흘러갔다.

"내게 돌아오고 싶어서 이러는 거야, 아니면 네 남편이 널 바라봐 주길 바라서 이러는 거야? 그것도 아니면 네가 불행하니 나 역시 불행하길 바라는 거야?"

"아니야. 난 그저…… 네 아내가 뒤에서 무슨 짓을 벌이는지 알았으면 하고……."

미지는 고개를 저으며 가방을 뒤져 자신이 가져온 서류 봉투를 내밀었다. 봉투 안에 있었던 사진들을 모두 쏟아내 우성의 코앞으로 들이밀었지만 정작 우성은 태연했다.

"이미 다 알고 있는 사진들이잖아? 이거, 네가 보낸 거였어?"

"비서를 시켜서 성현 씨 뒷조사하고 있는 걸 알고 있었어. 그전에 내가 성현 씨 뒤를 쫓고 있었을 뿐이야."

"그래서 네가 건진 사진들을 정 비서에게 찔러줬다?"

"이, 익명으로 보냈을 뿐이야."

"내가 보면, 네게 돌아갈 줄 알았어? 네게 동정표를 던질 줄 알

앉나 보지?"

"그래. 그 여자랑 결혼을 할 줄은 꿈에도 몰랐어!"

오래전부터 준비되었던 계획이 수포로 돌아갔다는 사실에 미지는 왈칵 눈물부터 터트렸다. 그녀의 눈물이 뺨을 타고 흘러내려 턱에서 똑똑 떨어져 내리는 모습을 물끄러미 바라보고 있던 우성이 손을 뻗었다. 그녀의 눈물은 그의 손끝 위로 떨어졌다. 손을 거둬들여 젖은 손끝을 바라본 우성이 조용히 중얼거렸다.

"이런 게 악어의 눈물인가?"

그 말에 미지가 두 눈을 동그랗게 떴다. 발갛게 충혈된 눈동자가 충격으로 번들거리고 있었다. 하지만 더 이상 안쓰럽지 않았다. 걱정이 되지도 않았다. 아주 조금, 자신이 품었던 사랑이 퇴색되었다는 사실에 씁쓸했지만 딱 그것뿐이었다.

우성은 타인을 바라보는 눈빛으로 그녀를 바라보았다.

"고마워. 너로 인해서 다시금 깨달았어."

"뭐, 뭘?"

끝까지 멍청한 여자는 우성을 희망에 찬 눈으로 올려다봤다. 하지만 그 기대는 뒤에 이어진 우성의 말에 산산조각이 났다.

"지금 내가 누굴 바라보고 있는지, 내 마음이 향하는 그 여자가 얼마나 현명한 여자인지."

방금 전까지 흘러나오던 음악이 다시 귀에 들린다.

사랑이 다시 온다면 그 거리를 유지하겠다고, 한 가수가 덤덤히 말한다.

"네가 잘못 안 게 하나 있어. 내가 아내를 선택한 이유는, 그래. 맨 처음에는 널, 그리고 강성현 그 자식을 배 아프게 만들고 싶은 마음이 컸어. 하지만 고작 그 이유만으로 내가 내 인생을 걸 수 있을 거라고 생각해? 아니야. 난 현명하고 똑똑한 그 여자가 마음에 들었던 거야."

"이우성, 너⋯⋯."

"앞으로 말 좀 조심해 주고."

우성이 재킷을 챙겨 자리에 일어나며 미지의 어깨를 아프게 두드렸다. 그리고 곧장 카페를 빠져나와 방금 전까지 답답하게 조이던 숨통을 가을 날씨에 턱 풀어놓았다.

"푸하! 잘했다, 이우성. 아주 잘했어!"

묵은 때를 씻어낸 것처럼 개운한 느낌에 안도의 한숨을 깊게 내리쉬는데 건널목 너머 패티오에 앉아 있는 한 남자가 눈에 띄었다. 평범하지 않은 카메라를 들고 연신 셔터를 누르는데 그 초점이 자신에게 맞춰진 것 같다는 느낌을 받았다.

'오늘 내내 따라다니던 눈이 저거였어? 미지인가, 성현인가, 그도 아니면 이 회장?'

잠시 멈춰 서서 생각을 하고 있는데 마침 그때를 맞춰 전화가 울렸다. 태우리, 그녀에게서다.

"여보세요?"

수화기 너머로 아주 잠시 머뭇거리는 기척이 들렸다. 그러더니 우리는 망설이는 투로 물었다.

[어디예요?]

그가 카페에 있다는 사실도, 방금 전 미지를 만났다는 사실도 알고 있으면서 사람을 떠보듯 묻는 질문에 우성은 눈치를 챘다.

"당신이었어?"

다른 그 누구도 아니고 우리라는 사실 하나에, 우성은 심각해진 얼굴을 하고 그 자리에 굳어버렸다.

우리가 이상 징후를 보인 것은 이메일이 도착했다는 알림음을 듣고 메일을 확인한 직후부터였다.

"잠시만 쉬죠."

혼이 빠져나간 사람처럼 간신히 그 말만 뱉어낸 그녀는 핏기가 가신 얼굴을 하고 한 손으로 관자놀이를 주무르고 있었다. 그 모습을 보다 못한 손희가 찬물 한 컵을 들고 그녀에게로 다가갔다.

"괜찮아요?"

"아, 네."

"안색이 너무 나빠요. 무슨 일이라도 생긴 거예요?"

"아뇨, 이건…… 개인적인 일이에요."

우리는 손희가 내려놓은 크리스털 잔을 멍하니 바라보며 방금 전 메일로 수신이 된 사진 몇 장을 떠올렸다. 우성과 미지의 사진들이었다. 물론 두 사람이 하는 대화나 분위기가 스틸 컷으로 찍혀 배달이 된 터라 오해의 소지가 많다는 것을 충분히 인지하고 있었음에도 우리는 떨리는 심장을 주체할 수가 없었다.

"아니야, 이건. 내가 생각하는 그런 게 아닌데…… 아는데도 왜."

알고 있는데도 가슴이 아파온다. 이유는 간단했다. 우성을 향한 마음이 깊어졌기 때문에, 또 그 사진이 결혼의 목적을 다시 한 번 되새겨 줬기 때문에.

괜한 오해와 추측으로 관계를 망칠 수는 없다는 생각에 우리는 핸드폰을 찾아 들었다. 하지만 그녀의 행동이 우성의 화를 부추겼다는 사실에 그녀는 암담한 얼굴로 주저앉을 수밖에 없었다.

[당신이었어?]

그랬다. 우성에게 사람을 붙여놓은 것은 우리만이 알고 있는 사실이었다. 그가 미지와 만나고 있다는 사실을 묻는 것만으로도 그 사실이 들통날 수 있음을 왜 잊고 있었던 것일까?

"바보 같아."

"부사장님."

"참 웃기죠? 아무리 객관적이고 이성적이 되려고 해도 그 사람 앞에서는 속수무책으로 감정적이 되고 말아요."

우리는 그동안 쓰고 있던 두꺼운 가면에 금이 가는 것을 감추기라도 할 것처럼 양손으로 자신의 얼굴을 가렸다. 그 모습을 지켜보고 있던 손희가 그녀의 곁에 자리를 잡고 앉았다.

"의외네요."

"네?"

"이런 모습을 진즉 봤더라면 그때의 결정이 사뭇 달랐을지도 모르겠어요."

손희가 우울한 우리를 위로라도 하듯 장난스럽게 말을 걸었다. 그 말에 하얗게 질린 얼굴을 하고 앉아 있던 우리가 고개를 들었다.

"부사장님 말이에요. 가끔은 이렇게 감정적인 모습, 더 보기가 좋아요. 사실 지금껏 부사장님은 일만 하는 기계가 아닌가 싶었거든요. 그만큼 완벽주의자셨고."

"손희 씨."

"아마도 사랑이겠죠. 부사장님의 녹지 않던 얼음을 단숨에 깨부순 그분을 향한."

아마도…… 사랑.

손희가 한 말을 자꾸 곱씹게 된다. 아직은 아니라고 부정하고 있었건만 제3자를 통해 듣게 된 그 단어에 우리는 불가항력이 되고 말았다.

"기운 내세요. 부사장님은 충분히 매력적이거든요. 내가 보증할 수 있어요."

손희는 우리의 어깨를 가볍게 감싸주며 긍정의 에너지를 전해 주었다. 믿음직스러운 상사이자 존경할 만한 인물이었기에 손희는 우리에게 이성적인 의미는 아니었어도 인간적으로 호감을 가지고 있었다.

"고마워요."

그때였다. 부사장실의 문이 거칠게 열렸다. 그 소리에 놀란 두 사람은 문을 열고 난입한 우성을 바라봤고, 우성은 그런 두 사람을 차례로 훑어보고는 우리에게 가까이 다가왔다.

"일어나."

"무슨……. 지금 일하는 중이잖아요."

"일하는 중? 다정하게 끌어안고 무슨 일을 하는 중인지 설명 좀 해보시지."

"그건……."

"됐고. 당신, 안손희 씨. 내가 저번에 말했던 걸로 아는데? 퍽 불쾌하다고. 그렇게 말했으면 어느 정도는 들어줄 생각을 해야 하는 것 아닌가?"

우성의 매서운 시선이 손희에게 박혔다. 손희와 우리가 무슨 대꾸도 하기 전, 우성은 우리의 팔을 잡아끌었다.

"나와."

오늘만큼은 물러날 생각이 없다는 투의 행동이었기에 우리는 순순히 일어나 그를 따를 수밖에 도리가 없었다.

한마디 말도 없는 침묵과 거친 운전 끝에 두 사람이 도달한 곳은 보금자리, 오피스텔이었다. 문을 열고 집 안으로 들어서기 무섭게 매서운 날을 세우는 우성으로 인해 우리는 할 말을 찾지 못하고 마른침만 꼴깍 삼켜야만 했다.

"날 미행한 건가?"

"윤 전무, 혹은 그 측근이 앙심을 품고 또 공격을 할까 싶어서 주변 보안을 더 신경 쓰고 있던 와중이에요. 당신을 미행한 건 아니에요."

"그럼 내가 이미지와 함께 있는 건 어떻게 알았지?"

"보안팀에게 말해뒀었어요. 당신 주변에 평소 만나는 사람이 아닌 다른 사람이 있다면 곧장 보고해 달라고. 익숙하지 않은 얼굴의 누군가가 접근할 경우엔……."

"사진을 찍어 보고해라? 그게 미행이 아닌가?"

우성의 물음에 우리는 제대로 대답을 할 수가 없었다. 의도가 어떻더라도 미행은 미행이다. 보고 역시 제대로 받았다. 아주 조금은 그가 누굴 만나는지 알고 싶은 마음도 없지 않아 있었다.

우성이 두 눈을 가느다랗게 뜨고 물었다.

"뭘 의심했기에 그렇게 물어본 거지?"

"의심한 적은 없어요."

"하지만 내가 거짓말을 하는지 안 하는지 궁금했으니 그렇게 떠본 것 아니야."

우성이 우리를 향해 으르렁거렸다. 다른 것보다 더 참기 힘든 것은 그녀, 태우리가 자신을 믿지 않았다는 사실과 더불어 다른 치졸한 여자들이 쓸 법한 미행을 자행했다는 사실이었다.

우성은 보란 듯이 커피 테이블 위에 사진을 쏟아 보였다.

"자, 봐. 사진을 받았어. 오래전부터 알고 있던 사실을 재차 확인한 것뿐이라 놀랍지도 않았지."

"오래전부터 알고 있던 사실?"

우리는 미간을 찌푸린 채 거실 커피 테이블로 다가가 우성이 쏟아놓은 사진들을 살펴봤다. 사정을 모른다면 의심할 게 분명한 모습으로 뒤엉켜 있는 우리와 성현의 모습을 담은 사진들이었다.

"결혼식 당일에 알게 됐어. 당신이 왜 강성현과 이런 사진이 찍히게 됐는지. 적어도 반항 정도는 해야 한다고 생각했지만 뭐, 지금은 당신이 무슨 생각으로 그랬는지 아니까 됐어."

"이걸…… 결혼하기 전부터 알고 있었다고요?"

우리가 손에 쥔 사진을 형편없이 구겨 버리고는 언젠가 미지에게서 들었던 말을 기억해 냈다.

"나, 난 당신을 알고 있어요. 당신이 내 뒤에서 남편과 어떤 짓을 벌이는지, 다 알고 있어요."

"어떤 짓을 벌이던가요, 내가?"

"내가 모, 모르는 곳에서 남편과……. 남편이 당신과 만나는 것을 알고 있어요. 남편이 내게서 마음이 멀어진 것도, 그 마음이 당신에게 가 있는 것도 전부 다. 그렇게 당신은 내게서 모든 것을 빼앗아갈 참인가요?"

그 말을 기억해 낸 우리의 눈빛이 얼음보다 차가워졌다. 그녀가 한 말은 괜한 억측이 아니었다는 말이었다.

'대체 몇 명이나 내 뒤를 쫓았다는 건가?'

그 생각에 우리는 입술을 잘근 깨물었다. 눈앞에서 화를 내는 그를 이해할 수 있다고 생각했던 자신이 참 어리석어지는 순간이 었다. 믿지 못한 것은 서로 마찬가지인데.

"당신도 날 질책할 권리는 없는 것 같네요. 뒷조사한 건 피차 마 찬가지니까."

"그래, 좋아."

우리의 말에 우성은 가볍게 고개를 끄덕였다.

"Call it even."

그 말이 왜 이리도 아프게 다가오는지, 우리는 두 눈을 질끈 감 았다 떴다. 결혼의 목적이 그저 복수였음을 확인해 주는 사진에 그녀는 절절히 아파했다.

그건 우성 역시 마찬가지였다. 이번만큼은 여자를 믿어보고 싶 었다. 자신의 마음이 온전히 우리에게 향하고 있다는 것을 깨달은 직후, 그녀가 붙여놓은 미행에 그 마음이 부서져 버리고 말았지 만.

"믿음이 없다는 걸 알았는데도 난 이렇게 당신을 원해. 병신같 이."

우성은 이죽거리며 그녀의 손을 잡아 자신의 바지춤으로 끌어 당겼다. 우리를 절실히, 이 순간에도 원하고 있다는 증거가 그녀 의 손바닥 안에서 생생히 날뛰고 있었다.

우리가 건조해진 눈으로 그를 바라봤다. 그에게 잡힌 손목을 빼

내려고 했지만 그조차 쉽지 않았다. 퍼드득거리는 생생한 욕망을 떨쳐 내고자 손을 움츠리고자 했지만 역시 호락호락하지 않았다.

"놔줘요."

놓아줄 리 없다.

"이우성 씨!"

먹힐 리도 없다.

묵묵부답, 요지부동. 묵비권을 행사하게 해준 적도 없건만 우성은 꼿꼿이 태도를 고수하며 물러나지 않을 것처럼 굴었다. 그 태도에 우리 역시 폭발했다. 눈가가 붉어질 정도로 우성을 노려보고 있던 우리는 그의 중심에 대고 있던 손바닥을 오므려 가볍게 힘을 주었다.

"좋아요, 그럼. 어디 하고 싶은 대로 해봐요."

그녀가 중심을 움켜쥐자마자 그의 중심이 불뚝거리며 크기를 달리했다. 그의 분신이 더할 나위 없는 자극에 탄력을 받고 꼿꼿해지는 것을 느끼며 우리는 지지 않겠다는 듯 눈을 부릅떴다. 내심 덜컥 겁이 나긴 했지만 그것을 내보일 우리가 아니었다.

약한 모습 한 자락 보이지 않는 우리의 성격은 값을 호되게 치러야만 했다.

물러날 기색 없이 팽팽하게 맞선 눈빛이 부싯돌이 되어 서로를 긁어대자 마주친 두 눈에서 불꽃이 일었다. 우성은 그녀를 잡은 채 곧장 스커트를 밀어 올렸고, 우리는 질세라 그의 셔츠를 벗겨냈다.

전희도, 애무도 필요없었다. 두 사람은 그저 서로의 가슴속에서 일렁거리는 분노를 잠재우고자 상대를 이용했을 뿐이었다.

우성은 별다른 말 없이 그녀의 안으로 침입해 들어갔다. 우리는 그 흔한 악 소리 한 번 내지 않고 순순히 그를 받아들였다. 분노로 시작한 섹스였음에도 불구하고 그가 삽입하는 순간, 고통 사이로 묘한 쾌감이 우리의 전신을 타고 돌았다.

"흑!"

고통으로 인한 신음은 참았어도 쾌감으로 인한 교성은 참아낼 수가 없었다. 아주 작은 소리였어도 파장은 컸고, 그 소리를 시작으로 우성은 쾌감을 향해 내달리기 시작했다.

미워도 하는 수 없었다. 얄밉기는 했지만 어쩔 도리가 없었다. 때론 너무 딱딱하고, 또 올곧기만 해서 묘한 파괴 충동도 일지만 그런들 아무 소용 없었다. 어쨌든 그런 모습 모두가 태우리였고, 태우리는…… 현재 우성의 마음을 지배하고 있었으니까.

절정을 향해 달린 지 얼마 지나지 않아 우성은 우리를 안은 채 간헐적인 신음을 뿜어내며 간신히 서 있었다. 우리는 그런 그의 무게를 느끼고 있다가 이내 그를 밀어내고는 자리에 똑바로 섰다. 벽에 쓸린 등이 아프다는 생각도 잠시, 그녀는 옆에 있던 클리넥스 통에서 티슈를 몇 장 뽑아내 아랫부분을 닦아내고는 발목에 걸쳐져 있던 팬티를 끌어 올렸다.

"다 끝났나요?"

"태우리, 당신……."

그 어떤 감흥도 없다는 듯, 우리는 말려 올라갔던 스커트를 내리고 풀어 헤쳐진 셔츠의 단추를 채운 뒤 머리를 간단히 손질했다. 그 모습을 지켜보고 있던 우성이 이를 갈았다.

"날 화나게 하는 데엔 정말 소질이 있어."

"그건 당신도 마찬가지죠."

"좋네. 공평하고."

"비켜요. 회사 나가봐야 해요."

"못 비켜."

우성은 그녀의 앞에 단단히 버티고 서서는 고개를 기울이며 웃어 보였다.

"끝나려면 한참은 멀었거든."

그 말과 함께 우성은 가볍게 그녀를 들어 올리고는 안방으로 들어갔다. 그녀가 어떤 발버둥을 쳐도 우성은 그녀를 침대 위에 내려놓을 때까지 꿈쩍하지 않았다.

쾅앙—

문이 닫혔다. 두 사람의 긴 밤은 이제 시작이었다.

10

「아버지 생신이야. 본가에 가야 하니까 6시까지 준비하고 기다려.」

그와 다투고 난 다음날, 우리는 한 통의 문자를 받았다. 싸우더라도 잠은 같은 침대에서 자야 한다는 그의 고집을 꺾지 못하고 한 침대에서 등을 돌리고 잠이 들었던 날. 날이 밝기 무섭게 일어나 홀로 운동을 가버린, 야속한 그를 생각하고 있던 차였다.

"전화도 하고 싶지 않다는 거야?"

일요일 오후, 외출을 했다가 들어와 집에 우성이 없다는 것을 알아차리고 기운 없이 앉아 있었던 우리는 그의 문자에 작은 한숨을 내쉬었다. 그나마 문자를 받아 다행이라는 생각에 어둡기만 하던 우리의 얼굴이 순식간에 환해졌다.

「지금 어디예요?」

잽싸게 문자를 보내고 나니 그에게 올 문자를 기다리는 시간이 너무 길기만 하다. 괜히 일찍 보냈나 싶기도 한 게 은근히 후회도 됐지만 이미 보낸 것, 어떻게 취소를 할 수가 없었다.

하염없이 핸드폰 액정을 바라보고 있는데 얼마 지나지 않아 문자가 도착했다.

「당신은?」

방금 전 문자를 너무 빨리 보낸 것 같다고 후회한 것을 잊어버린 우리는 빠르게 타자를 두드렸다.

「집이에요. 만나서 같이 갈래요?」

그와 얼굴을 볼 기회가 필요했다. 어제 화를 낸 건 분명했어도 하루 정도 혼자만의 시간을 갖고 나니 울컥했던 마음은 가라앉았고, 그와 즐거웠던 시간들이 떠올랐다. 함께, 자신이 잘못한 언행들이 떠오르며 그러지 말았어야 했다는 후회까지 하게 됐다.

하지만 우성은 우리와 마음이 다른 모양이었다. 그는 일말의 여지도 없다는 듯 단호하게 문자를 보냈다.

「시간 맞춰서 윤 기사 보낼게. 타고 와.」

그가 보낸 문자에 여자의 가슴은 속절없이 뭉그러지고 말았다. 우리는 붉어지려는 눈가를 숨기며 자리에서 일어났다. 시간에 맞춰 본가로 가려면 지금부터 준비해도 늦었다.

「시간 맞춰서 윤 기사 보낼게. 타고 와.」

우리에게 문자를 보내던 시각, 우성은 보석점 VIP 룸에 앉아 있었다. 직원이 그가 부탁한 보석들을 가지고 와 보여주는 동안, 우리에게 문자를 보낸 그는 보내고 난 다음에 잠시 후회를 했다.

'너무 딱딱하게 보냈나?'

혹시라도 더 큰 오해가 생기는 건 아닌가, 아주 잠시 걱정하긴 했지만 이내 눈앞에 펼쳐지는 보석들을 보고 그 생각을 지워 버린 우성이었다.

"직접 디자인을 해서 반지를 세팅하려고 합니다. 가능하겠죠?"

"물론 가능합니다. 어떤 보석을 사용하시는지에 따라 가격이 천차만별이겠지만요."

"최고급 보석으로 하고 싶지만 그건 너무 평범하죠?"

우성은 직원이 보여주는 보석들을 하나하나 자세히 살펴보며 곁에 앉아 있는 디자이너와 새로워야 할 프러포즈 반지를 고심했다.

"세상에서 단 하나밖에 없는 반지를 만들고 싶어요. 마음이 담긴 걸로."

우성의 말에 디자이너는 꽤 어려운 숙제를 받았다는 얼굴을 하고 이마를 긁적거렸다. 세팅이야 우성이 원하는 보석들로 이루어질 테지만 많은 보석들 중 어떤 것이 과연 마음을 담을 수 있는 것인지 아리송하기만 했다.

"마음이 담긴 반지는 어떤 모양에 얼마만큼의 가치를 지녀야 하는 건지 아십니까?"

이번 의뢰인의 디자인은 애매모호한데다 까다롭기도 무척 까다로운 듯했다. 아무래도 잘못 걸렸다는 생각을 하며, 디자이너는 진지하게 생각 중인 우성의 얼굴을 물끄러미 바라봤다.

우성이 우리를 만난 것은 이 회장의 본가 앞에서였다. 앞에서 대기하고 있던 윤 기사의 세단 뒷좌석 문을 망설임 없이 연 우성은 우리의 앞에 손부터 불쑥 내밀었다. 에스코트를 할 테니 나오라는 의미였다. 하지만 우리는 우성이 내민 손만 물끄러미 바라보고 있었다.

"뭐 해?"

"지금, 들어가게요?"

"늦었어."

우리, 오늘 처음으로 얼굴 본 건데…….

우리의 소리 없는 투정은 허무하게 그녀의 가슴속에서 메아리를 쳤다. 물론 우성이라고 난감해하지 않는 것은 아니었다. 다정하게 대해야지, 미안하다고 먼저 사과를 해야지, 그렇게 생각하면서도 막상 우리를 보면 까칠한 성격이 튀어나오고 말았다.

'참, 어린애 같다니까.'

서로에게 솔직해지는 것이 가장 옳은 답인 줄 알면서도 막상 솔직한 마음을 털어놓기가 어려우니 그것이 문제였다.

"나보고 할 말 없어요?"

"오늘, 평소랑 분위기가 다른데?"

"그것뿐이에요?"

"예뻐."

조금은 놀랄 줄 알았건만.

우리는 별로 다를 것 없는 반응에 나직이 한숨을 내쉬었다. 오늘은 특별히 샵에 가서 머리도 하고, 화장도 하고, 예쁜 옷에 구두까지 맞춰 신었건만 그녀를 바라보는 우성의 눈빛은 건조하기만 했다.

한숨을 작게 내쉰 우리가 우성의 손을 잡았다. 만나온 기간이 짧은 만큼 서로의 마음을 읽기 힘들었고, 덕분에 두 사람 사이는 순식간에 어색해져 버렸다.

사람 마음이 생각하는 대로 흐른다면 오죽 좋을까마는 하루에도 수백 번씩 변하는, 그 바람 같은 마음을 머물게 하기란 참 어려운 일이 아닐 수 없었다.

이 회장의 생일을 축하하기 위해 만들어진 저녁식사 자리는 썩 불편하기만 했다. 묘하고 어색한 기류는 분명 우성과 성현, 그리고 우성의 모친인 고 여사 사이에서 형성되고 있었다. 그를 모르는 이 회장이 아니었지만 그는 여느 때와 같이 모르는 척, 조용하게 식사를 끝마쳤다.

"아버지, 생신 축하드려요."

우성은 본가에 오기 전 들렀던 보석점에서 고른 선물을 이 회장에게 내밀었다. 이 회장은 알아보기 힘든 미세한 미소를 짓고는 우성을 물끄러미 응시했다. 그러다 우성의 곁에 다소곳이 앉아 있는 우리에게 시선을 돌렸다.

　그때였다. 가만히 앉아 이 회장의 눈치를 살피고 있던 성현이 들고 있던 선물 상자를 이 회장에게 내밀었다.

　"아버지, 생신 축하드립니다."

　성현의 목소리가 들리기 무섭게 고 여사가 소리나게 디저트용 스푼을 내려놓았다. 성현의 목소리가 고 여사의 심기를 거슬렀다는 것을, 스푼이 바닥과 닿는 소리가 충분히 설명해 주고 있었다.

　"회장님이 선물을 열어보시기도 전에 꼭 내밀어야 하니?"

　"제 생각이 짧았습니다, 어머니."

　"몇 번이나 말했지? 그런 호칭, 듣고 싶지 않다고."

　고 여사의 냉담한 태도에 성현은 입을 꾹 다물고 자리를 지켰다. 집안 그 누구도 환영해 주지 않는데 가족 모임에 꼬박꼬박 얼굴을 비추는 것을 보면 성현의 멘탈도 강철로 만들어져 있음에 틀림없었다.

　'한때는 저런 모습이 안쓰럽기도 했었지.'

　우성은 이제는 냉정해진 눈빛으로 성현을 바라보았다. 성현의 등장으로 인해 이 회장과 고 여사의 최소한의 믿음은 박살이 났고, 더불어 순진무구하게 가족의 울타리 안에서 행복하던 우성은 그 행복을 잃었다. 가족 하나가 파탄나기까지 걸린 시간은 믿음을 쌓아올린 시간보다 더 짧고 간결했다. 이 회장이 또 다른 핏줄을 얻는 데에 따른 희생이었다.

"고 여사."

보다 못한 이 회장이 고 여사를 불러 저지시켰다. 이린 상황에서조차 자신을 이해해 주지 않는 남편 덕에 고 여사의 눈빛은 더욱 날카로워졌다.

"보기 싫은 얼굴 맞대고 식사를 했더니 속이 더부룩하네요."

고 여사의 날카로운 반응에 우성은 한층 더 무거워진 가슴을 안고 가족 간의 불화에 침묵으로 대응하고 있을 수밖에 없었다.

고 여사가 짜증스러운 얼굴을 하고 성현이 내민 상자를 들어 보였다.

"이 선물은 같이 살고 있는 여자가 고른 거니? 하는 짓도 참 가관이야."

고 여사의 반응에 성현이 입을 다문 채 앉아 있었다. 기분 나쁜 내색은 하지 않고 있었지만 참아내지 못한 불만은 고스란히 얼굴로 드러났다. 덕분에 고 여사의 심기가 더욱 불편해졌다.

"왜, 이런 말을 듣는 게 억울하니? 아무 잘못 없는 널 구박하는 것 같아 내가 밉니?"

"아닙니다, 어머니."

"내가 미우면 네 어머니에게 찾아가 같이 살지 그러니. 피차 얼굴 보는 것도 힘든데."

날 선 고 여사의 말에도 이 회장은 그녀를 저지할 수가 없었다. 정략결혼이라는 형식으로 곱게 자란 부잣집 딸내미를 자신의 옆에 매어둔 것으로도 모자라 다른 여자에게서 먼저 아이를 본 수모

와 수치를 안겨준 것이 자신임을 알았기 때문이었다. 덕분에 고 여사의 심기는 갈수록 날카로워졌고, 함께 그녀의 울분은 오롯이 성현에게 향했다.

"딱 반쪽짜리다, 너는. 그걸 기억하렴."

"어머니, 제게 이러시면 안 되는 것 아닙니까?"

"그래서 넌 가족 모임에 참석하게 해줬잖니? 참석하게 해준 것만으로도 감사한 줄 알아야지. 혹시 내가 아들 취급까지 해주길 바란 건 아니겠지?"

고 여사와 강성현의 실랑이를 지켜보다 못한 우리가 슬그머니 자리에서 일어났다. 건조한 눈으로 고 여사를 바라본 우리는 고개를 까딱 숙이고는 2층 화장실로 올라갔다.

"잠시 실례하겠습니다."

우리가 올라가고 얼마 지나지 않아 성현도 자리에서 일어났다.

"화장실 좀 다녀오겠습니다."

자리를 털고 일어난 성현의 모습에 고 여사는 짧게 혀를 차고는 '고상하지 않게' 라고 중얼거린 뒤, 퍽 편안해진 얼굴을 했다. 고 여사의 관심은 이내 우성에게 향했다.

"그래, 아들. 너희 둘은 어떻게 지내니, 요즘? 뭐 불편하거나 힘든 일은 없고?"

고 여사의 물음에도 불구하고 우성은 위층으로 올라간 두 사람에게 신경이 온통 쏠려 있었다.

우리는 욕실에 딸린 커다란 거울을 통해 자신의 얼굴을 바라보고 있었다. 흐르는 물에 손을 씻고 난 뒤에도 한참 동안 서서 거울을 바라보고 있던 우리는 나지막한 한숨을 내쉬었다.

"하아."

얼마 있지도 않은 것 같은데 벌써부터 숨이 막혔다. 마주치고 싶지 않은 성현이 있는 것으로도 모자라 가족 간에는 이상한 기류가 흐르지, 더불어 유일한 편이 되어줄 수 있는 우성과는 어색하기까지 하다.

답답한 마음에 가슴을 콩콩 두드리며 우리는 거울 속, 평소와는 다른 자신의 모습을 지그시 바라봤다. 조금이나마 예쁘게 꾸미면 우성의 시선이 오래 머물진 않을까 하는 마음에 공을 들였건만 이마저도 실패인 듯해 스스로가 한심해지는 순간이었다.

"아아, 피곤해."

평소보다 짙은 화장에 얼굴을 닦거나 문지르지도 못한 채 답답함만 안고 욕실을 빠져나오는데 마침 욕실 옆에 등을 기대고 서 있던 성현과 마주쳤다.

"여어."

능글능글한 성현의 말투에 잠시 넋을 놓고 있던 우리의 얼굴이 딱딱하게 굳었다.

"화장실을 쓰실 거였으면 다른 화장실로 가시죠, 왜."

"화장실을 쓰고 싶었다면 다른 방으로 갔겠지, 당신 말대로."

강자에게 약하기만 한 성현이 자신의 스트레스를 풀 곳이란 주변 사람들뿐이었다. 그리고 그중 하나가 우리였고.

그가 처한 환경은 이해하지만 본인 스스로 피해자를 자청하는 그의 태도는 이해하려고 해도 이해할 수가 없었다. 우리는 눈살을 찌푸린 채 성현을 올려다봤다.

"무슨 말이 하고 싶은 건데요?"

"기다리고 있는 중이야. 당신이 언제쯤 마음을 바꿀지."

"또 그 이야긴가요?"

"당신도 은근히 즐기고 있는 것 알아. 내가 정 싫었다면 이런 자리에도 나오지 않았겠지."

"착각은 자유라죠."

"또, 내가 이렇게 다가갈 때마다 당신은 거절하는 법도 없지. 제대로 된 연애 한 번도 해본 적 없고, 남자 경험도 없는 것도 알아. 그렇다고는 해도 여자란 원래 싫어하는 남자가 치근대면 당연히 거부의 의사를 밝히게 되어 있지."

"그런데 거부를 하지 않으니 난 당신에게 마음이 있는 것이 된다?"

성현이 대답 대신 웃으며 우리에게 바싹 붙어 섰다. 그는 단번에 그녀를 양팔 사이에 가둔 채 유혹하는 눈빛으로 그녀를 바라보았다. 밀어내기 위해 그에게 손을 대고 싶지도 않은데다 소란스럽게 만들어 괜한 분란을 초래하고 싶지도 않았기에 우리는 어금니를 깨문 채 억누른 목소리로 중얼거렸다.

"저번에 확실하게 말한 것 같은데요. 당신은 아니라고."

"그래, 알아들었어. 하지만 남편과 사이가 안 좋을 때엔 내 도움이 필요할 거야. 오늘처럼 말이야. 결혼한 지 얼마가 지났는데 아직도 사이가 좋아지질 않는 걸 보면 당신 스트레스도 꽤 클 것 같은데 내 위로가 필요하면 언제든 말해."

성현에게까지 남편과의 불화가 노출이 되고 말았다. 아무 상관도 없는 사람의 눈에 훤히 보일 정도라는 사실에 내심 상처를 받고 만 우리는 자존심이 상한 얼굴을 했다. 남편에게 사랑을 받지 못하는 사실이 이렇게까지 서글플 줄은 몰랐던 터라 지금의 감정이 낯설게 느껴졌다.

그녀의 심경을 긁어대는 성현의 태도에 딱히 반박할 생각조차 하지 못하고 있던 우리의 뒤로 시니컬한 우성의 목소리가 들려왔다.

"가정 내 성희롱, 그것도 시아주버니가 하는. 꽤 악질적이고 구역질이 날 정도로 막장 스토린데 국가인권위원회에 찔러야 할까? 국번 없이 1331. 전화 한 통이면 끝날 텐데."

계단에서 홀로 이어지는 입구, 벽에 비스듬히 기대 선 우성은 냉랭한 말투와 건조한 눈빛으로 붙어 서 있는 두 사람을 교대로 바라보며 중얼거렸다.

"대한 법률 구조 공단에 전화 걸어서 강성현, 지금 네가 하는 짓이 얼마나 추악한 범죄인지 직접 인식시켜 줄 생각도 있는데. 132번으로 전화 한번 때려줘?"

우성이 빈정거리며 중얼거리자 성현이 미간을 찌푸린 채로 우리에게서 떨어져 나갔다.

"아아, 그보다 이 방법이 더 직빵이겠네. 010—1234—5678. 이 번호로 전화하는 걸 가장 두려워하지? 그동안 이 회장님의 꼭두각시처럼 일하며 쌓아온 신뢰가 단숨에 무너지는 꼴을 보게 될 거야. 아버지는 나라면 껌뻑하시거든. 더군다나 이번에 내가 꽤 마음에 들 만한 결혼을 해서 더더욱."

"미친놈."

"너만 하겠어?"

성현이 가장 두려워하는 일, 그것은 이 회장이 그에게 등을 돌리는 것이었다. 예전부터 지금까지 줄곧 그의 관심은 이 회장과 고 여사에게 쏠려 있었고, 그런 두 사람이 우성을 애지중지한다는 사실을 누구보다 잘 알고 있었기에 성현은 순순히 우리에게서 떨어져 나갔다. 우성은 그런 성현의 팔목을 아프게 잡아 쥐었다.

"가족이 되고 싶다면 가족부터 제대로 챙겨야 하지 않겠어?"

"뭐?"

"태우리, 이 여자에게 그만 얼쩡대라는 말이야. 무슨 꿍꿍이인지 관심도 없지만 어쨌든 동생의 아내잖아. 그럼 제수씨 대접은 제대로 해줘야지."

짓궂은 소년처럼 중얼거린 우성의 얼굴에서 순식간에 미소가 사라졌다. 미소와 장난기가 단번에 사라진 그의 얼굴은 굶주린 맹수의 것처럼 포악하고 냉정했다.

"이제 경고는 끝났어."

퍼억—

우성은 봐줄 생각 따위 없다는 듯 성현의 복부에 주먹을 꽂아버렸다. 우성에게 잡힌 팔이 꺾인 덕분에 반항 한번 해보지 못하고 그대로 주먹을 받아버렸다.

"크윽!"

성현이 허리를 굽힌 채 격한 신음을 터트렸다. 그 목소리를 들은 우성은 잔인한 얼굴로 웃으며 그의 복부에 꽂았던 주먹을 문질렀다.

"주먹이 예전보다 좀 매워졌지? 요즘 취미로 복싱을 배우는 중이거든."

"너 이 자식……."

"생각 같아서는 그 얄미운 면상부터 걸레로 만들어 버리고 싶지만 어쨌든 아래층에 부모님이 계시고, 나도 소동 피워 좋을 일 없으니까 이 정도로 참는 거야."

우성은 아직도 성현의 뒤에 서 있는 우리의 손목을 잡아끌어 등 뒤로 숨기고는 복부를 붙잡은 채 벌겋게 충혈된 눈으로 자신을 노려보는 성현을 향해 다시 한 번 못을 박았다.

"이런 장면이 다시 목격되면 영원히 파묻어 버릴 테니까 허투루 듣지 마. 꺼져."

다시는 네 서툰 이간질에 넘어가지 않을 거다, 그렇게 다짐하는 목소리였다. 물론 우리가 자신을 끝까지 믿어준다면 지킬 수 있는 장담이기도 했다.

우성의 협박과도 같은 윽박에 성현은 한동안 그를 노려보다가 등을 돌렸다. 본가에서 소란을 피우고 싶지 않은 것은 역시 같은 마음이었기 때문이었다. 성현이 계단 너머로 사라질 때까지 잠자코 서 있던 우리는 그가 사라지기 무섭게 우성을 노려봤다.

"미쳤어요? 그러다 반대로 맞으면 어쩌려고."

성현의 반격에 상처를 입었을지도 모르는 우성을 향한 걱정이 반, 지금껏 무시하다 이런 상황에서야 걱정하는 척 다가온 우성을 향한 책망이 또 반.

"누가 맞아, 내가? 저 자식은 나 못 때려. 어쨌든 난 본처의 자식이고 저 자식은 밖에서 데려온 놈이니까."

"말을 해도 꼭."

"그보다 여성 긴급 전화, 국번 없이 1366."

"네?"

뜬금없는 그의 말에 신경전을 벌이던 우리의 눈이 동그래졌다. 무슨 말이냐는 듯한 눈빛에 우성은 그녀의 핸드폰을 빼앗아 번호를 저장해 주며 중얼거렸다.

"저항할 생각이 없다면 전화라도 하라고."

당장이라도 폭발할 것 같은 얼굴을 한 그는 그녀의 손에 핸드폰을 도로 쥐어주었다. 잡힌 손이 아릴 정도로 아파왔다.

"당신은 아무래도 내 도움은 원하지 않는 것 같으니까."

그렇게 말하고 돌아서는 우성의 뒷모습에 우리는 알 수 없는 얼굴을 하고 가만히 서 있었다.

우성과 우리는 본가를 떠날 때까지 말 한마디 하지 않았다. 이 회장과 고 여사에게 작별 인사를 한 뒤, 우리는 우성의 세단 뒷좌석에 올라탔다.

"왜, 조수석에 타질 않고."

"난 내 차로 돌아갈 거예요."

"차는 윤 기사한테 몰고 오라고 하지, 왜?"

"됐어요. 그보다 먼저 아까 전에 하던 대화를 마저 끝내야 할 것 같아서 탄 거예요."

"이야기할 거면 집에 가서 하지?"

우성의 제안에도 우리는 꿈쩍하지 않고 정면만 물끄러미 바라봤다. 잠시 침묵을 지키고 있던 우리는 터져 나올 것 같은 자신의 감정을 다스리기라도 하려는 듯 몇 번 심호흡을 한 뒤에야 간신히 입을 열었다.

"화장실 앞에서, 왜 그런 식으로 말을 했어요?"

"어떤 식으로 말했는데?"

"내가 당신 도움을 원하지 않는다고……."

우리의 답에 우성은 대수롭지 않다는 투로 고개를 끄덕이며 답을 했다.

"방금 전에 내 도움은 원하지 않는 것처럼 고개를 돌렸으니까."

"그게 그렇게 보였어요?"

우성의 말에 우리가 가슴을 거칠게 들썩거렸다. 그녀는 가쁘게 숨을 쉬며 호흡을 고르다가 더 이상은 참지 못하겠다는 듯 우성을 향해 돌아앉았다.

"정말 당신은 그렇게까지밖에 생각을 못해요?"

촉촉하게 젖은 눈을 하고 우성을 바라본 우리는 격양된 목소리를 주체하지 못한 채 그를 다그쳤다.

"돈으로 얽혀 있다는 사실만으로도 날 미치게 하는데 당신은 거기에 복수까지 더 얹었어요. 그런데 이제는 정상으로는 보이지 않는 시숙(媤叔)까지 날 희롱하죠. 내가 어떤 마음일 것 같았나요?"

단 한 번도 내보이지 않았던 마음이었기에 그것을 듣는 우성의 눈이 의외라는 듯 동그래졌다. 하지만 처음으로 감정의 혼란에 뒤섞인 우리는 우성의 미세한 변화를 알아채지 못한 채 언성을 높였다.

"그 장면을 남편에게 내보이는 내 마음은 어떨 것 같았냐고요! 수치스러워요, 정말."

우리가 주먹 쥔 양손을 바들바들 떨고 있는 것이 어둠 속에서도 확연히 보였지만 우성은 그녀를 봐주고 싶지 않았다. 연민 혹은 동정 따위로 그녀를 감싸 안고 싶지도 않았다. 이유는 간단했다. 그 역시 방금 전의 장면에 분노했기 때문이었다.

"강성현이 몇 번이고 그 장면 연출을 시도할 정도라면 당신이 얼마만큼 쉽게 보인 거지?"

"쉽게 보여요? 그런 식으로 말한다면 당신에게 실망이에요."

"실망?"

"사회의 어두운 곳에서 자행되는 성희롱과 성폭행을 보는 시선이 오롯이 남자만의 잘못이라고 보지 않는 사람들이 많다는 걸 알아요. 그 점을 이용하는 여자들도 문제가 있긴 하죠. 하지만 대부분의 여자들은 남자들이 그렇게 다가올 때, 그런 식의 눈빛을 줄때, 예상하지 못한 행동을 할 때 얼마나 당황하고 무서운지 알아요?"

금방이라도 자지러질 것처럼 속사포로 자신의 상황과 세상 여자들의 입장을 대변한 우리의 얼굴을 가만히 바라보던 우성은 기가 찬다는 듯이 콧방귀를 뀌었다.

"내게 써먹은 도합 10단의 무술 실력은 대체 어디에 써먹을 참이야?"

"그 남자가 다가오면 몸부터 굳어버리는데 어떻게 해요. 광기어린 눈빛, 봤어요? 그 남자가 그런 눈빛을 하고 다가올 때면 나, 무서워요. 그 남자는 당신이랑 다르다고요. 괜히 건드렸다가 더심한 꼴을 당하면 어쩌나, 미친놈이 무슨 짓을 못할까! 아무리 동생이 미워도 그렇지, 동생의 여자를 가로채는 남잔데. 그 여자를 아내로 두고도 내게 치근덕대는 남잔데! 상식 자체가 없는 추악한 남잔데……!"

우리는 바들바들 떨리는 손을 숨기지 못한 채 우성을 원망스럽게 바라봤다. 아무리 정략결혼이라지만, 아무리 복수를 위한 결혼이라지만 이다지도 태우리는 이우성에게 어떤 존재가 될 수 없는 것인가. 그 생각에 절망스럽기까지 했다.

하지만 우성은 그런 우리에게 되레 목청을 높였다. 계속 눌러왔던 분노가 표출된 것이기도 했지만 그 이전에 우리를 향한 걱정이 객관적이지 못할 정도로 컸기 때문이기도 했다.

"내가 왜 당신에게 그런 말까지 했을 거라고 생각해? 내가 정말 당신이 무서워할 줄 몰라서 그런 말을 했을 거라고 생각해? 당신 말처럼 세상에는 그런 미친놈들이 많아. 그리고 당신은 그런 미친 놈들이 들러붙을 조건이 완벽한 여자지. 그런 여자를 아내로 둔 나는 어떨 것 같아? 미치는 줄 알았어! 걱정이 되고, 또 걱정이 되고, 걱정이 돼서 죽을 것 같은데 당신이란 여자는 내 도움 따위 필요로 하지 않는 사람이니까. 난 그저 명목상의 남편일 뿐이니 내가 당신에게 뭘 어떻게 해줄 수가 있겠어?"

"당신, 바보예요? 누굴 위해서 내가 평소 하지도 않던 치장에 공을 들였다고 생각해요? 당신이에요! 내 남편, 이우성!"

우리는 가슴을 들썩이며 눈앞의 남편을 바라봤다. 이우성, 눈빛이 맑고 올곧은 남자, 하지만 투명하리만치 순진하기에 길을 잃은 소년처럼 방황하는 남자.

"난! 난⋯⋯."

우리는 차마 그에게 말하지 못했다. 당신의 도움을 원하지 않는 것이 아니라고. 사랑에 빠진 여느 여자처럼 나, 당신에겐 보호본능을 자극하는 여자이고 싶다고.

그 사실을 알 리 없는 우성은 애타는 마음으로 우리를 설득시키려 노력했다.

"제발 조심 좀 해. 물론 당신이야 미친놈을 자극하고 싶지 않겠지만 남자들은 그렇게 생각하지 않는다고. 한 번 똥 밟았다, 그렇게 여기고 넘어가자 싶겠지만 미친놈들은 그렇게 생각하지 않는다고! 미친놈에게 당신은 쉬워진 거야. 시간과 장소가 허락되면 언제든 어떻게 당신을 엿 먹일 거라고."

우성은 우리에게 빌 듯이 부탁했다.

"내 도움이 필요없다면 당신 스스로라도 더…… 자신을 지켜줘. 제발."

그녀가 무슨 일이라도 겪게 된다면 분명 우성은 찢어지다 못해 부서져 버린 가슴을 안은 채 그녀를 고통스러운 마음으로 바라보게 되리라.

서로를 향한 마음이 같아서, 또 그만큼 커서 생긴 오해임을 알지 못하는 두 사람은 그저 사랑에 서툰 두 바보일 뿐이었다.

우성의 부탁에 우리는 무슨 말을 하려다 말고 입술만 달싹거리다 별다른 말 없이 우성의 세단을 빠져나갔다. 그리고 우리는 우성이 그녀를 붙잡기도 전에 앞에 세워두었던 차에 올라타고는 곧장 출발해 버렸다.

11

「오늘 밤엔 들어가지 않을 거예요. 찾지 말아요.」

짧은 문자만을 남긴 채 태우리는 그렇게 바람과 함께 사라졌다. 집에 먼저 도착한 우성은 우리가 아직 집에 돌아오지 않았다는 것을 확인한 다음 곧장 베란다로 향했다. 하지만 시간이 흘러도 우리의 차가 주차장으로 들어오는 모습은 찾아볼 수 없었다. 시간이 지날수록 조급해진 우성은 오줌 마려운 강아지처럼 안절부절못하고 베란다를 서성거렸다.

「어디야? 전화 받아.」

몇 번이나 우리에게 전화를 해봤지만 연결은 되지 않았기에 우성은 바쁜 손놀림으로 문자를 찍어 보냈다. 그럼에도 여전히 묵묵부답이었다.

참다못한 우성은 핸드폰을 뒤져 정 비서에게 연락을 취해 우리의 비즈니스 파트너인 안손희의 전화번호를 어렵지 않게 얻을 수 있었다.

"젠장. 어쩌다가……."

아내의 행방을 모르는 남자에게 물어보게 된 자신의 처지에 작게 욕설을 읊조린 그는 망설일 겨를도 없이 곧장 손희에게 전화를 걸었다. 하지만 통화음이 제대로 손희에게 닿기도 전, 우성은 통화 종료버튼을 눌렀다. 결혼식 당일, 이지에게 명함을 받아뒀다는 것을 기억해 냈기 때문이었다.

"아마 내 명함이 필요할 때가 있을 겁니다. 당신 아내가 될 우리에 대해 누구보다 잘 알고 있는 사람으로서 말이죠. 오랜 친구라는 이름으로 충고 하나 하자면 말입니다?"

우성이 미간을 찌푸린 채로 잠시 자리에 서 있다가 이내 드레스룸으로 가 예식 때 입었던 의복을 꺼내 뒤지기 시작했다. 이지의 명함은 재킷 안주머니 안에서 찾을 수 있었다.

"사장님, 예복은 드라이클리닝 맡길까요?"
"됐어요. 단 몇 시간 입은 것뿐이니까 그냥 놔두세요."

드라이클리닝을 맡기지 말라고 한 것이 오히려 다행인지도 모르겠다는 생각을 하며 우성은 손에 쥔 명함을 뚫어져라 바라봤다. 그리고는 깊게 심호흡을 한 뒤, 전화번호를 눌렀다.

[여보세요.]

"배이지 씨 되십니까?"

[맞는데요. 누구시죠?]

"이우성이라고 기억하실지 모르겠지만……."

[생각보다 늦게 전화하셨네요?]

우성의 이름에 단박에 반응한 이지의 목소리가 사뭇 날카로워졌다.

[무슨 일이에요? 우리에게 무슨 일이 생겼죠?]

여성 특유의 육감을 발동시켜 우리의 신변에 무슨 일이 생겼음을 어렵지 않게 알아챈 이지 덕분에 우성의 입장은 무척 난감해지고 말았다. 하지만 상황이 상황인 만큼 둘러대거나 좋은 말을 보태 설명을 할 여유도 없이 우성은 다짜고짜 본론부터 꺼냈다.

"어디로 갔는지 모르겠습니다. 아내가 갈 만한 곳을 아실 것 같아서 연락을 드린 겁니다."

[아내가 갈 만한 곳을 아직도 모르신다?]

이지는 깊은 한숨과 함께 원망스러운 질타를 쏟아냈다.

[난 정말 당신이 마음에 들지 않아요. 그때 그렇게 충고를 했는데도 그 아이가 사라지게 놔둔 건가요?]

"이렇게 돼서 매우 유감입니다. 이렇게 전화하고 싶지는 않았지만 아내의 행방을 알아야 해요."

[그나마 아내의 행방 정도는 궁금해하는 걸 보니 그때와는 꽤 달라진 것 같군요.]

"계속 실랑이를 벌여야 합니까? 일단 어디에 있을지부터 알려주면 안 되겠습니까? 질타는 추후에 받도록 하죠."

우성의 목소리가 진지했다. 또 다급했다. 간절한 목소리에 잠시 침묵을 지키고 있던 이지가 졌다는 듯이 기운이 빠진 목소리로 답을 했다.

[검은 방에 있을 겁니다. 주소 지금 이 번호로 찍어드리면 되나요?]

"대체 그 검은 방이 뭡니까?"

[가보면 아시겠죠.]

이지가 덤덤히 대꾸했다. 그녀의 말에 우성은 결혼식 당일, 이지가 자신에게 했던 충고를 떠올렸다.

"그 아이, 검은 방에 가게 하지 말아요."

"검은 방?"

대체 그 검은 방은 무엇일까?

이지에게 고맙다는 인사를 하고 전화를 끊자, 얼마 지나지 않아 문자가 도착했다.

「경기도 성남시 분당구 정자동 아이파크분당 0000호. 비밀번호

142857.」

"비밀…… 번호까지?"

우성은 문자를 확인한 다음, 곧장 차 키를 챙겨 집을 빠져나갔
다. 우리가 있을지도 모르는 그곳을 향하는 그의 움직임은 어느
때보다도 급하고 빨랐다.

분당에 도착하기까지 20분. 최대한 빨리 달려온 우성은 차에서
튕겨져 나와 곧장 엘리베이터에 올라탔다. 21층까지 올라가는 그
시간이 왜 이렇게 길던지, 차라리 계단을 뛰어오르고 싶은 지경이
었다.

21층에 도착해 어렵지 않게 이지가 찍어준 주소를 찾은 그는 조
심스럽게 오토락이 설정되어 있는 현관문에 비밀번호를 찍었다.
142857. 숫자 하나가 찍힐 때마다 제법 요란한 기계음이 들렸고
마지막 숫자를 누르고 슬라이드를 닫자 문이 열렸다.

비밀의 통로로 이어지는 문이 열린 느낌이었다.

문이 열리자 깊은 어둠이 우성을 감쌌다. 긴 장막처럼 펼쳐진
캄캄한 어둠 앞에, 우성은 현관 센서에 의지한 채 집 내부를 천천
히 둘러보았다.

현관 앞에는 우리가 신었던 구두가 놓여 있었다.

"태우리?"

우성이 우리의 구두를 확인하고 조심스럽게 그녀를 불러봤지만
돌아오는 대답은 없었다. 대신 그녀의 옷가지들이 꽃잎처럼 바닥

에 떨어져 있는 것이 보였다. 그녀가 움직인 동선대로 꽃길을 만들 듯 떨어져 있는 옷가지들을 물끄러미 바라보던 우성이 허리를 굽혀 그녀의 재킷과 드레스, 스타킹과 속옷을 주워 올렸다.

그렇게 그가 향한 곳은 굳게 닫힌 방문 앞이었다. 주운 옷들은 식탁 의자에 걸쳐 두고는 방 앞에 멈춰 선 그가 노크를 하고자 손을 들었을 때, 방 안에서 희미한 음악 소리가 새어 나오고 있다는 것을 알 수 있었다.

"태우리."

우성이 작게 속삭였다. 하지만 대답은 없었다.

"태우리!"

이번에는 노크를 했다. 그래도 반응이 없었다.

"태우리!"

무슨 일이 생긴 게 아닌가 싶어 급하게 문고리를 잡아당기자 문은 쉽게 열렸고, 열린 문틈 사이로 어마어마한 음악 소리가 흘러나왔다.

비발디의 사계 중 겨울, 소리 크기는 최대.

그 소리에 놀라 잠시 뒤로 물러났던 우성은 재빨리 문을 닫고 방 안을 둘러보았다. 연습실을 방불케 할 정도로 완벽히 방음 처리가 되어 있는 방 안에서 음악을 최대 크기로 틀어놓은 그녀는 삭막한 겨울 한가운데에서 울고 있었다.

CD가 돌아가고 있다는 것만 간신히 보일 정도로 어두운 방 안, 창문도 없고, 전등도 없는 그곳에서 우리의 고함이 섞인 울음소리는 비발디의 겨울, 그 세찬 바람에 섞여 회오리치고 있었다.

우성이 방 안에 불을 밝혔다. 어둠 속에 버튼을 밝히던 푸른 불빛이 사라지고 대신 노랗고 따뜻한 불빛이 방 안을 가득 채웠다. 그렇게 불을 밝힌 방 안에는 오디오가 하나, 싱글 침대가 하나, 미니 냉장고가 하나. 딱 그렇게밖에 없었다.

그리고 우성이 그토록 찾아 헤매던 우리는 두툼한 이불 속에 웅크리고 누워 있었다. 누가 들어왔는지도 모르는지, 그녀는 이불 속에서 꼼짝하지 않고 있었다.

"이러다 귀 멀겠네."

우성이 오디오가 있는 곳으로 가 음량을 줄이자 우리의 목소리가 생생히 들렸다.

흐아아아아아아앙—

어린아이가 우는 것처럼, 세상의 모든 고통을 쏟아내기라도 할 것처럼, 우리는 절망을 쏟아내고 있었다. 얼마간 그렇게 울어댄 건지 목은 다 쉬어 갈라진 채 마른 울음만 토해내는 중이었다. 그 소리에 우성은 침대맡으로 다가가 주저앉고 말았다.

"그 아이, 검은 방에 가게 하지 말아요."
"우리에게 태우리는 누구보다 행복해질 권리가 있는 여자예요."

이지가 했던 충고가 떠올랐다. 그 말이 어떤 의미인지도 이제야 이해가 갔다. 우리의 '검은 방'이란 그녀가 세상과 단절한 채 슬픔

243

을 토해낼 수 있는 유일한 공간이었고, 그만큼 그녀는 기댈 사람 하나 없이 외로웠다는 것이었다.

가족도, 친구도, 그 누구 하나 마음 터놓을 곳 없이 스스로를 꽁 꽁 가둬 버린 여자.

이지는 우성이 그런 여자의 유일한 안식처가 되어주기를 간절 히 바랐던 것이었다.

기댈 곳 하나 없는 불쌍한 여자.

혼자 가슴속에 멍울진 슬픔을 긁어내고 다음날 아무렇지도 않 게 일어나야 했던 안타까운 이 여자.

곧고 곧아 금방이라도 부러질 것처럼 굴던 여자가 무너져 버린 모습에 우성은 머릿속과 마음속, 두 군데 틀어박혀 빠지지 않던 복잡한 실타래가 단숨에 불타 잿더미로 변해 버리는 것을 느꼈다.

우아아앙, 울음을 토해내던 그녀가 별안간 뚝 울음을 멈췄다. 순식간에 작아진 음악 소리에 무슨 일인가 싶어 꿈틀거리다가는 이내 덮고 있던 이불을 걷어내고 일어났다. 이불을 거둬내자 환하 게 쏟아지는 밝은 빛에 눈을 찡그린 우리가 주변을 둘러보다 이내 우성과 눈을 맞췄다.

"다, 당신이 어떻게 여기에……."

엉망이 된 얼굴이었다. 빈틈 한 자락 내보이지 않던 우리의 얼 굴은 뜨거운 눈물로 녹아내린 화장 덕분에 엉망이었고, 이불을 뒤 집어쓰고 있던 터라 온몸이 땀으로 축축하게 젖어 있었다.

"당신, 힘들 때면 늘 이 방에 와서 혼자 울었던 거야?"

"누가……."

울기도 많이 운 모양이다. 누가 알려줬냐고, 왜 여기에 있냐고, 그 간단한 물음조차 소리가 되어 나오질 못하는 걸 보면 말이다. 그 모습이 안쓰러워 누가 어떤 잘못을 했는지, 시시비비를 따지려는 마음도, 서로 어색하기에 파워 게임을 해야 했던 사실도, 서툴기에 더 거세졌던 자존심 대결도 한번에 기억 속에서 사라지고 말았다.

"우리, 참 바보다."

"난……."

"당신이 그렇게 난, 하고 말했을 때 알았어야 했는데. 당신이 서글펐다는 사실을."

"웃!"

"그렇게 입을 다물어 버릴 때, 난 당신이 나와 말하고 싶지 않은 줄만 알았지 눈물을 참고 있다는 건 꿈에도 몰랐어."

우성은 힘이 빠진 모습으로 우리를 바라보고 있다가 조심스럽게 손을 내밀었다. 까맣게 판다처럼 변해 버린 눈을 하고 있는데도 그 모습이 우스꽝스럽긴커녕 안타깝고도 사랑스러우니 이 일을 어찌하면 좋을까.

"난 얼마만큼 당신을 오해하고 있었던 거야?"

우성은 커다란 손으로 그녀의 뺨을 감싼 채 흘러내리는 눈물을 닦아주었다. 화장이 번진 눈가였지만 그녀의 영롱한 눈빛은 그 빛을 잃지 않았다. 이제야 눈을 마주했다. 시선이 마주치니 그가 간

과했던 진심이 그녀의 눈빛을 통해 전달되었다.

"아마 난, 당신의 비즈니스 파트너보다도 더 당신을 모를 거야. 그치?"

"윽."

"알고 싶다고 말한 건 난데 말야."

우성의 속삭임에 우리는 목울대가 끊어질 것처럼 눈물을 흘렸다. 참으려는 탓에 꺽꺽 숨넘어가는 소리가 났고, 우리의 눈에서는 소낙비 같은 눈물이 주룩주룩 흘러내렸다.

우성은 그런 그녀를 바라보며 계속해서 눈물을 닦아주었다.

"울지 마. 그러다 쓰러지겠어. 이봐, 이불까지 덮고 우니까 열이 오르잖아. 기다려. 수건에 찬물이라도 적셔 와야겠다."

우성이 자리에서 일어나자 우리가 다급히 그의 옷자락을 잡아쥐었다. 그리고는 고개를 절레절레 저었다.

가지 마요.

날 두고 가지 말아요.

그녀의 간절한 눈빛에, 턱을 타고 떨어지는 눈물방울에, 우성은 어찌할 바를 모른 채 엉거주춤 서 있다가 자리에 앉았다.

"조금 더 혼자 있고 싶으면 언제든 말해. 밖에서 기다릴게."

우리는 고개를 저었다. 퉁퉁 부은 눈을 하고 발갛게 물든 눈가를 하고.

"눈 짓무르겠다."

"나, 나요……."

"힘들면 지금 당장 말하지 않아도 돼. 곁에 있을 테니까 조금 편안하게 있어."

우성은 우리를 가볍게 안아주고는 침대에 걸터앉은 채 어깨를 그녀에게 빌려주었다. 우성의 어깨에 한동안 기대 가쁜 숨과 터져 오르는 감정을 고른 우리의 가슴이 평소의 호흡을 되찾자 우성이 그녀를 마주 보았다.

"화장은 물수건으로 닦으면 되나? 아님 따로 화장품이 필요한 거야?"

"저기."

"클렌징 티슈?"

우리가 가리킨 냉장고 위에는 클렌징 티슈 봉투가 놓여 있었다. 입구를 열어 티슈 한 장을 뽑은 그가 그녀를 무릎에 누이고는 천천히 얼굴을 닦아주기 시작했다.

"이지 씨에게 물어봤어. 당신이 있을 만한 곳이 어디인지."

"아."

"그렇게 물어보면서 낙담했어. 남편이라는 타이틀을 달고 있는 주제에 아내가 갈 만한 곳 한 군데도 떠올리지 못한 내가 참 한심하더군. 정말 표면상의 남편일 뿐이라는 사실에 내가 노력한 게 하나도 없구나, 깨달았어."

우성의 손이 스치고 간 곳마다 우리의 말갛고 투명한 피부가 드러났다. 그새 까맣게 변해 버린 티슈를 반대쪽으로 접은 그가 닦아내지 않은 반대편 얼굴을 살포시 문질렀다.

"미안해."

우성이 나지막이 중얼거리자 우리가 감은 눈을 파르르 떨었다. 우성은 그녀가 눈을 떠서 자신의 초라한 얼굴을 보지 못하게 한 손으로 그녀의 눈을 감쌌다.

"내가 잘못했어."

"우성 씨."

"내가 치졸했어. 생각해 보면 늘 그랬지. 오래전 상처에 얽매인 채로 내 감정에 솔직해지지 않으려 했어. 당신에게 마음을 줬다가 또 배신을 당할까 두려워서, 겁을 냈어. 당신에게 순순히 끌리고 있다는 사실을 인정하고 싶지 않았어. 당신이 내 앞에서 점점 여자가 되어가고 있다는 사실을 알면서도 외면하려고 했지."

"고해성사라도 하는 거예요?"

"하면…… 날 다시 받아줄 건가?"

"다시라뇨. 난 당신을 버린 적은 한 번도 없어요. 앞으로도 없을 거고요."

우리가 맞잡고 있는 우성의 손에 살포시 손을 얹었다. 방금 전까지 그렇게 원망스러웠는데, 그렇게 마음이 아팠는데 그의 진심 어린 사과 한 번에 그녀의 겨울이 녹아내렸다. 겨울이 가고 봄이 왔다.

"당신 앞에서 솔직해지기 힘들었던 날, 용서해 주겠어?"

"누군가에게 자신의 진심을 털어놓는 것만큼 어려운 일은 없다고 생각해요."

"어렵지만 천천히 해보려고. 당신이 우는 모습이…… 눈물이라서가 아니라 진심이라서 내 마음에 와 닿았어. 송곳같이 날카로워서 나 역시 너무 아프다. 다시는 혼자 그렇게 울게 하고 싶지 않아."

"우성 씨."

우성의 눈에 물기가 어른거렸다. 눈물을 흘리거나 오열을 하는 것은 아니었어도 남자 눈이 촉촉하게 젖은 모습은 우리의 마음을 확실하게 돌려놓기 충분했다.

우성은 우리의 눈물로 자신의 모든 인생을 돌아본 것 같았다. 어쩌면 한 번도 폭풍처럼 울어보지 못한 우성을 대신해 우리가 울어준 것인지도 몰랐다. 어쨌든 우리의 눈물 덕분에 속내를 가득 채우고 있던 감정의 찌꺼기가 다 빠져나간 느낌을 받았기 때문이었다.

"알아. 나도, 그리고 당신도 사람 간의 관계에 무척 서툴다는 걸. 그래서 우리가 하는 대화가 서로 외계어처럼 통하질 않는다는 걸. 그래도 우리 노력해 보자."

"명령하고 지시하는 것만 알고 유려한 화술 구사하는 법만 배웠지 당신의 마음을 읽을 줄을 몰랐어요. 나도…… 미안해요."

"이렇게 말을 하면 쉬울걸."

"말을 하는 게 쉬웠으면 세상 모든 사람들은 다 사이좋게 지내게요?"

"그렇게 말하는 걸 보니 살아났네, 우리 부인."

우성이 가벼운 웃음을 터트리며 땀으로 젖은 우리의 머리카락을 쓸어주자 우리가 눈물을 지운 채 살포시 웃었다.

"어떻게 해야 할까요? 당신에게 마음이 닿으려면."

마음이 한결 가벼워졌다. 한 번 시원하게 뽑아낸 눈물 덕분이기도 했지만 마음에 무거운 추처럼 달려 있던 우성이 손을 마주 잡아주었기 때문이기도 했다.

우리의 질문에 우성은 부드럽게 풀어진 우리의 얼굴을 눈빛으로 남김없이 더듬으며 대답했다.

"당신이 느끼고 생각하는 바를 말해줘. 하나도 숨김없이."

마주 보는 두 사람의 뒤로 트랙이 한 번 넘어간 CD는 비발디의 봄을 연주하고 있었다.

우성이 가장 먼저 한 일은 우리를 검은 방에서 내보내는 일이었다. 그녀의 손을 잡고 그녀의 눈물이 밴 검은 방을 빠져나온 그는 작은 거실, 2인용 러브 소파에 앉아 그녀의 손을 잡고 있었다. 조심스러운 손길로 그녀의 긴 머리카락을 쓸어내린 그는 그녀가 덥지 않게 서툴지만 정성스럽게 그녀의 머리를 묶어 올려주기까지 했다.

어색하지만 기분 좋은 침묵이 두 사람 사이를 감쌌다. 아주 잠시 우성의 어깨에 기대 서로의 맨발을 건드리며 장난치던 우리가 고개를 들었다. 그리고는 말간 얼굴로 우성을 바라봤다.

"우리, 연습할래요?"

"무슨 연습?"

"서로에게 솔직하게 말하는 연습."

한결 편안해진 얼굴의 우리가 스스럼없이 다가온다. 그 모습이 영 귀여웠던 우성은 자잘한 미소를 흩뿌리며 그녀를 다정하게 바라봤다.

"어떻게 하는 건데?"

"그냥, 양손을 붙잡고 서로의 눈을 바라보고 생각나는 이야기나 지금 느끼는 감정, 혹은 예전부터 하고 싶었던 이야기들을 한마디씩 돌아가면서 하는 거예요."

"그런 연습도 있어?"

"지금 문득 생각이 난 거예요. 뭐든지 노력하고 연습하다 보면 익숙해지고 자연스러워지기 마련이니까."

"그런 연습이라면, 좋아."

우성이 긍정적인 태도를 보이며 우리에게 돌아앉았다. 우리는 양반다리를 하고 앉아 그의 양손을 마주 잡은 상태로 그의 눈을 지그시 바라봤다. 마음의 창을 느긋하게 들여다보면 예전에 놓치고 지나쳤던 진심이 보일지도 모른다는 생각에서였다.

"우리에게 부족했던 건 여유인지도 몰라요."

"그게 당신이 지금 생각하는 거야?"

"말을 함부로 뱉어내는 것도 문제가 있지만 너무 신중해도 문제가 생기는 것 같아요."

"지금 연습을 시작한 건가?"

우성이 흥미롭다는 얼굴을 하고 우리를 바라봤다. 우리는 자신도 이렇게 리드하는 것이 어색한지 미묘한 표정을 짓고 있었는데 그 모습이 무척 귀엽다는 느낌에 우성은 그녀가 하고픈 대로 놔두었다.

"알고 싶은 게 있어? 나에 대해 궁금한 점이라든지. 뭐든 대답할 준비가 되어 있는데."

"과거는 애써 궁금해하지 않으려고요. 이미 지나간 일을 궁금해할 필요도, 당신이 죄책감을 느낄 필요도 없다고 생각하고요. 하지만 한 가지, 확실하게 하고 넘어가고 싶은 건 있어요."

"뭔데?"

"당신의 그 복수심. 당신이 품고 있던 또 다른 마음. 그건……제대로 정리가 된 건가요?"

"복수라고 한다고는 해도 어떻게 복수를 할 수 있겠어? 당신과 결혼하는 일로 두 사람에게 충분한 복수가 될 수 있겠어? 내 인생과 당신의 인생 모두를 걸 만한 가치가 있는 거야, 그게? 처음에는 그렇게 생각했어. 당신에게 흥미를 가진 건 우연히 찍힌 사진 때문이었지. 거기에 강성현이 있었고. 그다음엔 내가 움직이지 않아도 일이 진행이 됐어. 두 아버지들에 의해 사업적으로, 또 집안과 학벌적인 배경으로 선택이 됐으니까. 조금 어긋난 호기심으로 당신을 선택하는 데에 망설임이 없었지만 난, 시작이 어땠든 당신과의 과정이 중요하다고 생각해."

"그 말은…….."

"내 머릿속엔 그 두 사람과 당신, 따로 나뉘어져 있어. 당신을 보면서 그 두 사람을 연상시킬 만한 여유는 없다는 말이야. 어쨌든 강성현은 따로 끝을 봐야겠지만."

우성이 확실하게 마침표를 찍어주었다. 여지를 남기는 것 같던 나머지 다섯 개의 점은 깨끗하게 지워지고 없었다.

"과거 말고 궁금한 점은?"

"당신의 마음. 당신의 생각."

그녀가 우성에게 원하는 것은 간단했다. 간단하면서도 누군가에게는 무척 어려울 수 있는 일이었다. 자신의 진심이 무엇인지 들여다보지 않고, 그래서 모르고, 모르다 보니 읽어 내려가는 것조차 불가능한 누군가에겐 말이다. 하지만 그 누군가는 이제 자신의 속내를 들여다보는 방법을 터득했다. 두려워하지 않는 것이 일 단계, 단순해지는 것이 이 단계, 낯간지럽더라도 뻔뻔하게 구는 것이 삼 단계, 마지막은……. 사랑하는 사람의 성원에 힘입어 연습을 거듭하는 것.

"당신이 좋아. 사랑스러워. 처음에는 그런 생각이 없었지만 당신을 보면 볼수록 자꾸 끌렸어."

"내가 볼수록 매력적이었나 봐요."

"인정하고 싶지 않아서 자꾸 부정했지만."

"머리는 도리질을 치는데 마음은 자꾸 고개를 끄덕거리고?"

"뻔한 노랫말 같지만, 맞아."

제삼자가 듣기에는 퍽 염치없는 대화일 수 있었지만 정작 하는 두 사람은 빨갛게 달아오른 얼굴을 수습하지 못한 채 손가락을 꼼지락대는 것으로 그 상황을 모면했다.

흠흠, 작게 헛기침을 한 우리가 화제를 돌렸다.

"사람을 모형에 비한다면 뭐라고 생각해요?"

"모형?"

"다각형이라고 생각해요. 누군가는 삼각, 누군가는 사각, 팔각도 될 수 있고, 스무 각도 될 수 있고, 그보다 더 많을 수도 있고."

"재미있는 생각이네."

"하나로 단정 지을 수 없는 다방면으로 다양한 면모를 가지고 있는데 누군가는 나의 모난 면을, 누군가는 나의 불행한 면을, 누군가는 나의 친절한 면을, 또 누군가는 나의 사랑스러운 면을 보는 거죠. 그렇게 첫인상이 머릿속에 박혀서 나는 누군가의 머릿속에서 하나의 이미지로 굳어버리는 거예요."

"그럴 수도 있겠네. 가끔은 당신의 갖가지 면을 알아주지 않는 다른 사람들이 원망스러울 수도 있겠지. 하지만 다각형 태우리를 알아주는 건 이우성, 한 사람만으로 충분하지 않겠어?"

담담하게, 하지만 자만하듯 고백 엇비슷한 말을 중얼거린 우성의 말에 우리가 고개를 끄덕거렸다.

"당신은 나의 사랑스러운 면을 봐준 유일한 사람일 수 있죠."

솔직해지는 연습을 한 번, 그리고 두 번. 할 때마다 서로를 바라보는 감정을 뻔뻔하게 읊조리는 것이 쉬워졌다.

"태우리, 내 이름 좀 불러봐."

"이우성 씨."

"씨는 빼고."

"이우성."

"그렇게 10번만 불러봐."

"무슨 이유라도 있어요?"

"신기한 거 보여주려고."

"이우성, 이우성, 이우성…… 이우성."

뜬금없이 이름을 불러보라는 우성의 부탁이 퍽 의심스러웠지만 신기한 걸 보여준다니까, 우리는 순순히 그의 이름을 열 번 되뇌었다. 처음에는 쉽게 보였던 그 부탁이, 그의 이름을 다섯 번째 불렀을 때에는 버겁게 느껴지기도 했다. 빤히 바라보는 그의 눈빛에, 쫑긋 세운 채 오롯이 집중하고 듣는 그의 청각에 그를 부르는 우리의 목소리가 가볍게 떨렸다.

힘겹게 열 번, 미션을 완료한 우리가 발개진 얼굴을 하고 우성을 바라봤다.

"신기한 게 뭔데요?"

우리가 궁금하다는 표정을 티내며 우성의 대답을 기다렸다. 우성은 달콤한 목소리로 속삭였다.

"당신이 내 이름을 부를 때마다 내 이름이 좋아진다."

아무래도 이 남자, 우리를 녹아내리게 만들 요량인 것 같다.

"그게 신기한 거예요?"

"또 있어. 당신이 내 이름을 불러줄 때마다 내가 좋아져."

"내가 당신의 이름을 불러주니 당신은 내게 와서 꽃이 된 건가요?"

"뭐, 시인도 그렇게 읊었었지. 당신이 내 이름을 불러주기 전, 나는 하나의 몸짓에 지나지 않았다고. 그러니 내 과거는 그저 몸짓에 지나지 않았다는 거야."

"남자들은 꼭 그래. 지나간 과거는 다 나를 만나기 위한 과정에 지나지 않았다는 거죠? 내가 유일하고 진정한 사랑이라는 걸 어필하고 싶은 거잖아. 그쵸?"

우리가 눈을 가늘게 뜨고 말하자 우성이 새초롬한 눈빛으로 그녀를 바라보더니 뾰로통한 얼굴로 투덜거렸다.

"너, 되게 낯설다. 남자들에게 그런 말 많이 들어보셨나 봐요?"

쿡. 아주 짧게 웃음이 터져 나왔다.

"개그 프로도 봐요?"

"개그 프로는 꼭 보지. 세상 돌아가는 개그를 알아야 사람들의 마음을 느슨하게 만들 수 있거든. 왜, 내가 농담까지 안 하면 너무 꽉 막히고 틈 없어 보이는 외모로 사람 숨 막히게 하잖아."

"당신이 무슨 생각을 하고 어떤 마음을 가지고 있는지 말하랬지 누가 거짓말하래요?"

"이게 내가 생각하는 거야."

어색함을 이겨내려는 노력인지, 아니면 원래부터 숨겨져 있던 자신감인지. 그의 정체성이 사뭇 흐릿해지는 순간, 우리가 입술을 비죽거리자 우성이 재빨리 화제를 돌렸다.

"이우성 씨라고, 이름으로 부르는 건 거리감이 느껴져서 별로야."

"방금은 이름 불러주면 좋다더니."

"이름 불러주는 건 좋지만 좀 더, 뭔가 달달한 게 필요해."

달달한 호칭을 요구할 줄은 몰랐던 터라 적잖이 당황한 우리가 두 눈을 깜빡거리고만 있자 우성이 재빨리 문제를 객관식으로 돌렸다.

"많잖아? 예를 들면, 여보. 자기. 오빠도 괜찮고."

"그런 거 좋아했던 거예요?"

"그런 거라니. 썩 좋아하진 않지만 당신 입에서 나오면 괜찮을 것도 같아."

살짝 거부감이 든다. 어색하기까지 했다. 솔직해지는 연습을 제안한 것은 본인이었음에도 불구하고 어색해하는 모습 없이 재빠르게 적응하는 그의 모습에 그가 내심 이런 걸 기다리고 있었나 하는 생각까지 들 정도였다.

"한 번 해봐."

"뭐, 뭘요."

"여보, 자기."

"……되게 낯설다. 다른 사람한테도 많이 해보셨나 봐요?"

"따라 하지 마. 초혼인데 내가 누구한테 여보 자기를 외치겠어? 당신뿐이야."

유혹이 너무 달콤하다. 당신뿐이야, 그 말이 주문이 되어 우리를 옭아맸다. 저항할 길은 그 어디에도 없었다.

"여, 여보."

"그래, 자기."

그를 부르기 무섭게 우성이 화답을 해왔다. 기분 좋게 들리지만 동시에 묘하게 느껴지는 탓에 우리가 난감하다는 투로 중얼거렸다.

"좀…… 그렇지 않아요?"

"뭐가? 난 딱 좋구만."

"노력은 해볼게요."

"노력, 하게 될 거야. 당신이 여보라고 부르지 않으면 대답하지 않을 생각이거든."

그렇게 답한 우성이 우리를 지그시 바라보며 읊조렸다.

"땀에 젖어 밀착된 슬리브가 섹시해."

"난 당신 눈빛이 그렇게 변할 때가 좋아요."

"어떻게 변하는데?"

"날 가지고 싶어서 어쩔 줄 모르겠다는 듯이."

깊어진 그의 눈매에, 반짝거리는 그의 눈동자에.

"내가 좋아 죽겠다는 듯이."

"당신 눈엔 그게 다 보여?"

"보였어요, 내내. 그러니 그렇게 못되게 굴어도 미워할 수가 없지."

우리가 웃으며 대답했다. 자신을 바라보는 우성의 눈길 아래 더

없는 핑크빛으로 변해 버린 얼굴을 하고 우리는 그의 소맷자락을 살금 끌어당겼다.

"당신이 혼신을 다해 나를 사랑해 줬으면 좋겠어요."

"사랑하고 있어."

"당신이 힘껏 날 안아줬으면 좋겠다는 말이에요."

부끄럽지만 솔직한 마음은 그랬다. 우성의 앞에서는 늘 그녀의 속에 숨겨져 있던 여성성이 잠에서 깨어난다. 탐스럽고 보송하게, 그렇게 우리는 여자가 된다.

그녀의 유혹에 우성이 양팔을 벌렸다. 그리고는 그녀를 꼬옥, 숨이 막힐 정도로 안아주었다. 뭐, 그것도 나름 좋긴 하지만 그래도 갈증과 허기를 채우기엔 턱없이 모자랐다.

우리는 만족스럽지 않다는 얼굴을 하고 양손으로 그의 가슴을 밀었다. 꽤 센 힘에, 그리고 예상치 못한 행동에 우성이 속수무책으로 소파에 누워 버렸다.

"무슨……."

"바보야, 내 말을 그렇게 못 알아들어요?"

우리가 그를 눕히고는 그의 위에 가뿐히 올라탔다. 크림색의 슬리브 차림을 하고 올라탄 그녀의 몸이 매끄럽게 빛났다. 비단결의 피부를 드러낸 그녀가 탄력적으로 움직이며 우성의 셔츠 깃을 붙잡았다.

"이번에는 순수한 욕망만 가슴에 품어요. 나만 온전히 사랑해 줘요."

우성은 숨이 멎은 것 같은 얼굴을 하고 우리를 바라봤다. 다리를 벌리고 올라탄 덕분에 슬리브 아래로 뽀얀 허벅지가 드러났고, 그녀가 허리를 굽힐 때마다 크림처럼 달콤해 보이는 가슴 계곡이 그를 아찔하게 만들었기 때문이었다.

"잘 봐요. 내가 당신을 갖는 거예요."

그를 안달케 하는 것만으로도 모자랐던지 그녀는 그의 목을 답답하게 옭아매고 있던 넥타이를 풀어 그의 손목을 묶어버렸다. 그리고는 앙큼하게 웃으며 선전포고를 던졌다.

"당신은 움직이지 말아요. 이제부터 평생토록 나만 바라보는 나의 포로로 만들 생각이니까."

그 어떤 것보다 자극적이고 달콤한 선전포고를.

12

아침에 눈을 뜨면 제일 먼저 터져 나오는 것이 한숨이었다. 낮잠, 느긋함, 여유와도 같은, 주말에 대한 예의는 눈곱만큼도 보여주지 않는. 덧붙여 같은 침대를 쓰는 남편에 대한 애정 어린 뭉그적거림 따위는 보여주지 않는, 짤 없는 아내 때문이었다.

"좁은 집으로 이사를 하던가 해야지."

오늘도 아내와의 여유를 만끽하고 싶은 남편 우성은 덧없는 손놀림으로 텅 빈 옆자리를 확인해 보고는 가느다란 한숨을 내쉬어야만 했다.

그래, 그녀의 말대로 그는 포로가 되었다. 그리고 포로가 된 이우성은 전보다 훨씬 외로워졌다.

"당신은 움직이지 말아요. 이제부터 평생토록 나만 바라보는 나의
포로로 만들 생각이니까."

아직도 귓가에는 우리가 속삭인 그날의 유혹이 선명했다. 그날
의 속삭임을 떠올리면 아직도 몸이 뜨거워졌다.

"사랑은 혼자만 하는 건가? 사랑을 하면 세상도 달라 보이고,
하루 종일 곁에 붙어 있고 싶고, 서로에 대한 욕심이 늘어나는 거
잖아? 그런데 왜 나만 그러냐고, 나만!"

지금 이건 오로지 짝사랑 같다. 그것도 아내를, 소년처럼 짝사
랑하는 느낌이다. 매우 불공평한 처사 같다는 생각에 재빨리 핸드
폰을 집어 들었다.

당신과의 뜨거웠던 어젯밤에 나는 이렇게 녹초가 됐는데 당신
은 멀쩡하다는 건가? 어디 오늘 밤에 각오해라.

「어디야?」

퉁명스러운 말투의 문자를 보내려던 우성이 멈칫하고는 잠시
생각을 하더니 지워 버렸다.

「어디인가요, 자기?」

그래, 이게 낫다.

우리를 위해, 또 두 사람의 미래를 위해 노력하는 우성의 문자
였다. 하지만 우성은 그런 문자를 보내놓고 그녀의 대답을 기다리
기도 전에 몸을 털어대며 소리를 빽 질러 버렸다.

"어쩜 사람이 그래? 포로에 대한 매너가 없어."

야속하다, 내 님이여.

이우성이 이렇게까지 비참해진 데에는 태우리가 있었다.

남자 체면 다 죽게.

이건 다 그날의 일 때문이다. 부정할 수도 없는 바로 그날, 너무 심하게 서로에게 솔직해져 버린 것이 문제라면 문제일 수 있었다.

그날. 그래, 바로 그날……

"잘 봐요. 내가 당신을 갖는 거예요."

그를 안달케 하는 것만으로도 모자랐던지 그녀는 그의 목을 답답하게 옭아매고 있던 넥타이를 풀어 그의 손목을 묶어버렸다. 그리고는 앙큼하게 웃으며 선전포고를 던졌다.

"당신은 움직이지 말아요. 이제부터 평생토록 나만 바라보는 나의 포로로 만들 생각이니까."

그녀의 말이 속박이 되어 그의 몸을 휘감았다. 비단 손목을 묶은 양손 때문이 아니었다. 그녀의 용기백배의 말과 행동이 그를 숨 막히게 만들기 때문이었다.

"포로…… 라고?"

식도가 타오르기 시작했다. 금방이라도 끊어질 것 같은 갈증과 함께 뱃속에 뜨끈하게 열이 올랐다.

"기꺼이. 난 당신에게 내 몸과 마음을 내줄 마음이 있으니까 어디 한번 다 가져봐."

"후회하게 될 거예요. 난 하나를 가져도 완벽하게 내 것으로 만들어야 직성이 풀리거든요."

"잘됐네. 그건 나도 마찬가진데. 하지만 경고하지. 시작은 멋대로 할 수 있지만 끝은 멋대로 낼 수 없을 거야."

우성은 금방이라도 피부를 뚫고 나올 것 같은 심장박동을 진정시키며 애써 침착한 척, 평정을 유지하며 우리를 바라봤다. 그러자 우리는 속눈썹을 파르르 떨며 우성의 셔츠 단추를 하나씩 풀어내렸다.

그녀의 떨리는 손길이 더할 나위 없이 자극적이었다. 손을 묶어버린 덕에 셔츠를 제대로 벗겨내지 못한 우리는 짜증이 섞인 신음을 흘리며 그의 바지로 손을 내렸다. 그의 바지 버클에 그녀의 손이 닿는 순간, 우성이 끄응 짧게 신음하며 상체를 일으켰다.

"장난 그만하고 손부터 풀어줘."

"내가 가질 거라고 했잖아요?"

"안달이 나 미칠 것 같아."

"안달이 나면 날수록 당신의 마음이 나한테 끌려오는 게 느껴져요. 난 그게 아주 좋아요."

"이렇게까지 잔인하고 당돌한 줄은 미처 몰랐어."

"사랑스러워서 죽겠다는 말로 들리는데."

"당신 앞에서는 거짓말도 못하겠어."

우성이 나지막이 한숨을 토해내더니 이내 팔에 힘을 주었다. 덕분에 가슴 근육이 탄탄해졌고, 쇄골은 그 형태를 선명하게 했으며, 핏줄이 불끈 솟아올랐다.

"하는 수 없지. 힘으로 풀어버리는 수밖에."

"그거 풀어버리면 나, 여기서 그만둘 건데요?"

"협박이야?"

"마음대로 생각해요."

까다로운 여자다. 우성은 힘주어 손목을 비틀어대던 것을 멈추고 다시 우리를 바라보았다. 한숨이 나왔지만 다른 긍정적인 방법을 강구하는 편이 빨랐기에 우성은 파이팅하는 자세를 갖췄다.

"그럼 하는 수 없지. 웃차."

우성이 묶인 양팔을 들어 그 안에 우리를 가두었다.

"앗!"

"손이 묶이긴 했지만 움직이는 건 가능하지."

"움직이지 말라……."

"……는 뜻이었겠지만 움직이지 말라곤 하지 않았으니까. 그치?"

날카로운 지적이다. 반박할 여지가 없었기에 우리는 덜컥 난감해지고 말았다.

"자, 시작해."

우성은 그녀를 바싹 끌어안은 채 여유로운 미소를 지었다. 그 미소를 코앞에서 바라본 우리는 눈 둘 곳을 찾지 못하고 있다가 이내 그에게 입을 맞췄다.

"으음."

우리가 겹친 입술을 서투르게 문지르다 살짝 빨아보았다. 마음이 담긴 움직임에 우성의 장난스럽던 입가에 미소가 사라졌다. 달콤하면서 안타까운 것이 콕 집어 말할 수 없을 정도로 애절한 느낌이었다.

우성의 아랫입술을 잘근 물었다. 그의 입술은 금세 도톰하게 부풀어 올랐다. 그랬기에 살짝 미안한 마음이 든 우리가 달래듯 그의 입술을 물고 혀로 살살 쓸어주었다. 그런 키스는 우성의 마음을 간지럽게 만드는 동시에 감질나게 만들었다.

우성의 마음이 다급히 뜀박질을 시작했다. 그의 마음이 부풀면 부풀수록 그녀에게 묶인 그의 손이 불편하게 느껴졌다. 그녀가 그의 마음을 읽고 급하게 움직여 줬으면 좋겠다는 생각이 들었지만 우리는 순진한 눈망울을 하고 요부처럼 움직이고 있었다.

"안 되겠다."

이대로 가다가는 몸뚱이가 완전 연소를 해버려 한 줌의 잿더미로 변하고 말지도 모른다. 우성은 손으로 그녀의 허리를 단단히 받치고 그녀의 옷에 입을 댔다.

"앗!"

그는 이를 세운 채 그녀의 블라우스 단추를 하나씩 풀어내기 시작했다. 손으로 푸는 것보다 더디긴 했어도 그녀를 조급하게 만들기엔 충분했다. 그의 숨결이 단추 사이로 드러난 살결에 닿았고, 그의 콧방울과 입술이 서툰 움직임 때문에 부딪치기도 했다.

우리가 급하게 숨을 들이마셨다. 그녀의 가슴이 격양된 채 들썩이는 모습에 우성이 다시 미소를 되찾았다. 우성의 앞에서만 오롯이 설레는 얼굴을 보이는 그녀에 대한 만족감 덕분이었다.

"왜 이렇게 예쁘냐, 내 여자."

우성의 입술이 그녀의 배꼽을 지나는 순간, 우리가 바짝 긴장했다. 그리고는 그의 어깨를 밀어내고는 자신이 마저 단추를 풀었다. 덕분에 우성은 그녀의 뽀얀 속살이 드러나는 광경을 놓치지 않고 모두 볼 수가 있었다. 그가 손을 올려 그녀의 브래지어 버클을 푸는 순간, 그의 움직임이 단번에 멈췄다.

"앗!"

우리의 새된 탄성이 터져 나왔다. 우성의 길고 투박한 손가락이 그녀의 가슴을 쓸고 지나갔기 때문이었다. 드러난 봉긋한 젖무덤은 우성이 말을 잃게 만들었다. 실핏줄이 드러난 새하얀 피부와 발갛게 달아오른 젖꼭지는 무척 대조적이었기에 더없이 자극적으로 느껴졌다.

우성이 손가락을 세워 아무도 손대지 않은 분홍빛 젖꼭지에 가만히 입술을 가져다 대었다. 혀를 내밀어 가볍게 할짝거리자 그녀의 동그란 진주알은 그의 혓바닥을 타고 매끄럽게 움직이기 시작했다. 그 움직임에 우성은 열기로 일렁거리는 두 눈을 하고 그녀의 가슴을 세차게 빨아댔다.

"하악!"

그녀의 입에서 새된 탄성이 터져 나왔다. 분명 시작한 것은 우리인데 정작 당하고 있는 우성이 여유롭고 짓궂게 움직이는 것만 같다. 문득 자신으로 인해 자지러지는 우성의 신음이 듣고 싶어졌다. 그 사악한 마음에 몸을 비틀어대며 쾌감에 떨어대던 우리가 눈을 나른하게 뜨고는 몸을 움직이기 시작했다.

"흐윽!"

그녀의 잘록한 허리가 유연하게 움직이는 순간, 탄력적이고 둥근 그녀의 엉덩이가 정확히 우성의 브리프 위를 감싸며 압박하기 시작했다. 상기된 얼굴을 한 우성이 숨을 헐떡거리며 우리를 향해 애원했다.

"제발……. 이 손부터 풀어줘."

"글쎄요."

"제발!"

"애원해 봐요."

"태우리!"

"그렇게 윽박지르면 좋을 것 하나 없을 텐데."

우리가 강약 조절을 해가며 엉덩이를 흔들어대자 우성은 그녀의 어깨에 얼굴을 묻은 채 짧은 신음을 삼켰다. 그 애타는 소리가 우리의 마음에 쏙 들었다. 세상 수많은 여자들 중에서도 단 한 명, 태우리만이 우성을 들뜨게 만든다는 생각에 묘한 카타르시스가 그녀를 휘감았다.

우리는 감았던 눈을 뜨고 어깨 위에서 일렁이는 그의 머리카락 속으로 손가락을 집어넣었다. 찰랑거리는 머리카락이 손가락 사이를 헤치고 빠져나가는 느낌이 무척 사랑스러웠다.

그녀가 손을 뻗어 그의 턱을 끌어 올렸다. 우직하고 맑은 그의 눈동자가 욕망으로 혼탁하게 번들거리는 모습을 확인한 우리의 입가에 미소가 서렸다. 그녀는 자그만 손으로 그의 뺨을 감쌌다.

"오늘부로 당신의 몸과 마음에는 태우리의 낙인이 찍힐 거예요. 그리고 평생 지워지지 않겠죠."

"기꺼이 받아들이지."

"아무 데도 못 가요, 당신."

"그건 당신도 마찬가지야."

그렇게 답하는 우성의 눈빛이 우리에 대한 소유욕으로 번들거렸다. 맥없이 사그라질 수 있는 사랑보다 모든 것을 옭아매는 소유욕이 훨씬 우리의 마음에 와 닿았다. 확률을 가늠할 수 없는 사랑보다 소유욕은 더 흑백논리에 가까웠고, 그랬기에 100퍼센트 그를 가질 수 있다고 느껴졌다.

아무도 모르게 누군가의 관심과 사랑을 갈구해 왔던 우리에게는, 우성의 사랑이 완벽할 정도로 달갑게 느껴졌다. 그녀가 바라왔던 모든 것을 충족시켜 주는 느낌에 우리는 흔들리는 눈빛으로 그를 바라보다가 이내 양팔을 뻗었다.

"좋아요. 날 구속해요, 완전히."

"부담스러울 텐데?"

"설마. 아름다운 구속 아니고요?"

우리가 우성과 코를 마주 댄 채 매력적인 미소를 지었다. 이내 양팔로 그의 목을 감싸 안은 그녀가 그에게 입을 맞추었다. 그녀의 등에 둘러진 그의 양팔에도 힘이 들어갔다. 한 치의 틈도 없이 서로의 몸에 맞닿은 두 사람은 지금 세상이 멸망하기라도 할 것처럼 서로의 입술을 탐했다. 지금의 감각이 서로에게 열중하고 있음을, 서로가 살아 있음을 느끼게 해주기라도 하는 것처럼 두 사람은 고통스러울 정도로 서로를 몰아붙였다.

"헉! 하아, 하아. 하아악!"

한데 엉킨 나신이 하늘로 날아올랐다. 우성의 손목을 묶었던 넥타이는 이미 풀어진 지 오래. 우성과 우리, 두 사람은 서로를 잡아먹으며 엎치락뒤치락 서로를 소유하고 있었다.

"하아, 하아. 이제 그만……."

"안 돼. 그만둘 수 없어."

우성을 자극했다는 것이 그의 안에서 잠자고 있던 맹수를 깨웠다는 것임을 늦어서야 알게 된 우리는 온몸이 부서질 것처럼 그에게 사랑을 받고 있었다.

앉은 채로 그녀를 안은 채 그녀의 허리를 자유자재로 움직여 대던 그가 그녀의 허리를 받친 채 몸을 뉘었다. 불꽃처럼 타오르는 그의 움직임이 잠시 멈춘 사이, 우리가 눈꺼풀을 떨며 참았던 숨을 토해냈다.

"돌아누워."

우성이 우리를 엎드리게 만든 뒤 한 손으로 침대 헤드를, 다른 한 손으로 그녀의 팔을 잡았다.

"당신은 내 거야. 할 수만 있다면 아무에게도 보이고 싶지 않아."

"난……. 하악!"

우리는 말을 잃은 상태였다. 끊임없이 몰아치는 파도처럼 그녀를 한계로 끌어 올리는 그의 움직임에 우리는 감각조차 자신의 의지를 벗어난 것을 느껴야만 했다.

"흑! 우성 씨, 그, 그만……."

"그만하라고?"

우성이 벌겋게 달아오른 눈으로 그녀를 바라봤다. 그녀의 등 뒤로 고스란히 불거져 나온 척추를 혀로 더듬으며 올라온 그는 한 손으로 그녀의 턱을 잡은 뒤, 그녀에게 키스를 퍼부었다. 그녀의 속에 깊숙이 몸을 묻은 채 멈춰 있는 그로 인해 우리의 몸은 바들바들 떨리고 있었다.

"시작한 건 당신이야. 그래서 경고했었잖아."

그는 천천히 입술을 내려 그녀의 목덜미와 어깨, 날갯죽지와 등을 따라 고운 꽃잎을 흩뿌렸다. 붉게 물든 흔적들은 금세 사라질 테지만 그가 남긴 감각들은 고스란히 살아 숨 쉴 것이 분명했다.

"미안, 멈추지 못해."

그의 손이 흔들리는 그녀의 가슴을 욕심껏 움켜쥐었다. 그 순간, 우리의 고개가 앞으로 푹 꺾였다. 힘없는 그녀의 무릎이 자꾸만 무너져 내렸다. 하지만 우성이 잡아 쥔 엉덩이만큼은 힘을 잃어도 꼿꼿이 그를 품고 있을 수밖에 없었다.

우성이 움직였다. 그의 움직임이 서툴고 뭉툭했지만 그녀를 위하는 마음만큼은 담뿍 담겨 있었기에 그를 온전히 받아들일 수 있던 우리였다. 그는 거칠게 움직이면서도 내내 침대 헤드에 부딪치려는 우리의 이마를 감쌌었다. 우리가 고통에 찬 신음을 흘릴 때면 그의 움직임이 멎더니 이내 조심스럽게 묻기까지 했다. 당신, 괜찮으냐고.

쾌감보다 배려가 더 짜릿했던 그날, 우리는 우성을 향해 몇 번이고 손을 뻗어 무너져 내리는 그의 몸을 끌어안았다. 사라져 버리고 말 사막의 신기루라도 되는 것처럼, 그녀는 그가 현실이라는 것을 재차 확인하기 위해 몇 번이고 그를 가슴에 품었다.

"당신이 곁에 있는 게 좋아."

산산이 부서져 내리며 침대 위로 쓰러진 우리가 나른하게 속삭이자 우성은 기분 좋게 웃으며 그녀의 얼굴에 자잘한 키스를 흩뿌렸다.

"이제 씻자, 부인."

"으응?"

"안 씻게?"

"티슈 몇 장만 뽑아다 줘요."

"피곤하면 자. 자는 동안 내가 깨끗하게, 개운하게 해줄 테니까."

"무슨……."

우성이 자리에서 일어났지만 우리는 대꾸할 힘도 없다는 듯 그대로 침대 위에 쓰러졌다. 그렇게 얼마가 흘렀을까, 우리가 까무룩 잠이 들기 바로 직전, 우성이 축 늘어진 그녀의 몸을 안아 일으켰다.

"꺄악!"

갑작스러운 그의 손길에 놀란 우리가 발버둥 치며 눈을 뜨자 그는 미소를 지으며 그녀를 안은 채 욕실로 들어갔다. 욕실에는 물이 가득 차 찰랑거리는 욕조가 준비되어 있었고 어렵지 않게 뒤에 이어질 일을 상상한 우리가 상기된 얼굴로 고함을 질렀다.

"미쳤어!"

"미치다니. 부부끼리 당연한 에피소드인데."

우성은 손으로 받아놓은 물 온도를 체크하고는 그녀를 안은 채 곧장 욕조로 들어갔다.

"엄마야!"

"배쓰 솔트도 뿌려놨다고. 당신의 피부는 소중하니까."

우성은 상냥하게 웃으며 그녀의 몸에 향기가 어우러진 물을 끼얹었다. 그리고 천천히 그녀의 몸을 마사지해 나가기 시작했다. 기분 좋던 신음이 격렬하게 바뀐 것은 얼마 지나지 않아서였다.

그날의 기억이 아직도 생생한 것은 우리도 마찬가지였다. 잠시 짬이 생겨 휴식이라도 취할 때면 그날의 기억이 떠올라 그녀를 힘겹게 했다. 할 수만 있다면 그의 곁에 꼭 붙어 하루 종일 있고만 싶지만 그건 역시 바람에 불과했다.

"하아."

우성을 생각하는 우리의 입가에 옅은 한숨이 매달렸다. 그 순간, 양반은 될 수 없는 우성이 보낸 문자가 도착했다.

「어디인가요, 자기?」

우성의 문자에 우리의 입가에 미소가 걸렸다. 그녀는 쓰고 있던 고무장갑을 벗어 옆에 내려놓은 뒤 그에게 문자를 되돌렸다.

「일어났어요? 지금 일하는 중이라 전화는 안 될 것 같은데, 끝나고 전화할게요.」

「어디냐고 물었습니다, 자기.」

얼굴을 보고 대화하는 것처럼 문자가 깍듯이 되돌아왔다. 빠른 그의 문자 답장에 우리의 얼굴에는 웃음이 번졌지만 조금은 난감해졌다. 꼬치꼬치 캐묻는 문자를 보아하니 그가 바라는 답을 내놓기 전까지는 물러날 생각이 없는 듯했다.

「약속이 있어서 나와 있어요.」

「말도 안 하고.」

「주말에는 약속이 있다고 말했었잖아요.」

우성에게 문자를 보내고 난 다음, 우리는 고개를 갸웃거렸다. 우성에게 무슨 할 일이 생긴 건 아닌가, 아니면 우성이 말할 기회를 놓쳐서 그렇지 사실 오늘 무슨 약속이라도 있었던 것이 아닌가 생각하는 중이었다.

「무슨 일인데? 무슨 일로 주말까지 나가야 하는지 궁금해서 그래. 그러고 보면 난 아내에 대해 아는 게 하나도 없어.」

「오늘 무슨 일 있나요? 미리 말해주지 그랬어요.」

「어디에 있는지 말해주는 게 그렇게 힘들어?」

우성의 물음에 우리는 잠시 머뭇거리며 주변을 둘러봤다. 시내를 벗어난 외곽에 위치한 이곳에 과연 이우성이라는 남자가 어울릴까 싶어서였다. 하얀색 페인트칠이 벗겨진 건물 한 채에 넓은 마당, 자동차 엔진 소리 하나 들리지 않는 고요한 정원, 앞에는 호수가 있고 나무들이 줄지어 서 있는 이곳에 우성이 등장하는 모습을 상상한 우리가 난감하다는 듯 입술을 깨물었다.

「성남에 있어요, 지금.」

「왜?」

「매주 약속이 있다고 했잖아요.」

「그 약속, 사업적인 건가? 그런 게 아니면 내가 가도 돼?」

우성의 물음에 우리는 잠시 머뭇거리다 문자를 보냈다. 시간을 보니 이제 곧 안으로 들어가 봐야 할 것 같았다.

「오게요?」

「데리러 갈게.」

「윤 기사한테 전화하면 되는데.」

「난 지금 당신이 보고 싶다고 말하는 거야.」

그의 문자에 자리에서 일어나 건물 안쪽 정원으로 향하려던 우리가 자리에 멈춰 섰다. 그녀가 어디에서 무얼 하는지, 궁금해한다는 것도 꽤 큰 발전이었는데 이제는 그가 그녀를 애타게 그리워하고 있다. 이건 장족의 발전이 아닐 수 없었다.

우리는 기분 좋은 미소를 지으며 그와의 대화를 이었다.

「오고 싶으면 와도 돼요.」

「주소 찍어줘.」

「단, 조건이 있어요.」

우리는 최대한 빠르게 문자를 찍어 보내고는 고무장갑을 든 채 종종걸음으로 언덕을 뛰어 올라갔다.

「조건 1. 평범한 캐주얼 복장으로 오기.

조건 2. 윤 기사를 대동하지 말고 혼자 차를 끌고 오기.

조건 3. 4시 정각에 맞춰 올 것.」

우성은 그녀가 내건 조건들을 찬찬히 살펴보며 의아한 기색을 감추지 못했다. 물론 조건은 조건이었기에 완벽히 들어줄 생각이었지만 그가 아내를 데리러 가는 데에 왜 그런 조건들이 필요한지에 충분한 납득은 할 수 없었다.

우성은 이미 우리가 찍어준 주소에 도착해 있었다. 인적이 드문 시외, 꽤 넓은 부지에 오도카니 서 있는 낡은 건물이 인상적인 그곳 갓길에 주차를 해둔 그는 운전석에 앉아 주변을 둘러보고 있었다.

"제대로 맞게 찾아온 거지?"

〈천사의 집〉이라는 간판을 뚫어져라 바라본 우성은 연신 고개를 갸웃거리며 울타리 안쪽 어딘가를 열심히 훑어보았다. 태우리, 그녀와는 어울리지 않는 건물을 바라보는 우성의 눈빛이 낯설었다.

"그, 트리플인지 뭔지. 친구들이랑 티타임을 가지면서 수다 떨고 쇼핑하는 거 아니었어?"

우성은 계속해서 주변을 두리번거리다가 슬그머니 운전석 문을 박차고 나왔다. 발에 자갈이 밟히는 것을 느끼며 바람 소리와 새소리가 전부인 주변 경관을 느긋하게 즐기며 길이 난 곳을 따라 걸었다.

그는 옹기종기 심어져 있는 나무들을 지나쳤다. 이은지, 강하늘, 김지수⋯⋯. 누군가의 이름 팻말이 걸린 나무 묘목들이 많은 것이 조금은 의아했다. 나무가 심겨져 있던 곳을 지나 텃밭과 꽃밭에 다다랐다. 우성은 무심한 눈빛으로 주변을 훑더니 이내 더 깊숙이, 안쪽으로 향했다. 와자지껄 떠드는 아이들의 소리가 점점 가까워졌다.

운동장에서 공을 차고, 소꿉놀이를 하는 아이들이 있는 광경에 우성은 잠시 멈춰 섰다. 이 아이들이 집의 주인인 것 같았다. 낯선 우성의 등장에 아이들 몇 명이 모여 수군거리긴 했지만 그는 신경 쓰지 않고 조금 더 깊숙이 들어갔다. 멀리서 어른들의 목소리가 들려왔기 때문이었다.

그렇게 그는 운동장을 가로질러 건물을 끼고 돌았다. 사람들의 와자지껄한 소리가 들리는 곳을 향해. 그 가운데에 우리가 있었다. 화장기 없는 얼굴로, 머리는 질끈 묶은 채 목이 늘어난 셔츠에 추리닝 바지를 입고.

그녀는 바지춤을 돌돌 말아 올린 채 커다란 대야에서 춤을 추듯 움직이고 있다. 우리를 제외한 세 명 모두 대야 속 이불을 꾹꾹 밟아대고 있었다. 그 모습을 물끄러미 바라보고 있는데 누군가 우성의 곁으로 다가와 그에게 말을 걸었다.

"어쩐 일이세요?"

수녀님이었다. 그녀의 물음에 잠시 놀란 우성이 말을 더듬다 이내 검지로 우리를 가리켰다.

"저기 저⋯⋯."

"저희 자원봉사자분들이요?"

"자원봉사자요?"

"많은 도움을 주시는 분이세요."

수녀님은 인자하게 웃으며 자원봉사자들이 이불 빨래에 매진하는 모습을 바라보았다.

"태우리 자매님 말씀이시지요? 매주 오셔서 도움을 주시는 분이랍니다."

"매주⋯⋯ 주말에 말이죠?"

"저희 천사원 말고도 다른 곳을 다니시는 걸로 알고 있어요. 양로원이나 재활 병원, 저희 같은 천사원도요."

"아⋯⋯! 무슨 일을 주로 하나요?"

우성은 햇살보다 환한 얼굴을 하고 이불 찌든 때를 빼는 데 집중을 하고 있는 우리에게 시선을 떼지 않으며 물었다. 수녀님은 우리를 향한 우성의 다정한 눈빛과 그녀의 맑은 얼굴을 번갈아 바라보며 미소를 지었다.

"아이들 이불 빨래나 영유아 목욕, 때로는 제대로 된 교육을 받지 못하는 아이들을 위해 클래스도 열어주시곤 합니다. 불러 드릴까요?"

"아니요. 아닙니다."

우성의 말에 수녀님은 가만히 고개를 끄덕이고는 자원봉사자가 있는 곳으로 걸어갔다. 그 와중에도 우성은 우리의 모습을 바라보며 그 자리에 한참 동안 서 있었다.

13

우리를 만난 것은 그로부터 몇 분이 흐른 뒤였다. 원장 수녀님의 귀띔에 우리는 걷어붙인 소매 자락을 내리고 수건으로 종아리의 물기를 닦아내며 우성에게로 다가왔다.

"언제 왔어요?"

긴 막대로 대충 틀어 올렸던 머리채가 무거웠던지 풀어 헤치며 다가오는 우리의 얼굴에 반가운 미소가 번져 있었다. 그녀가 한 걸음 가깝게 다가올 때마다 그녀의 얼굴에는 환한 빛이, 배경으로는 발랄한 음악이 깔리는 환상이 보이기까지 하는 걸 보니 미쳐도 단단히 미친 것 같았다.

"방금."

우성은 가까스로 대답을 하며 다가오는 우리를 홀린 듯 바라보았다.

"벌써 네 시가 다 된 거예요?"

"아니. 미안해. 조건 하나를 어겼어."

"괜찮아요. 일이 끝났을 때 맞춰서 말끔하게 하고 있으려고 했던 것뿐이에요."

그렇게 말하며 웃는 우리의 얼굴이 말갛기만 하다. 흠집 하나 없이 깨끗한 피부는 아니었어도 그녀의 얼굴을 물들인 붉은 핏줄과 작은 점들까지 몽땅 포함해 사랑스럽기만 했다.

'이런 게 흔히들 말하는 콩깍지라는 거지.'

우성이 덧없이 눈가를 문지르다 곁에 다가온 우리에게로 시선을 옮겼다. 우리는 멋쩍은 얼굴을 하고 펑퍼짐한데다 보푸라기가 잔뜩인 추리닝 바지를 매만지며 난감하다는 투로 웃었다.

"꼴이 좀 그렇죠?"

"왜?"

"땀 냄새도 나고, 좀 그래서요. 이래서 늦게 오라고 한 건데. 이왕이면 오지 않았어도 좋고."

"내가 당신 이런 모습 보면, 왜?"

"그냥. 난 예쁜 모습만 보여주고 싶으니까."

"머리도 풀어 헤치고, 옷도 다 젖고……. 섹시한데, 왜. 게다가 지금은 그 어느 때보다도 예쁜 얼굴을 하고 있다고. 그런 얼굴을 나한테 숨기려는 거야? 에이, 쩨쩨하다."

낯빛 하나 변하지 않고 대답하는 우성의 모습에 우리가 눈을 흘겼다. 그리고는 천사원 건물에서 떨어진 호수 근처로 다가가 나무 그늘 아래 벤치에 자리를 잡고 앉았다.

"그거 알아요?"

"뭘?"

"당신, 은근히 짓궂어."

우리의 은근한 타박에 우성은 자연스럽게 그녀의 곁에 앉더니 주변을 둘러보며 물었다.

"언제부터 한 거야?"

"봉사 활동이요?"

대수롭지 않다는 듯 대답한 우리가 기억이라도 더듬는 듯 잠시 침묵을 지키고 있다가 입을 열었다.

"음, 철들 무렵부터."

차가운 가을바람이 우리의 젖은 피부를 쓸고 지나갔다. 드러난 종아리부터 시작된 찬기가 온몸을 훑고 지나가자 우리가 가볍게 몸을 떨었다. 그 모습에 우성은 입고 있던 카디건을 벗어 그녀의 무릎을 덮어주었고, 우리는 그의 온기라도 한 점 빼앗을 요량으로 한 걸음 바짝 붙어 앉으며 대답했다.

"시작은 아버지 강요로."

"많이 가진 자는 베풀어야 한다?"

"그렇기도 하고, 가진 자들의 봉사에 세상 시선은 늘 너그러웠으니까. 순수한 마음보다는 기업의 이미지 개선에 이바지하라는

282 캔디보다 이라이자

의도셨겠죠."

"뭐, 나도 그랬으니까."

"그런 의미에서 두 분, 꽤 오래전부터 마음이 잘 맞는다니까."

우성은 자식들 조종하는 데에 뜻이 잘 맞는 이 회장과 태 회장의 얼굴을 떠올리며 고개를 내저었다. 그리고는 자연스럽게 그녀의 어깨에 팔을 두르고 가늘게 떨고 있는 그녀를 품 안에 바싹 끌어안았다.

"또?"

"또?"

"이유가 더 있을 것 같은데? 시작은 미약하였으나 끝은…… 어땠는데?"

그의 품에 폭 안긴 우리가 나직하게 한숨을 내쉬었다. 내쉬었던 숨을 다시 들이마실 때, 우성의 향기가 코끝을 간질였다. 그가 자주 쓰는 향수 냄새가 몸에 밴 것만 같았다. 그의 향수인지 체취인지, 알 길이 없다는 생각을 하면서도 그 향기 없이는 잠에 들 수 없을 것 같다는 느낌을 받으며 우리가 입을 열었다.

"알죠? 울 아버지 여자 편력."

"여자라기보다는……."

"재혼 경력이라고 해야 하나? 나 참, 말하기도 난감하네요."

우리가 작게 웃음을 터트렸다. 이제야 웃으며 넘길 수 있는 이야기였지만 사춘기 시절에는 그 역사가 깊고도 짙어 견뎌낼 수가 없었던 일이었다. 어릴 적 자신을 함께 떠올린 우리는 잘 견뎌낸 어린 우리의 어깨를 다독여 주는 심정으로 순순히 입을 열었다.

"어릴 적엔 그게 그렇게 싫었어요. 엄마가 돌아가시자마자 애도하는 시간도 없이 곧장 후처를 들이질 않나, 또 이혼하기 무섭게 재혼을 하지 않나. 태 회장님 왈, 처복이 없는 거라는데 내가 보기엔 그냥 편력에 지나지 않거든요. 덧붙여 그분들의 배경이 탐났던 거기도 했고요. 뭐, 당신이야 어땠는지 진심을 알 길은 없지만 어린 세 남매가 보기에는 그닥 좋은 광경은 아니었죠. 알죠? 내 동생들. 태양과 태풍."

"알지. 알고말고. 그, 캐릭터 센 당신 동생들."

"태양은 아직도 열혈 반항 모드라 날 싫어하긴 하지만요. 그래도 많이 나아진 편이에요. 한창 반항할 때엔 손도 하나 못 댈 정도였거든요."

"지금은 고등학교 이사장이라고 했나?"

"외할아버지께서 학교 창립자이시면서 이사장님이시거든요."

"의외군. 아버지 기업에 들어와 한몫 챙길 줄 알았는데."

"이쪽 일에는 관심 없는 아이예요."

"태풍은?"

"그 아인 그나마 순한 편이죠. 날 많이 따르기도 하고. 다 어머니가 다르다는 걸 감안한다면 태풍인 많이 순한 거예요. 아이가 철이 없고 거침없긴 해도요."

동생들을 떠올린 우리의 표정이 묘해졌다. 다정하면서도 안타깝고, 그와 동시에 이질적인 감정들이 단번에 스쳐 지나갔다. 그 모습을 아무 말 없이 지켜본 우성은 꼬치꼬치 캐묻는 대신 작은 위로의 한마디를 던졌다.

"당신이나 처남들이나, 유년기가 썩 순탄하지만은 않았군."

"그건 당신도 마찬가지 아닌가요?"

"뭐."

"다른 아이들은 부러워했어요. 게임기 최신형이 나오면 몇 날 며칠, 부모님을 졸라야 하거나 아니면 몇 달 동안 용돈을 모아 사야 했지만 난 달랐거든요. 최신형이 나오면 곧장 손에 들어오고, 유행하는 물건들은 늘 집에 있었고, 아이들이 부러워할 법한 예쁜 옷이나 구두는 늘 바뀌었으니까. 그래서 질투의 대상이었어요. 내가 봐도 나랑은 친해질 수가 없어. 내가 봐도 난 재수 없거든."

"하기야 우리 태우리 여사, 너무 많은 걸 갖췄지? 외모에, 학벌에, 능력에, 집안에."

"그런데 난 다 필요없었어요. 내가 부러웠던 건 자유로운 그 아이들이었거든. 내 인생은 향후 20년, 아버지에 의해 **빡빡하게** 설계되어 있었어요. 내가 어떤 대학에 진학해 어떤 과를 전공하고 어떤 회사에 입사해 어떤 식으로 살아갈지, 너무나도 **뻔했죠**. 그래서 결혼만큼은 내 마음대로 하려고 반항을 했던 건데, 너무 쉽게 실패했죠?"

"실패?"

"결론적으로는 성공적이지만."

우성의 날카로운 반응에 우리가 재빠르게 수습을 했다. 포장을 하고 예쁘게 리본까지 묶으며 눈을 찡긋거리자 우성은 어쩔 수 없다는 얼굴로 싱겁게 웃고 말았다. 그 모습을 확인한 우리는 한번 터진 이야기의 매듭을 묶기 힘들었던지 조곤조곤한 목소리로 자신의 이야기를 이어나갔다.

"난 내가 원하는 대로 살고 싶었어요. 자유롭게. 가끔 학원을 땡땡이 치고, 친구들과 어울려 떡볶이도 먹고, 때론 남자친구도 만들고, 함께 일탈을 하는 거죠. 집에 가면 아버지가 야구 방망이를 들고 서 있고, 엄마는 그런 아빠를 말리는 척하지만 속으로는 '요 놈, 혼 좀 나봐라' 하는 거예요. 아빠는 야구 방망이를 휘두르지만 겁만 살짝 주려는 거죠. 그런데 나는 무서워서 와앙, 울어요. 엄마는 그런 나를 토닥거리며 밥부터 먹으라고 챙기는 거예요."

어쩌면 그랬을지도 모르는 삶, 또 다른 내가 있다면 꼭 한 번 경험하고픈 평범한 삶. 자신의 다른 인생을 그리는 우리의 얼굴이 애잔해졌다.

"난 그런 보통의 삶을 꿈꿨어요. 늘."

"이해해. 무슨 말인지 알 것 같아."

"친구가 없었어요. 날 이해해 줄 수 있는."

"오래전부터 잘 알았더라면 내가 당신의 가장 친한 친구가 되어 있었을지도 모르겠네."

"그랬으면 좋았을 텐데."

서로의 입장을 누구보다 잘 알고 있는 두 사람이다. 그런 두 사람이기에 서로에게 큰 위안이 되어줄 수 있었다. 그게 조금만 더

빨랐더라면 훨씬 좋은 결과를 가져왔을지도 몰랐다.

"친구가 없으니 집을 나와도 도망갈 곳이 없었어요. 그래서 이곳을 찾았어요. 버림받은 아이들이 많은 곳. 아픈 사람들이 많은 곳. 몸이 불편한 사람들이 있는 곳. 버림받은 동물들이 머무는 곳."

우리는 자조적으로 중얼거리며 혼란스러운 눈동자에 천사원 건물을 담았다.

"난 누군가 생각하는 것처럼 마음이 예쁜 것도 아니고, 날 희생해 누군가를 도와주고 싶어하는 것도 아니에요. 어쩌면 난 이 아이들을 보며 내가 위로받는지도 몰라요. 이 아이들은 꼭 나 같거든요. 다만 한 가지 다른 점은 내가 아이들보다 훨씬 많은 것을 누리고 있다는 거죠. 그래서 난 이 아이들에게 해줄 것이 한정되어 있어요. 돈."

"글쎄. 아이들도 그렇게 생각할까? 당신이 어떤 의도로 시작을 했건 이 아이들은 당신을 통해 위로를 받는 거라고 생각해. 돈이 아니라 마음을 받는 거야. 훗날, 아이들이 자라 멋진 어른이 된다면 아이들은 당신을 떠올리겠지. 이 자리에 있기까지 도움을 준 당신, 그리고 또 다른 사람들을. 그리고 어려운 환경의 다른 아이들에게 도움을 줄 거야. 일종의 전염처럼, 당신의 마음은 전염성이 강하니까."

우성의 다독임에 우리의 흔들리던 동공이 안정을 되찾았다. 그녀는 고개를 들어 우성과 시선을 교환하고는 다시 그의 품에 얼굴을 물었다. 그리고는 꼭 고해성사라도 하듯이 자신의 마음을 한 자락 털어내었다.

"확실한 이유를 말하기는 힘들어요. 난 어쩌면 내가 가진 것들에 대한 무게감과 죄책감에 사회 환원을 하는 건지도 모르고, 호화찬란할 수밖에 없는 내 삶에 회의가 들어 기부를 하는 건지도 모르죠. 어쩌면 무의식중에 기업의 이미지를 떠올리고 있을지도 몰라요. 시간이 흐를 때마다 한 가지 씩, 이유가 늘어나거든요."

"그래서, 그 이유를 찾기 위해 계속하는 거야?"

"내가 할 수 있는 것들은 고작 이 정도뿐이니까."

그녀는 매순간 자신의 무력함을 깨달으며 그 한계 안에서 자신이 할 수 있는 무언가를 하고자 노력하는 중이었다. 몸을 고되게 하지 않으면 안일한 생각과 함께 의지가 느슨해질 뿐이었고, 하루하루 앞으로 나아가지 않으면 발전 없이 그대로 무너져 버릴 것 같은 강박증에 떨게 되니까.

이것은 우리가 살아가는 방식이었고, 살아남기 위한 몸부림이었다. 어릴 때부터 큰 기업을 어깨에 짊어지고 태어난 우리의 숙명이기도 했다.

가진 것보다 포기해야 되는 것이 더 많고, 그 포기가 얼마만큼 뼈저리고 아픈 것인지 알기에 우리를 바라보는 우성의 눈빛은 아픔이 번져 있었다.

그가 가라앉은 목소리로 물었다.

"내일도 봉사활동이 있어?"

"내일은 유기견과 유기묘 센터에 가야 해요. 하다 보니 즐겁기도 하고, 보람도 느끼고, 동물에 대해 깨닫는 일도 많거든요. 몇 마리 입양한 녀석들이 집에 있긴 하지만 그 녀석들 외에 다른 아이들을 돌봐줘야 해요. 참, 당신은 고양이 좋아해요? 난 고양이를 안 좋아했는데 봉사를 하면서 얼마나 귀엽던지. 매력에 푹 빠졌다니까요."

묻지 않아도 조잘조잘 떠드는 우리의 모습에 우성이 가만히 한숨을 내쉬었다. 회의니, 자책이니, 봉사를 하는 이유들로 어울리지 않는 단어들을 댔지만 누가 봐도 태우리는 봉사의 기쁨을 아는 여자였다. 생각이 너무 많아 깊게, 어두운 곳까지 파고들어서 그렇지.

우성은 고개를 절레절레 저으며 중얼거렸다.

"아, 이젠 고양이까지?"

"뭐가요?"

"당신을 차지하기 위해 뛰어넘어야 할 장애물이 너무 많은 것 같아서."

"설마, 고양이를 질투하는 거예요?"

"아내 머릿속이 나 하나로 가득 차도 모자란데 일에, 봉사에, 이제는 고양이까지. 어떻게 해야 그 머리는 나로 가득 찰 건가?"

"에이, 억지다."

"억지는 무슨."

"발상의 전환이 필요한 시점이네요. 조금 다르게 생각해 봐요.

게임이라고 생각하면 되잖아. 나는 마지막 라운드의 보스를 깨야만 차지할 수 있는, 무척 탐나는 보상인 거죠. 당신은 지금 라운드 2. 조금은 어려워야 불타오르겠죠?"

앙큼하게 게임 운운하며 우성을 어르는 그녀의 모습에 그가 눈썹을 꿈틀거렸다. 사랑 그 너머의 감정을 원하는 우성과 달리, 우리는 사랑 그 적정선에서 밸런스를 맞추는 느낌이었다. 심지어 자신을 어린 아들 달래듯 하는 모습에 우성은 발끈한 얼굴로 그녀의 턱을 잡아 올렸다.

"너무 인류 봉사에 인생을 바치지 말라고. 인류보다 먼저 챙겨야 할 것이 있잖아?"

"뭔데요, 그게?"

"나."

우성이 귀엽고 깜찍하게, 볼을 빵빵하게 부풀리며 두 눈을 동그랗게 떴다. 그 모습에 으악, 우리가 경악한 얼굴을 했지만 어쩌랴. 우성은 당당한데.

"곁에 있는 남편 하나 간수 못하면서 인류를 사랑하겠다는 건 너무…… 무책임한 발언 아닌가?"

우성은 단단히 삐친 얼굴을 하고 그녀를 품에서 놓아주었다. 그리고는 자리에서 벌떡 일어나 그녀의 손목을 잡아끌었다.

"이제 모든 사람이 당신 착한 거 알았으니까 그만하고 땡땡이 치자, 나랑."

우성이 거부할 수 없을 정도로 매력적인 미소를 지어 보였다.

"어디 당신이 그토록 원하던 그때로 돌아가 보자고."

우리는 의아한 얼굴을 하고 그에게 잡혀 어딘가로 끌려갔다.

이 회장은 수심에 가득한 얼굴로 서재를 지키고 있었다. 검지로 턱을 톡톡 두드리는 그의 움직임은 자신이 앞으로 어떤 행동을 취할지 깊이 고민하고 있다는 것을 보여주고 있었다.

이 회장의 시선이 서재 책상 위에 놓인 파일에 꽂혔다.

"이제 어쩐담."

그의 목소리에 고뇌가 잔뜩 묻어 있었다.

"강성현, 이우성, 강성현, 이우성……."

반쪽 형제라고는 했지만 어쩜 이렇게나 다른지, 친하게 지내게 해주고 싶어도 친해지질 않고 사이만 더욱 악화되기만 하니 이제는 이 회장이 직접 움직여야 할 시점인 것 같았다. 더군다나 성현이 우성에게 준 상처를 한 번 눈감아준 것만으로도 이 회장은 힘겹게 살아왔던 아들에 대한 나름대로의 인정(人情)을 베풀었다고 생각했다.

"욕심도 많고, 분수도 모르고, 멍청하기까지 해. 대체 누굴 닮아 그런 건지."

이 회장은 깊은 한숨을 내쉬며 정 비서를 통해 건네받은 파일을 만지작거렸다.

"당장 눈앞에 있는 것만 보고 더 먼 미래를 보지 못하는 녀석에게 기업을 맡길 수는 없지. 그게 계열사라고는 해도. 더군다나 이 자료가 사실이라면…….

이 회장의 얼굴이 순식간에 어두워졌다. 정 비서를 통해 건네받은 이 파일이 누구에게서 나온 것인지 알고 있는 이 회장은 알 수 없는 얼굴을 하고 고개를 저었다.

"멍청한 녀석. 포기하는 법을 알아야 더 높은 곳으로 올라갈 수 있다는 걸 모르는 녀석."

같은 시각, 성현은 자신의 비서에게서 연락을 받고 사색이 된 얼굴로 사무실 한가운데 멀거니 서 있었다.

"뭐요? 아버지께서 아셨어요? 어떻게요? 그렇게 될 때까지 김 비서님은 대체 뭘 하신 겁니까?"

성현은 애꿎은 김 비서에게 고함을 치다가 무턱대고 전화를 끊어버렸다. 그는 초조한 얼굴로 사무실 안을 서성이다가 다시 핸드폰을 집어 올렸다. 전화가 연결되기를 기다리던 그는 한참을 기다려도 전화가 되질 않자 다급히 문자를 찍었다.

「제게 이러시면 안 될 텐데요. 저, 이우성에게 곧장 갑니다.」

문자를 보내고 1분도 채 지나지 않아 상대방에게 전화가 걸려왔다. 그 전화를 다급하게 받은 성현이 고함을 질렀다.

"어머니!"

[내가 그 호칭, 싫다고 하지 않았니? 다짜고짜 그게 뭐니? 너, 지금 나 협박하는 거니?]

"도와주세요."

[뭘 말이니?]

고 여사였다. 성현의 문자가 영 마음에 들지 않았는지 그녀의 목소리는 신경이 곤두서 있었다. 하지만 예전처럼 그 억양에 신경 쓸 여유가 있는 성현이 아니었다. 그는 다짜고짜 고 여사에게 전화를 건 본론부터 꺼냈다.

"아버지 귀에 들어간 것 같아요."

[글쎄 뭐가 말이냐?]

"탈세와 횡령이오."

[……그런 짓을 감쪽같이 저지르다니. 너도 생각했던 것과 달리 꽤 간이 크구나. 그걸 내가 몰랐네.]

"어머니."

[네가 저지른 일은 네가 수습해야 하지 않겠니? 세상에 영원한 비밀 따윈 없다는 걸 알고 있다면 언젠가 이 회장님 귀에 그 소식이 들어갈 미래에 대한 계획도 해놨어야지.]

"어머니!"

[그만 불러. 안 그래도 주변 사람들, 내가 네 계모인 거 다 아니까 다시 한 번 확인시켜 줄 필요 없잖아?]

날카로운 고 여사의 대구에 성현은 나직한 목소리로 이를 갈았다.

"이대로 가만있진 않을 겁니다."

[그럼 어쩌려고?]

"어머니께서 무슨 부탁을 제게 하셨는지, 다 말할 겁니다."

은밀한 그의 속삭임에 수화기 너머에서 잠시 침묵이 흘렀다. 천 년 넘게 묵은 여우나 다름없는 고 여사가 무슨 생각으로 어떤 패를 꺼낼지는 쉽게 예상할 수 없었다. 한 가지 확실한 것은 고 여사도 두 사람의 거래를 알리고 싶진 않을 거라는 것이었다.

하지만 성현의 예상은 빗나갔다.

[글쎄. 내가 무슨 부탁을 했더라. 나이가 드니까 이렇게 깜빡깜빡해요. 노인네 기억력이 그렇지 뭐.]

"어머니께서 부탁하셨죠. 우성이 이미지를 정리할 수 있게 손을 써달라고. 그럼 어머니께서 절 받아주시겠다고. 하지만 어머니는 절 받아주시지 않으셨어요. 약속을 어기셨죠."

[누가 들으면 오해할라. 난 우성의 형인 네게 그 아이를 잘 설득해서 그 여자와 헤어지게 해줬으면 하고 바란 거란다. 물론 부탁일 수도 있지. 하지만 내가 언제 그런 방법으로 헤어지게 하라고 했니? 그 아이와 결혼하라고 떠밀든? 모든 것은 네 선택이지 않았니? 그리고 한 가지 더. 널 받아준다는 것은 널 가족 모임에 참석하게 해주겠다는 의미였잖니. 더불어, 고맙다고 인사까지 한 것 같은데.]

"아파트 한 채, 말씀하시는 겁니까?"

고 여사는 대답 없이 비릿하게 자신의 손에서 놀아난 성현을 비웃었다.

[우성이에게 말하든, 이 회장님에게 말하든. 난 아무 관심 없다. 네가 그런들 뭐 하나 달라지는 건 없을 거야. 이미 벌어질 대로 벌어져서 더 벌어질 수 없을 정도라는 거, 알지 않니?]

그 말을 끝으로 고 여사는 일방적으로 통화를 종료했다. 남은 것은 무자비하게 당한 성현의 절규였다.

"윽, 젠장!"

때맞춰 비서에게 전화가 걸려왔다. 용건은 단 하나.

[이 회장님께서 보자십니다.]

우성이 우리를 끌고 간 곳은 명동 시내 한복판이었다. 좁은 골목길로 굽이굽이 들어가 유료 주차장에 멈췄을 때, 우성은 양손으로 얼굴을 가리고 바들바들 떨고 있는 우리를 바라보며 맥 빠지는 웃음을 내뱉었다.

"지금 시험 보러 가? 인터뷰 면접하러 가나?"

"그런 것보다 훨씬 더 긴장돼요."

"허, 참. 그 많은 임원들 앞에서 프레젠테이션할 때엔 떨지도 않았으면서 왜 지금 그런대? 내가 옆에 있어서 떨리는 건가?"

우성이 기어를 바꾸고 시동을 끄며 옆 좌석에 앉아 불안한 눈빛으로 창 너머를 둘러보는 우리를 향해 몸을 돌렸다. 귀여워 한마디 한 것뿐인데 우리는 얼굴을 팩 돌려 그를 쏘아보더니 불만스럽게 중얼거렸다.

"진짜. 완전 자기애 강해. 자신을 과대평가하지 말죠, 좀?"

"남편이, 아내가 자신을 어떻게 생각할지에 대해 과대평가 좀 하는 게 뭐 어때서. 하면 안 돼? 정말 영 아니야? 당신 생각엔 내가 완전 별론데 지금 착각하는 거야? 응? 그래?"

"왜, 그렇게 정색을 해요?"

"말해봐. 진짜 아니면 이제 안 해. 하향조정 하겠다고."

거침없이 밀어붙이는 우성의 태도에 주춤한 우리가 멋쩍게 중얼거렸다.

"아니, 뭐. 꼭 그런 건 아니지만."

"그치? 너무 정곡을 콕 찔러서 괜히 투정 한번 부려본 거지?"

"말을 해도 꼭. 그래요! 정곡을 찌르니 괜히 부아가 치밀어서 한번 해봤어요. 됐어요?"

"응. 됐어. 듣기 좋네."

마지못해 인정하고 말았건만 그조차도 좋은지 우성이 소년처럼 씩 웃었다. 그의 미소가 햇살처럼 눈부시다는 걸 왜 여태 모르고 있었는지 의아할 정도였다. 천진난만하면서도 싱그러운 웃음에 우리는 저도 모르게 그를 따라 웃고 말았다.

우성이 운전석에서 내리더니 빠르게 조수석으로 다가와 문을 열어주었다.

"자, 내리시지요. 자기."

그 좋은 매너에도 우리는 쉽사리 발을 떼지 못하고 머뭇거리다 우성을 올려다보았다.

"우성 씨, 나 아무래도……."

그녀의 말에 우성의 이마에 주름이 잡혔다.

"어허. 우성 씨?"

"왜, 왜요?"

예상치 못한 지적에 놀라 우리의 눈이 순식간에 커졌다. 하지만 어렵지 않게 그 이유를 떠올린 우리는 짧게 아, 하고 탄성을 내뱉었다.

"노력, 하게 될 거야. 당신이 여보라고 부르지 않으면 대답하지 않을 생각이거든."

그 말이 진심이었나 보다. 이런 순간에서까지 그 점에 포커스를 맞추는 우성 탓에 우리가 답답하다는 듯 얼굴을 찌푸렸다.

"진짜. 이 사람이?"

"그런 '이 사람이' 라는 호칭도 듣기 나쁘진 않지만 그건 우리의 60대를 위해 미뤄두자고. 자, 이삼십대 우리의 호칭은?"

"여……."

"나 대답 안 할 거야."

"요즘 누가 그런 떼를 써요? 유치원생도 웃고 가겠네."

우리가 운을 떼려다 말고 우성을 바라봤다, 아주 간절히. 한 번만 봐달라는 마음을 가득 담은 그녀의 눈망울을 알아주길 바라면서. 하지만 그걸 아는지 모르는지, 그는 미묘한 미소만 지으며 우리를 재촉했다.

"부끄러워서 그러는 거지?"

"누가요?"

"누구긴 누구야, 태우리 여사지. 부끄럽지 않으면 왜 못할까?"

"해요. 할 수 있어요!"

"Please."

단호하기 짝이 없는 우성의 얼굴을 보건대 절대 물러나지 않을 것 같다. 그 생각에 우리는 깊게 숨을 들이마시고는 그녀에게만큼은 힘겨운 한마디를 가까스로 내뱉었다.

"여보."

한 번 말해보니 다음은 쉬웠다.

"여보, 여보, 여보, 여보! 이제 됐어요?"

그 달콤한 단어를 윽박지르듯 토해낸 그녀는 임무를 완수한 사람처럼 뿌듯한 얼굴을 해 보였다. 그 모습을 가만히 지켜보고 있던 우성은 고개를 절레절레 저으며 그녀의 손을 잡아당겼다.

"잘할 수 있으면서 그러네."

그래, 처음은 이 정도면 됐다.

우성은 고개를 숙여 그녀의 입술에 가만히 입을 맞췄다.

"포상."

두 눈을 동그랗게 뜨고 있는 우리를 향해 키스의 목적을 설명한 우성이 맞잡은 손에 힘을 주고 그녀를 조수석에서 끌어 내렸다.

"자, 이제 내릴까?"

"당신……."

"왜?"

"알면 알수록…… 참 의외인 남자예요."

"예상할 수 없는 것일수록 자꾸 알고 싶어지는 법이고, 예상에 빗나가는 사람일수록 더 매력적인 법이지. 그건 당신도 그래, 자기. 까도, 까도 새로운 태우리 여사의 다음 행보가 참 궁금하다고."

우리는 조수석에서 땅에 발을 내딛고는 자신의 발을 물끄러미 바라보았다. 하이힐, 혹은 구두에만 휩싸여 있던 발이 납작한 스니커즈에 감싸여 있는 모습이 퍽 낯설면서도 신선했다.

이왕 하는 거 확실하게! 그렇게 외치며 단화를 고르던 우성의 얼굴이 웃음을 자아내게 만들었다. 그렇게 고른 형광 핑크색 단화, 그리고 그에 맞추듯 고른 형광 녹색 단화. 두 쌍의 운동화가 눈부시게 빛나고 있었다.

아주 잠시 한눈을 팔고 있던 우리를, 우성이 잡아끌었다. 그에게 끌리듯 자리에서 일어난 우리는 그가 내미는 팔을 물끄러미 바라보다 덥석 팔짱을 꼈다.

그래, 태우리. 오늘 하루 완전히 나를 벗어던지는 거야!

10년 전으로 시간을 되돌려 지금의 고리타분한 태우리도 없애고, LH그룹의 태우리도 없애고, 그녀가 그토록 바라던 평범한 삶의 한 소녀로.

지금은 누가 봐도 그렇게 보였다. 잘 어울리는 노안의 고등학생 커플로.

"가자, 내가 잘 아는 떡볶이 집이 있어."

교복을 입은 삼십대의 우성이 거만하게 지껄였다. 그런데도 그 모습에 가슴이 뻐근할 정도로 옥죄어왔다.

"정말요?"

교복 차림의 이십대 우리는 천진난만하게 되물었다. 이 세상에 의지할 것이라고는 이우성, 믿을 것이라고는 또 이우성. 이우성 선배밖에 없다는 눈빛을 하고 묻자, 우성은 턱을 치켜 올리며 대꾸했다.

"100년 전통을 자랑하는 곳이지. 맛있게 하는 데야. 가래떡을 프랑스에서 산지 직송을 해서 오고, 이태리에서 재배한 고추로 만든 고추장이 맛있는 곳이지."

파하핫!

우리의 입에서 처음으로 탄산수같이 발랄한 웃음이 터져 나왔다. 그녀의 웃음에 탄력을 받은 우성이 더욱 진지해진 얼굴을 하고 검지로 그녀의 뺨을 톡 두드렸다.

"너무 맵다 싶으면 우유 한 잔 시켜줄게. 난, 내 여자에게는 따뜻한 남자니까."

"어휴. 허세 그만 부리고 어서 가요. 솔직히 모르죠? 어느 집이 잘하는지?"

"먹으러 다녀봤어야 알지. 이럴 줄 알았으면 명림호텔 주방장에게 주문할 걸 그랬어. 최고로 맛있는 떡볶이를 만들어 내어놓으라고."

"그거야 돌아다니면서 천천히 알아보면 될 일이고요."

"나랑 같이?"

"그럼 누구랑 다니라고요."

대충 봐도 이십대 후반이지만 감성만큼은 십대로 돌아간 두 사람은 이제부터 온전히 서로를 모르던 때로 되돌아갈 참이었다.

소녀 우리와 소년 우성의 만남이었다.

14

'진짜' 고등학생들은 사복을 입고 돌아다니는데 정작 '가짜' 고등학생들은 교복을 입고 돌아다니는 불편한 진실에, 그들 틈에 섞여 이쑤시개로 떡을 골라 먹던 우리가 조용히 우성의 옆구리를 찔렀다.

"좀, 그렇지 않아요?"

"뭐가?"

"이 나이에 이 차림. 이런 발상은 어디서 영감을 받는 거예요?"

"지금 나랑 이러고 다니는 게 창피하다, 이 말씀이신가?"

"그럼, 이게 맞는 차림이라고 생각해요?"

"맞는 차림이 어디 있어? 입고 싶으면 입고, 아니면 아닌 거지."

남의 시선이 어떻든 신경 쓰지 않고 당당하게 구는 우성의 모습을 물끄러미 바라보고 있던 우리가 고개를 저으며 가볍게 웃었다.

"왜 그렇게 웃는 거야?"

"그냥요."

"그냥 내가 유치하고 웃겨서?"

"아뇨."

"그럼?"

"부러워서요."

"부러워?"

"아버지가 하라면 하라는 대로, 누가 이 길이 옳은 길이라면 그 길을 걸어온 나에 비한다면 당신은 훨씬 가치 있고 행복한 삶을 산 것 같아요."

　우리가 자신이 살아왔던 무미건조했던 삶을 되돌아보며 씁쓸하게 미소 짓자 우성은 검지를 튕겨 우리의 이마에 명중시키고는 고개를 살래살래 저었다.

"당신은 늘 생각을 너무 많이 해."

"그게 나인 걸 어떡해요?"

"이젠 좀 줄일 필요가 있다고. 조금은 곧이곧대로, 간단하게 생각하고 받아들여 봐."

　우성은 우리를 따뜻한 시선으로 바라보며 그녀의 머리를 다정하게 쓸어주었다. 그 느낌에 우리가 시선을 들어 그를 바라봤다. 두 사람의 눈빛이 허공에 부딪히는 순간, 형용할 수 없는 감정이

폭포처럼 쏟아져 나와 교환이 되었고 두 사람은 급하게 숨을 멈추며 그들의 세계로 빠져들었다. 물론 그 세계는 오래 유지되지 못했다. 주변을 오가는 왁자지껄한 사람들의 목소리에 놀라 황급히 고개를 돌린 두 사람은 난감하다는 듯 입맛을 다셨다.

먼저 입을 연 것은 우성이었다.

"그렇게 소원이던 떡볶이도 먹었는데 이제 뭘 할까?"

"뭘 해야 할까요?"

값을 계산하고 천막 밖으로 나온 우리가 떡볶이로 인해 화끈한 입안을 환기시키고자 숨을 내뱉자 부쩍 차가워진 공기에 하얗게 입김이 나왔다.

"날이 꽤 추워졌어요."

우리가 몸을 부르르 떨자 우성이 우리의 손을 덥석 잡았다.

"뭘 해야 할지 모를 땐 일단 손부터 잡고 걷는 거야."

우리의 손이 차가웠다. 입김까지 불어 넣으며 교복 재킷 주머니 속으로 그녀의 손을 숨겨주자 우리가 눈을 가늘게 뜨고는 우성을 올려다봤다.

"낯설다. 데이트 많이 해보셨나 봐요."

"데이트를 많이 해봤으면 코스 A, B, C, 그도 아니면 D까지 만들어놓고 알아서 모셨겠죠?"

우성이 장난스럽게 말하자 그의 말에 일리가 있다고 생각이 들었는지 우리가 별 의심 없이 고개를 끄덕였다. 그때, 우성의 핸드폰이 울렸다.

"잠깐만."

정 비서의 이름을 확인한 우성이 우리에게 양해를 구하고 그녀에게서 조금 떨어졌다. 그는 우리가 여유롭게 주변을 둘러보는 것을 바라보며 조그만 목소리로 대답했다.

"네."

우리에게 말을 할 때와는 사뭇 다른, 얼음처럼 차갑고 냉랭한 목소리가 퍽 사무적이었다.

[강성현 군이 이 회장님을 만난 것 같습니다.]

"그래요? 아버지께 그 서류는 보내 드렸고요?"

[네, 보여 드리고 얼마 지나지 않아 회장님께서 성현 군을 부르셨습니다.]

"알겠어요. 상황은 어떻니까?"

[썩 좋지 않은 것 같습니다. 회장님께서 강성현 군을 포함하고 있는 유언장을 수정하신 것으로 압니다. 더불어 전문 경영인을 들여 강성현 군의 자리를 대신할 거라는 전망이라고 합니다.]

"어머니껜 연락 안 했고요?"

[도움을 청한 것 같습니다만, 고 여사님께서 응하시지 않은 것으로 압니다.]

정 비서의 보고를 들으며 우성은 깊은 한숨을 숨긴 채 비릿한 냉소를 뿜어냈다. 이미 오래전, 고 여사와 강성현의 거래는 보고 들었던 우성이었기에 그렇게 놀랄 일은 없었다. 다만 회의감이 들었을 뿐이었다.

어머니 역시 원하지 않는 결혼으로 불행한 삶을 살고 있다고 주장하는 바, 그런 어머니가 자신의 사랑을 이해해 주지 못한 것과 더불어 강성현의 농간에 두 연인이 놀아나 처참히 부서지고 말았다는 점. 그렇게 치밀하지 못한 계획에 부서질 정도로 두 사람의 신뢰와 사랑이 약했다는 점. 그 모든 것이 우성을 기운 없게 만들었다.

　뭐, 다 옛날 일이다.

　[괜찮으시겠습니까?]

　"뭐가요?"

　[정말 끝인 것 같습니다.]

　"그런 거라면 벌써 후회 중이에요. 2년 전에 이미 끝냈어야 했다고."

　이제야 모든 것이 제자리로 돌아오는 것일까? 우성은 자신의 주변이 차차 정리되고 있다는 것을 느끼며 무슨 일 생기면 보고하라는 말을 끝으로 정 비서와의 통화를 끊었다. 그리고 고개를 돌려 우리를 바라보았다. 눈이 마주치자마자 생긋 웃어주는 그녀의 얼굴에 몸을 가득 채우던 허무가 사라지는 것을 느꼈다.

　우성이 기합을 넣고 우리가 서 있는 곳으로 다가갔다. 그리고는 이제 허전해진 자신의 손을 쥐었다 펴락 하며 우리에게 손을 내밀었다.

　"전화는 잘 했어요?"

　"음, 손 주세요."

"중요한 일이면 그만 가요, 우리."

"중요한 일 아니었어요. 손 주세요, 자기."

우성이 보채자 우리가 하는 수 없이 그의 손 위에 자신의 손을 겹쳤다. 우리의 손가락 사이에 손가락을 넣고 깍지를 끼운 우성은 만족스럽게 웃으며 맞잡은 손을 흔들어 보였다.

"당신 손은 꼭 담배 같아."

"장갑도 있고, 주머니도 있고, 다른 좋은 것들 다 놔두고 하필 담배?"

"안 잡으면 허전하고, 허전해서 생각나고, 그래서 자꾸 손에 쥐게 되는. 이러다 습관 될 것 같아."

우성이 잡은 손을 허공으로 들어 올리고는 씨익 웃어 보였다. 그 웃음이 꼭 소년처럼 시원하고 발랄했기에 우리는 별다른 말 한마디 하지 못한 채 또 져주고 말았다.

"습관 되면 좋지 뭐. 대신 담배는 좀 끊죠?"

"담배 안 피우는데?"

"거짓말. 손에 담배 냄새 나는데?"

우리는 마주 잡은 손을 코로 올리고 킁킁, 냄새를 맡았다. 그녀의 콧방울이 그의 손등 위에 스쳤다. 간지러운 느낌에 그녀에게 잡힌 손을 자신에게로 끌어당긴 우성은 그녀의 콧방울이 스친 자리에 코를 묻고 냄새를 맡았다.

"오랫동안 피워서 냄새가 뱄나? 그런데 정말이야. 끊은 지 꽤 됐어. 병원에서 나온 뒤론 모든 약물은 다 끊었거든."

대수롭지 않게 툭 던진 말인데 우리에게는 별다른 반응이 없다. 대화 도중 자연스럽게 자신의 과거를 터놓을 생각이었던 우성은 잠잠한 우리의 표정에 멋쩍게 웃었다.

"놀라지 않는 걸 보니 다 아는 모양이네?"

난감해진 우성의 표정에 우리가 발랄한 목소리로 화제를 돌렸다.

"아, 이러니까 참 새롭긴 하네요."

"말 돌리기는. 뭐, 이해할게. 나도 당신 조사 안 한 것, 아니니까."

"좋잖아요. 서로 알아가는 시간도 줄이고."

"대신 알아가는 재미를 못 느끼겠지."

"정보를 안다고는 해도 사람 자체를 아는 건 아니니까 사람 알아가는 재미는 있을 것 같은데?"

그렇게 말한 우리가 그의 손을 잡아끌었다. 그리고는 천천히 인파를 헤치며 걷기 시작했다. 무언가를 특별히 하지 않아도 함께 손을 잡고 걷고 있는 지금, 자신의 의지로 자신에게 주어진 시간을 즐기고 있다는 사실에 감개가 무량할 지경이었다.

"나에게 언제 이럴 때가 있었나 싶기도 하고, 그 시절로 돌아간다면 좀 더 청춘을 만끽하며 살고 싶다는 생각도 들고. 왜, 어른들이 꼭 하는 말이 있잖아요. 그때가 좋은 거라고. 그땐 어서 커서 어른이 되고 싶었는데 막상 어른이 되니까 그때로 돌아가고 싶은 거 있죠."

"그래? 난 당신이랑 함께 있는 지금이 딱 좋은데."

"난 그때로 돌아간다면 첫사랑도 한번 해보고 싶어. 방송반이나 선도부 선배를 짝사랑하다가 고백도 한번 해보고."

하늘을 걷고 있기라도 한 것처럼 우리의 목소리가 몽환적이었다. 이우성은 제외된 핑크빛 삶을 꿈꾸는 그녀의 눈빛에 묘하게 부아가 치민 우성은 그녀의 첫사랑마저 탐냈다.

"흠흠. 우성 선배, 해봐."

"언제는 여보, 하라더니."

"휘어지는 법도 좀 배웁시다. 사람이 융통성이 없어."

어차피 태우리가 간드러진 목소리로 선배, 하고 불러줄 거라고 기대하지 않았기에 우성은 쉽게 포기를 했다.

"매운 거 먹으니까 단 게 당기네. 찐빵, 콜?"

"찐빵이요? 갑자기 왜……."

그가 한 번 더 부탁한다면 못 이기는 척 선배, 하고 불러줄 요량이었던 우리는 아쉬운 듯이 중얼거리며 그가 가리키는 곳으로 시선을 돌렸다. 찜통을 탑처럼 쌓아놓고 새하얀 김을 뿜어대는 찐빵 가게를 바라보는 순간, 우리는 아찔해져서 그 자리에서 멈춰 섰다.

"왜?"

그녀가 걸음을 멈추자 우성이 고개를 갸웃거렸다.

"들어가게요?"

"날씨도 쌀쌀해졌으니까 따뜻하게 안에서 먹는 게 좋지 않겠어? 왜, 찐빵 싫어해?"

"그게 아니라……."

우리가 나지막한 한숨을 내쉬고는 고개를 들어 우성을 바라봤다. 그리고는 그의 손을 끌고 길가 벤치로 가 앉았다.

"연기 트라우마가 있어요."

"뭐? 어쩌다……."

"예전에…… 아버지를 따라 일본으로 출장 갔을 때, 호텔에서 화재가 난 적이 있어요. 아버지와 싸우고 혼자 호텔방에 처박혀 있을 때 일어난 일이었죠."

우리는 애써 덤덤하게 중얼거렸다. 그녀가 꺼내놓는 말에 우성이 심각해진 얼굴로 입을 꾹 다물었다.

"그렇게 심각한 얼굴은 하지 말아요."

"그래서, 그래서 어떻게 된 건데?"

"엘리베이터는 멈추고, 화재경보는 끊임없이 들려왔죠. 아무래도 안 되겠다 싶어서 비상계단을 타고 내려가는데 출입구에서 큰 불이 났어요. 연기를 마시고 질식해서 이틀 동안 혼수상태에 빠져 있었어요. 그 후로 이래요."

우리의 말에 우성이 가만히 그녀를 끌어안았다.

"힘들었겠다. 그래서 그때 정신과 상담실에서 마주친 건가?"

"뭐, 그런 것도 있고 또 시간 날 때면 들러서 정신 건강도 체크하는 편이고요. 알다시피 우리 같은 사람들은 정기적으로 정신 건강 체크를 해봐야 하잖아요? 워낙 배신과 음모가 난무하기도 하고, 상식적으로 일어나기 힘든 일들을 겪기도 하니까."

그녀와 정신과에서 마주친 일이며 아침마다 그녀가 먹던 약의 정체가 이런 것이었다는 생각에 우성은 마음이 아팠다. 정신적인 고통은 눈에 보이지 않는 살인마라는 생각을 갖고 있는 그였기에 그녀의 고통 역시 이해할 수가 있었다.

"이게 전부야?"

"무슨."

"태우리의 껍질을 다 깐 건가 싶어서. 내가 모르는 건 이게 전부인 거야?"

우성의 물음에 우리가 고개를 들어 우성의 얼굴을 바라봤다. 날카로운 질문에 그가 화가 난 건가 싶어 걱정을 했지만 그의 얼굴은 그 어느 때보다도 부드러웠다.

"당신에게 가장 가까워야 할 사람이잖아, 나. 그런데 타인보다도 당신을 모르고 있는 것 같아. 노력할 테니 당신을 내게 알려줘. 뭐든 다 알고 싶으니까."

우성의 속삭임에 우리의 마음이 뜨끈하게 녹아내렸다.

어둠이 녹아내린 집 안은 고요했다. 인기척 하나 느껴지지 않고 온기 하나 돌지 않는 싸늘한 공간은 모델하우스를 연상케 할 정도로 근사했지만 그냥 그뿐이었다.

성현은 집이라는 인식도 없는 곳에 들어서면서 풀린 눈으로 안을 훑어보았다. 그가 오는 소리가 들리면 곧장 뛰어나오곤 하던 미지는 없었다. 그는 술기운에 비틀대면서 현관 센서 전등불에 의지해 벽을 더듬었다.

탁—!

벽에 달린 스위치를 켜는 순간, 어둠은 물러가고 환한 빛이 그 자리를 메웠다. 순식간에 쏟아져 내린 불빛에 눈을 찌푸린 그가 주변을 둘러봤다. 미지는 소파에 우두커니 앉아 인형처럼 고개를 돌려 그를 바라보았다.

"뭐야, 있었어?"

"왔어요?"

성현은 발갛게 충혈이 된 눈으로 수동적인 아내를 바라보다 고개를 돌렸다.

"나 샤워할 거야."

미지는 답하지 않았다. 그저 꼿꼿이 소파 한자리를 차지하고 지키고 있었을 뿐이었다.

"이봐, 수건은?"

메이드라도 되는 것처럼 성현이 원하는 것을 알아서 가져다주던 미지가 오늘은 얌전했다. 손 하나 까딱하지 않으려는 투로 자리에 앉아 날카롭게 반응했다.

"필요하면 당신이 꺼내 써요."

"뭐야, 앙탈을 부릴 거면 타이밍 잘못 잡았어. 지금 아버지에게 처참하게 깨지고 온 참이니까 다음에 해."

"내가 봐줘야 하나요?"

"뭐?"

"내가 당신의 그런 사정까지 알아야 하느냐는 말이에요."

미지의 퉁명스러운 대답에 비틀거리며 욕실로 향하려던 성현이 눈살을 찌푸린 채 그녀를 돌아봤다.

"애초에 당신은 날 이해하려는 노력이라도 했어요? 내 기분이 어떻든, 내게 어떤 일이 있었든, 상관조차 하지 않고 멋대로 하는 사람이었잖아요."

"이봐."

"설마 내 이름도 벌써 잊어버린 건 아니죠?"

"오늘따라 왜 이래?"

"오래전부터 이랬어야 하는데 너무 늦어버렸어요. 미련 때문에 미루고 미루다 지금까지 온 거잖아요."

미지는 성현과 눈을 제대로 마주치지 못한 채 바닥 한구석을 뚫어져라 노려보며 중얼거렸다. 목소리가 가늘게 떨리고, 눈망울에서는 금방이라도 눈물이 쏟아져 내릴 것 같았지만 그녀는 하던 말을 멈추지 않았다.

"그만해."

"그런 식으로 빠져나갈 생각은 하지 마세요."

"그만하라고 경고했어."

"이혼해요."

미지가 그토록 참고 숨기던 말을 어렵사리 꺼내놓았다. 그녀의 말에 성현은 혼란스러운 기색을 숨기지 못하고 미지를 바라봤다. 그때, 미지가 용기를 내어 고개를 들어 올리고 그를 똑바로 바라봤다.

"이혼해 줘요."

여태까지 쉽게 생각했고 자신보다 아래에 있다고 생각했던 여자가 그에게 이별을 요구하자 성현은 자존심에 흠집이 가는 것을 느꼈다. 억울하기까지 했다. 어쨌든 술에 취한 탓에 이성은 쉽게 멀어졌고, 감정적으로 변했다.

"이게 진짜!"

성현이 주먹을 들어 올린 순간, 미지가 반사적으로 양손을 내밀어 스스로를 감쌌다. 두 눈을 질끈 감고 날아올 주먹을 피해 고개를 숙인 순간, 콰아아앙—! 미지의 곁에서 무언가 박살이 나는 굉음이 들려왔다.

미지는 가늘게 몸을 떨며 감았던 눈을 떴다. 그녀의 앞에 있던 커피 테이블의 유리가 그의 손에 잡힌 꽃병과 함께 산산조각으로 부서져 있었다.

미지는 눈물을 흘리며 그를 바라봤다. 그녀의 앞에 처참하게 깨진 유리병이 자신의 머리통이었을지 모른다는 생각에 공포는 더욱 커졌다.

"도장 찍어줘요."

"누구 맘대로?"

"애초에 당신은 날 사랑한 게 아니었잖아요."

미지는 젖은 얼굴을 하고 억세게 그에게 대들었다.

"위자료는 받을 거예요. 한 푼에 한 푼까지 모두 받아 챙길 거예요."

"……대단하네. 대단해, 당신. 이런 여자였나?"

"당신에게 무시당했던 내 세월이 아까워서라도 돈은 챙겨야겠어요. 나도 먹고는 살아야죠."

미지는 자리에서 일어나 옆에 두었던 서류 봉투를 그에게 내밀었다. 성현은 얼떨결에 그녀가 내민 봉투를 들고 황망히 서 있다 이내 주먹을 불끈 쥐었다.

"당신이 원하는 게 진짜 이혼이야?"

"내가 작성할 수 있는 부분들은 다 작성해 놨어요."

막힘없이 대답하는 미지의 모습에 성현은 그녀가 오래전부터 준비하고 있었다는 것을 깨달았다. 그리고 잡아봤자 소용없다는 것 역시 눈치챘다.

그는 한참 동안 미지를 응시하고 있다가 분노가 가신 목소리로 중얼거렸다.

"그래, 그럼. 오래전부터 이용 가치는 없어졌고, 아버지에게 모든 권한을 빼앗긴 지금 이혼을 하지 않아야 할 이유도 없어졌으니까."

그 한마디로 숱한 감정과 많은 역사가 단번에 정리되었다. 성현은 안방으로 걸어가 서랍 한 귀퉁이에 던져 두었던 인감도장을 꺼내와 탁자 위에 던졌다.

"알아서 찍어."

그렇게 대꾸한 그는 곧장 욕실로 사라져 버렸다. 남은 미지의 눈앞에는 그의 도장만이 형편없이 나뒹굴었다. 낭랑한 소리를 내며 굴러가는 도장을 잡은 미지는 모든 것이 끝났다는 느낌에 두 눈을 질끈 감았다. 하지만 미련은 없었다. 오래전부터 마음 비우는 법을 연습한 그녀는 미련 없이 서류에 도장을 찍고 자리에서 일어났다.

"잘 있어요."

그녀는 성현 대신 그가 있는 욕실 문을 가볍게 쓸고는 그녀에게 고통스러운 기억뿐이 없는 집을 나섰다.

그녀는 복잡하게 꼬인 매듭을 풀어나가는 것 대신 가위로 싹둑 잘라 버리는 길을 택했다. 그녀는 서운함과 시원함이 번갈아 스쳐가는 얼굴로 집을 나서며 핸드폰을 꺼내 누군가에게 문자를 찍었다.

「나, 이혼하게 됐어.」

분명 수신인은 신경도 쓰지 않을 뉴스임이 분명했지만 그녀는 어리석은 미련과 실낱같은 희망에 마지막으로 매달려 보기로 했다.

❖

보글보글 뚝배기에서 찌개 끓는 소리가 정겹다. 구수한 된장 냄새와 함께 통통통, 칼이 도마를 두드리는 소리가 기분 좋게 귓가를 울리자 소파에 앉아 노트북을 두드리고 있던 우성의 입가에 미소가 맺혔다.

"왜 그렇게 웃어요?"

부엌에서 바쁘게 서성이던 우리가 스쳐 지나가던 우성의 미소를 본 모양이다. 그녀의 물음에 우성은 모니터에서 시선을 떼고 앞치마를 두른 우리와 힐끔 시선을 마주친 뒤 다시 모니터로 시선을 고정시키며 중얼거렸다.

"그냥. 좋으니까."

"뭐가?"

"평화로운 이 저녁이."

우성의 대답에 우리가 피식 웃고는 냉장고 문을 열고 애호박을 꺼냈다. 아직 칼질이 능숙하진 않아도 이제는 제법 요리하는 태가 나는 그녀가 호박을 썰었다. 통통, 도마 두드리는 소리가 듣기 좋았다. 그 소리를 듣고 있던 우성이 물었다.

"혹시 USB 있어? 나 필요한데."

"아, 내 가방에 하나 있을 거예요. 가져다줄까요?"

"그럼 고맙지만……."

우성이 무릎 위에서 노트북을 내려놓으며 정신없는 우리의 상황을 확인했다. 된장찌개는 타이밍이 중요하다며 집중하고 있는 그녀의 모습에 우성이 가만히 고개를 저었다.

"당신 모습을 보니 그냥 내가 가는 게 빠르겠어. 당신이 가방을 열어도 된다고 허락만 해준다면."

"물론이죠. 가서 봐요. 주머니 속에 있을 거예요."

"오케이. 맛있는 밥 해주세요, 오늘의 요리 당번."

우성이 자연스럽게 안방으로 들어가 그녀가 매일 들고 다니는 서류 가방을 열었다. 앞주머니와 속주머니를 뒤져 봐도 USB를 찾을 수가 없자 우성은 열린 문틈으로 고개를 돌려 소리를 높였다.

"자기, 주머니 속에 없는데?"

"그럼 서류 봉투 안에 있나? 봉투나 파일 속에 있을지도 모르니까 잘 만져 봐요."

"알았어."

우성이 서류 봉투를 만져보다 USB가 들어 있는 봉투를 찾아냈다. 그 봉투를 꺼내 입구를 열어 거꾸로 쏟아내는데 마침 그의 바지 뒷주머니에 있던 핸드폰이 울렸다. 우성은 봉투에서 떨어진 USB를 주우며 그 틈을 비집고 나온 서류를 보고 눈살을 찌푸렸다.

"이게 무슨……."

우성은 서류에서 눈을 떼지 않은 채 울리는 핸드폰을 꺼냈다. 그리고 눈을 돌려 핸드폰 액정에 뜬 문자를 확인했다.

「나, 이혼하게 됐어.」

미지에게서 온 문자였다. 그 문자를 확인한 채 망연자실, 자리에 주저앉아 있는데 우리가 젖은 손을 앞치마에 문질러 닦으며 안방으로 들어왔다.

"아직 못 찾았어요?"

"아니, 찾았어."

"그랬음 얼른 나오지. 다 차려놨는데. 찌개랑 밥이랑 다 식어
요."

우리가 앞치마를 벗으며 우성을 재촉했지만 따라 나오지 않는
그로 인해 그녀의 걸음이 멎었다.

"왜 그래요? 무슨 일 있어요?"

우리가 심각한 얼굴로 일어날 생각조차 하지 않는 우성을 돌아
다 봤다. 그녀의 물음에 우성이 조용히 중얼거렸다.

"이미지, 강성현이랑 이혼한대."

"그게 무슨……."

"방금 문자가 왔어."

그 말에 우리의 걸음이 단번에 굳어버렸다. 그녀는 함께 난감해
진 얼굴로 우성을 돌아보았다. 충격을 받고 놀라 생기마저 잃어버
린 그의 모습에 가슴이 찢어질 것처럼 아파왔다.

이미지. 그 세 글자가 주는 여파가 아직까지 커다랗다는 생각에
꼭 보이지 않는 벽과 상대하는 기분이 들었다. 샘솟던 애정이 순
식간에 무너지는 느낌에 절망에 빠질 때 즈음, 우리가 힘겹게 물
었다.

"그것 때문에 이러는 건가요?"

"차라리 그랬으면 좋겠네."

"그럼 왜……."

우리의 질문에 우성이 자리에서 일어나 서류 봉투를 그녀에게 내밀었다.

"이거."

그제야 우리는 우성이 들고 있던 봉투를 알아채고, 그 봉투 안에 무엇이 들어 있는지 깨달은 순간 난감함에 입술을 깨물었다.

"혼인신고는 어떻게 할래요?"

"당신이 알아서 해."

혼인 신고서였다. 접수해야지, 생각하고 깜빡 잊어버린 서류였다. 물론 그전까지는 이 서류를 접수해도 좋을지 의문이 들기도 했다. 하지만 지금은 달랐다. 그랬기에 우리는 낭패감이 서린 얼굴로 눈앞에 내밀어진 혼인 신고서를 물끄러미 바라봤다.

"이건…… 달갑지 않은 비밀인데."

우성의 중얼거림에 우리가 고개를 들었다.

"잊어버리고 있었어요."

"고의성은 없고?"

"있을 리가 있어요?"

우리가 고개를 저으며 우성에게 바싹 다가가 그의 손을 붙잡았다. 그녀의 간절한 진심이 전달되기를 바라는 마음으로. 하지만 우성은 그녀에게 잡힌 손을 슬그머니 빼낸 뒤 퉁명스럽게 투덜거렸다.

"당신과 계속 솔직해지려고 노력했어. 당신을 알아가려고 노력도 했어. 그런데 지금은 당신이 무슨 생각을 하고 있는 건지 모르겠어."

"정말 잊어버리고 있었어요."

"가방 안에 넣어두고? 중요한 걸 잊어버릴 당신이 아니라는 것쯤은 이젠 잘 알아."

우성의 말이 맞았다. 해야 할 일을 잊어버린 역사가 없는 우리로서는 자신도 왜 이렇게 중요한 일을 잊어버리고 있었는지 이해가 가질 않았다. 그랬기에 대꾸할 말도 찾을 수가 없었다.

"정말 잊어버리고 있던 거라면…… 당신에게 난 그렇게까지 중요하지 않다는 말이 되는 거야."

우리는 그가 이렇게까지 화를 낼 줄은 몰랐던 터라 적잖이 당황했다. 그녀는 상처받은 표정의 우성을 물끄러미 바라보다가 진심을 담아 사과를 했다.

"미안해요. 하지만 내게 당신이 얼마만큼 중요한지, 잘 알잖아요?"

"알아."

"그럼 기분 풀어요. 내일 당장 접수할 테니까."

그녀의 말에 우성이 깊게 한숨을 내쉬었다.

"난 그냥 무심한 당신에게 삐친 거야, 지금."

우성의 솔직한 대답에 우리는 비집고 나오려는 웃음을 삼키려

고개를 숙였다가 얼굴을 들고 정색하는 표정을 했다. 그녀의 반응을 아는지 모르는지, 우성은 혼자 심각한 얼굴로 중얼거렸다.

"당신에게 내가 쉽게 잊어버릴 정도로 보잘것없는 것처럼 느껴져서 말이야."

"그전에 이미라는 여자 이야기는 왜 해요, 그럼?"

"화풀이."

우성은 조금 누그러진 얼굴로 투덜거렸다. 엄마의 사랑을 독차지하고 싶어 하는 어린 장남처럼, 우성은 퉁퉁 부은 얼굴로 중얼거렸다.

"겸 이제 난 아무 상관 없다고 증명할 수 있도록 자기에게 보고."

"아이, 예쁘네. 화 풀고 밥부터 먹어요, 우리."

"밥 먹고 해줄 거야?"

"뭘요?"

우리의 물음에 우성이 눈빛을 게슴츠레 떴다. 눈이 마주치기만 하면 찌릿찌릿, 온몸에 전율이 돌고 그대로 엎어지고 만다는 신혼부부의 기술을 사용하는 중이었다. 물론 어렵지 않게 남편이 원하는 바를 깨달은 아내 우리는 매섭게 그의 등짝을 때렸다.

"이상한 소리 말고 밥부터 먹어요."

"약속하기 전까진 안 먹어!"

"그럼 먹지 말던가."

열심히 상 다 차려놨건만 쓸데없는 이야기만 하고. 이제는 내가 서운하네요!

우리는 입술을 비죽거리며 안방을 나섰고, 그런 우리를 따라가며 우성이 소리쳤다.

"야속하다, 자기."

이대로 가다가는 밥도 제대로 얻어먹지 못할 것 같다는 슬픈 예감에 못 이기는 척 상 한자리를 차지하고 앉았다.

15

우리가 우성을 가장 가깝게 느낄 수 있는 순간은 그와 사랑을 나누고 난 바로 다음 순간이었다. 그녀를 끌어안은 채 그대로 무너져 내린 다음의 무게감, 그와 함께 곧장 일어나 티슈를 한 움큼 뽑아 와서는 그녀의 피부에 묻은 흔적들을 닦아주는 손길, 뒤뚱거리며 욕실로 향한 그녀가 팬티에 라이너를 부착할 때에 다가와 벗어놓은 옷들을 입혀주는 바로 그 순간. 우리는 우성의 배려와 사랑을 느꼈다.

속옷을 입은 채로 넓은 침대를 유영했다. 피곤함에 침대에 파묻혀 누워 있는데 물 한 잔 떠온 우성이 우리를 유혹했다.

"손가락 하나 까딱할 힘이 없어요."

"흐음. 내가 그렇게나 당신을 피곤하게 만들었다는 거지? 남자의 자부심이 하늘을 찌르는데?"

우성의 말에 우리가 픽 웃으며 손을 뻗었다.

"빨대 없어요?"

"웬만하면 그냥 일어나지?"

"으응, 힘들어."

"그럼 있다가 마셔. 여기에 놔둘게."

"지금 목이 마른데?"

우리의 투정에 우성이 고개를 절레절레 내저으며 그녀를 밉지 않게 흘겨봤다.

"어리광쟁이 다 됐네."

누워 있고는 싶고, 물 역시 마시고 싶으면…….

떠오르는 방법은 한 가지밖에 없었다.

"더럽다고 욕하지나 말라고."

그게 무슨 말이냐고 되묻기도 전, 물을 한 모금 들이켠 우성이 우리에게로 걸어와 곧장 그녀에게 입을 맞췄다. 우성의 입안을 가득 채우고 있던 물이 곧장 우리의 입안을 가득 채웠다.

"시원해?"

"으음."

"조금 더 줄까?"

차가운 물과 함께 뜨거운 혀가 입안을 훑고 나가자 우리는 입맛을 다시며 몽롱해진 눈빛으로 우성을 올려다봤다. 한 팔로 무게를 지탱하며 그녀를 향해 숙인 탓에 그의 팔과 가슴에 근육이 도드라져 있었고, 쇄골 역시 날렵하게 드러나 있었다.

우리의 시선이 자연스럽게 우성의 몸을 훑고 내려갔다. 브리프 위로 드러난 치골과 그 아래로 뻗은 탄탄한 허벅지가 그녀의 눈을 다시금 불태웠다. 그 순간 어디선가 뽀옹, 작고 경쾌한 소리가 났다.

"어? 자기, 방귀 뀌었어?"

우성의 물음에 우리가 고개를 저었다. 이불을 뭉갰던 탓에 소리가 난 것일까, 아니면 다른 이유로 인해 들린 소리일까. 소리의 원인은 알 수 없었기에 우리가 고개를 저었다.

"나 아닌데? 당신 아니에요?"

우리가 고개를 저으며 뒤척뒤척 엎드리자 우성이 그녀에게 몸을 겹치며 중얼거렸다.

"아닌데."

우성이 고개를 젓더니 이내 그녀의 등줄기를 따라 입을 맞췄다. 그리고는 움푹 들어간 그녀의 허리에 대고 부우우욱, 소리가 나게 바람을 불었다. 그러자 살갗과 입술이 만들어낸 압력, 그 묘한 느낌에 우리가 까르르 웃으며 몸을 비틀었다.

"에이, 거짓말까지 하네. 당신 소리 맞잖아."

"끼야악, 그만둬요! 그만두지, 아하핫! 간지러워요."

퍼억—!

간지러움에 발버둥을 치던 우리의 주먹이 우성의 이마에 꽂혔다. 결국 과도한 장난은 화를 불러일으켰다.

"아윽!"

"어머, 괜찮아요?"

우성이 얼굴을 감싸며 떨어지자 우리가 다급히 몸을 일으켜 세워 우성에게 다가갔다. 우리가 다가온다 해도 통증이 사라질 리 없었기에 두 사람은 한동안 장난을 멈추고 머리를 긁적거려야만 했다. 그러게 왜 장난을 쳐선, 우리의 탄식이 우성에게 향했다.

텔레비전 소리가 집 안을 가득 채웠다. 우성이 우리에게 한 방 맞고 잠잠해진 뒤, 거실로 나온 두 사람은 각자 소파와 1인용 의자를 차지하고 앉아 각자의 여가 시간을 보내는 중이었다.

우리는 소파에 드러누워 텔레비전을 시청하고, 우성은 1인용 의자를 차지하고 앉아 그 앞에 놓인 발판에 다리를 쭉 뻗은 채 태블릿으로 게임을 하고 있었다.

"게임 재미있어요?"

"응, 당신도 해볼래?"

"됐어요. 난 그냥 마음 편하게 드라마 시청이나 할래."

"드라마가 재미있어?"

"현실과 동떨어진 드라마를 볼 때, 다른 사람들은 우리 세계에 대해 이렇게 생각하고 상상하는구나, 재미있네. 그래요, 난."

"그렇다곤 해도 어쩌다 보는 거잖아."

"시간 날 때. 휴식이 필요하겠다 싶은데 집에는 있고 싶고 집이 너무 적막하다 싶을 때."

우성은 태블릿을 만지작거리다 말고 우리를 바라봤다. 그리고는 퍽 깜찍하게 태블릿을 들어 올리며 대답했다.

"나도 그래. 휴식이 필요하고, 잠을 자긴 싫고, 다른 레저는 귀찮고, 뭉개고는 싶지만 심심할 때 게임을 하지."

"에이, 거짓말. 요즘 꽤 빠져 있는 것 같던데."

"몬스터 키우는 거야. 해볼래? 재미있어."

"나한테 하트나 그만 보내요."

"하트 좀 주라. 정말 절실하다고. 이건 해본 사람만이 아는 감정이야."

우성의 말에 우리가 고개를 절레절레 저었다. 하지만 그런 그녀의 반응에도 우성은 꿋꿋이 게임을 하며 하는 도중 꾸준히 우리의 머리를 다정하게 쓸어주었다.

드라마가 중반을 향해 치닫는 무렵이었다.

"아악!"

우성의 비명에 우리가 황급히 일어나 그를 돌아보았다. 심장이 덜컥 떨어지는 느낌에 놀라 우성을 바라보며 물었다.

"뭔데요?"

그의 비명 소리가 예사롭지 않았다.

"왜요? 주식이 떨어졌어요?"

주식의 폭락 내지 기업의 매출에 큰 영향이 끼칠 뉴스가 났을 법한 비명이었기에 우리가 심각해진 얼굴로 묻는데 그녀를 돌아본 우성이 짤막하게 한마디 했다.

"수정 사용해서 몬스터 뽑았는데 다 2성 나왔어."

"난 또 뭐라고."

"난 5성을 원한다고."

아아, 그놈의 게임.

우리는 한심하다는 눈빛으로 우성을 바라보다가 한숨을 폭 내쉬고는 다시 자리에 누웠다. 그녀가 눕자마자 우성이 태블릿을 내려놓더니 자리에서 일어나 기지개를 켰다. 그 모습에 우리가 텔레비전에 시선을 고정시킨 채 물었다.

"게임은 왜 접고?"

"열쇠가 다 떨어져서 기다려야 해. 10분에 열쇠 한 개거든."

허, 참.

우리의 입에서 절로 탄식이 뿜어져 나왔다. 그녀는 다시 편안한 자세로 누워 있다가는 이내 양팔을 뻗으며 그를 불렀다.

"왜?"

"어서!"

"불러봐. 그럼 가줄게."

더럽고 치사하지만 원하는 사람이 약한 법, 우리는 애교 섞인 목소리로 그가 끔뻑 죽는 단어를 내뱉었다.

"여보, 한번 안아주고 가요."

"네에."

매직 워드, 여보. 그 한 단어가 주는 여파는 꽤 컸다. 그 말 한마

329

디에 고분고분한 양이 된 우성은 종종걸음으로 우리에게 다가와서는 그녀의 다리맡에 앉았다. 그리고는 그녀가 내민 양팔을 잡아 일으키고는 그녀를 무릎 위에 앉혔다.

"음, 좋다."

무릎에 앉힌 그녀를 꼭 안아준 그는 그녀가 갓난아기라도 되는 것 마냥 이리저리 흔들었다. 그의 목에 팔을 두른 우리는 그의 향기를 맡으며 흔들거리는 기분에 취해 스르르 눈을 감았다.

"아기들이 왜 잠을 자는지 알겠어. 이거 되게 기분 좋다."

몽롱한 기분에 사로잡힌 그녀가 중얼거리자 우성이 그녀의 뒤통수를 가만히 쓸어주며 물었다.

"우리도 아기 가질까?"

"아기…… 요?"

우성에게 그런 말이 나올 줄은 몰랐던 터라 적잖이 당황한 우리의 몸이 딱딱해졌다. 그녀는 양팔로 그의 어깨를 밀어 그에게서 벗어났다.

"진심이에요?"

"설마 농담이게?"

"아이, 좋아해요?"

"글쎄, 별로."

"그런데 왜……."

"당신과 나의 아이라면 좋을 것 같아서. 엄마가 된 당신도 보고 싶고, 아빠가 되고 싶기도 하고, 우릴 닮은 아이가 있다면 더 행복할 것 같고."

우성의 그 말이 예상 밖이었기에 그를 바라보는 우리의 눈빛에 두려움이 가득 찼다. 그녀의 머뭇거림을 읽은 우성은 난감해진 표정을 하고 중얼거렸다.

"왜, 별로야?"

"글쎄요. 아직 생각해 본 적은 없어서 좀…… 당황스럽네요."

"너무 부담은 갖지 마. 당신 부담 주려고 한 말은 아니니까."

금방 그 이야기에서 화제를 돌린 우성이었지만 그의 마음을 확실히 안 우리였기에 마음이 무거워졌다.

아이, 두 사람의 아이.

아이를 원하지 않는 건 아니었다. 그렇다고 원한다고 생각해 본 적도 없었다. 다만 두려운 것은 그 아이가 그녀와 같은 환경에서 자란다는 것, 그녀가 보고 배워온 것들을 똑같이 답습하게 될 것이라는 것. 그 점이 무섭고 또 미안했다.

"많은 것이 바뀌겠죠?"

"응?"

"아기가 생기면 말이에요."

"먼 미래야. 너무 복잡하게 생각하지 말자고, 응?"

"한 번도 생각해 본 적이 없어서 그래요. 지금에서야 든 생각인데 아이가 갑자기 들어설 수 있다는 걸 염두에 둔 적이 없다는 것을 깨달았어요. 그리고 그게 얼마나 무서운 일인지도요."

"뭐가…… 무섭다는 거지?"

"한 번도 생각해 본 적 없는 아이가 갑자기 생긴다는 건 그 아이의 탄생에 제대로 된 준비가 되어 있지 않다는 거잖아요. 내 몸이 변할 준비, 아이에 대한 지식, 내 삶이 뒤바뀔 것에 대한 준비, 그 모든 것이 말이에요. 그럼 그 아이가 참 불쌍할 거라는 생각이 들었어요."

"엄마가 되는 준비는 당신이 노력한다고 되는 것이 아니라 아이를 열 달 동안 품고 있으면서 저절로 되는 게 아닐까? 아이를 낳고 난 다음, 그 경험을 통해 천천히, 그리고 자연스럽게 엄마가 될 수 있을 거라고 생각하는데? 게다가 그 아이는 불쌍하지 않아. 어떻게 태어났든 아이의 탄생은 기적적인 일이야. 축복받지 못할 아이는 이 세상에 없다고."

"그런데도 난 무서워요."

우리는 무의식적으로 자신의 납작한 배를 매만지며 우성의 귀에 들리지 않게 낮은 한숨을 내쉬었다. 여자라면 누구나 하는 일이었지만 또 누구나 하기도 어려운 일임을 알고 있기에 우리의 가슴이 묵직해졌다. 더군다나 '여자'라기보다 기업의 총수 후계자로 자라온 우리는 누군가에게서 이런 쪽에 대한 이야기를 할 기회도 적었기에 퍽 낯설기만 했다.

그 사실을 잘 알고 있는 우성이 우리를 다독였다.

"이 이야기는 너무 갑작스러웠지? 그만하자, 오늘은 이제 됐어. 그보다 자기, 우리 여행이나 갈까?"

"여행이요?"

"신혼여행도 제대로 간 적 없잖아. 신혼여행 겸 우리 둘만의 시간을 갖자고. 어때?"

우성의 제안에 우리의 눈이 휘둥그레졌다. 물론 신혼여행이야 간 적은 없지만 우성이 이런 제안을 할 줄은 꿈에도 생각지 못했던 그녀였기 때문이었다. 그녀는 기쁨이 밴 얼굴로 떨떠름하게 대답했다.

"여행, 좋죠. 그런데 시간을 뺄 여유가 있을지. 알다시피 우리 회사가 아직 불안정해서 내가 여행을 가고 할 여유는……."

"여유는 만들면 돼. 내가 말했지? 상사가 너무 지겹게 회사에 붙어 있는 것도 민폐라고."

"다음 달 경에 출장이 있을 예정이긴 한데."

"출장지가 어딘데? 출장지로 가지 뭐. 난 당신과 같이 있기만 하면 되니까."

"그렇게 말해줘서 고마워요."

우리는 부드럽게 웃으며 우성의 어깨에 가만히 고개를 기대었다. 그리고 며칠 후 아침, 우리는 중대한 결정을 내릴 수밖에 없었다.

"말이 씨가 된다더니……."

우리는 아침마다 복용하는 약이 든 통을 쥔 채 한참 동안 물끄러미 바라보고 있었다.

㈜나H그룹의 새 얼굴, 태우리 부사장.

직원들의 고충을 생각하고 옳은 사고를 하는 인재, 최저임금, 노동시간, 열악한 근무환경, 보험, 여자들의 육아 휴직 등 각종 보상과 직원들 복지에 중점을 둔 경영을 제시하다. 근본이 탄탄하지 않은 기업은 쉽게 무너질 수 있다는 철칙을 내세우며 기업의 근본, 즉 직원들의 복지에 신경을 써야 한다고 주장했다.

하지만 회사의 혜택을 악용할 수 있다는 점에서 제대로 된 타협점을 내지 못하는 것으로 판단이 되고 있다. 그 와중에도 태우리 부사장은 여직원들의 복지와 혜택만큼은 뜻을 굽히지 않고 있는 것으로 파악됐다.

"여직원 고용을 일정 숫자 유지하며 남자 직원들과의 동등한 대우, 더불어 육아 휴직 및 휴가에 따른 급여 지급 역시 논의 중이다."

현재 이런 사항들은 외국에서는 실질적으로 이루어지고 있는 복지들이지만 한국 대기업에서 실질적으로 행해질지는 미지수다.

……태우리 부사장의 행보에 귀추가 주목되는 바이다.

—KNN 뉴스 박연미 기자

㈜IH 사장실. 데스크에 앉아 컴퓨터 화면을 들여다보고 있던 우성이 바락 소리를 질렀다.

"와앗!"

정적이 산산조각으로 깨어지는 순간, 순간적으로 폭격이라도 맞은 것처럼 재인은 황망한 얼굴로 우성을 돌아보았다.

"무슨 일이야? 깜짝 놀랐잖아!"

심장 고동이 거세어지는 것을 손바닥으로 누른 재인은 짜증이 배인 얼굴로 자리를 박차고 일어난 우성을 바라봤다. 하지만 우성은 재인의 눈빛 따위는 관심도 없다는 듯 흥분한 얼굴로 태블릿을 가져와 재인의 코앞으로 내밀었다.

"이거 봤어, 삼촌?"

"뭔데 그렇게 호들갑이야?"

"봐봐, 이 기사."

우성의 호들갑에 재인이 미간에 주름을 잡은 채 들이밀어진 태블릿 화면을 물끄러미 바라봤다. 재인에게서 별다른 대답이 없자 우성이 다시 한 번 확인을 시켰다.

"우리 마누라 기사잖아."

우성의 말에 재인은 그게 뭐 그리 대수로운 일이냐며 심드렁하게 태블릿을 밀어냈다.

"뭘 그렇게 놀라? 네 마누라, 인터넷 검색하면 1분 만에 포털 사이트 창에 뜨고, 그에 따른 기사가 내리 몇백 개가 뜨는지 몰라서 하는 말이야?"

"우리 마누라, 자랑스러워서 그런다."

"뭐, 여성 복지? 야, 내가 총수라도 이건 반대다."

"왜?"

"남성 복지도 좀 주지? 우리의 잃어버린 근 3년의 시간에 대하여."

"삼촌."

"육아 휴직, 그에 따른 혜택, 좋다 이거야. 그런데 회사 경영은 어쩌고? 직원이 휴직하면 다른 인원을 보충해야 하고, 다른 사람이 적응해 잘해 나갈 때 즈음 돌아와서 간신히 안정된 분위기 다 깨고."

"그런 게 한국 기업의 고질병이다 이거야. 세계 선진국들 다 봐 봐. 직원 복지에 하나같이 앞장선다고. 여성들을 위한 육아 휴직? 1년 동안 임금 보장해 주고 1년 후에도 직장에 돌아와 잘 꾸려 나가. 그런데 왜 한국은 안 돼?"

"현실적으로 불가능해. 육아 휴직이 인정되고 나면 어떤 기업이 여직원을 뽑겠냐? 애초에 남자로 꽉 채우지."

거기까지 대답한 재인이 손을 살래살래 흔들었다. 다른 임원진에 비해 퍽 젊다고 할 수 있는 나이임에도 재인이 그렇게 말할 정도면 보다 위의 사람들은 어떤 식으로 생각하고 있을지 잘 알 수가 있었다.

우성은 탄식과도 같은 한숨을 내뱉으며 중얼거렸다.

"삼촌도 고리타분한 옛날 사람이구나."

"육아 휴직에 비용이 얼마나 드는지 몰라서 이러는구나? 이게 뭐, 만 원 던져 주면 끝나는 일인 줄 알아?"

그런 일이 아니기에 타협점을 찾는 것이 더욱 힘든 일임을 안다. 하지만 그런 일에 주저하지 않고 문제 제기를 하고 전면적으로 뜻을 밝히고 나선 우리의 첫 걸음이 자랑스러웠다.

"난 우리 태 여사와 같은 입장이네. 우리 태 여사, 멋져."

"그렇게 멋지면 나중에 너희 둘이 짝짜꿍해서 회사 물려받음 실천하던가. 지금은 안 될 거다."

"사람이 더 먼 미래와 안정성을 봐야지, 너무 코앞의 이익과 경제성만 본다. 빠른 발전엔 그만큼 좋은 것도 없지만 역시 얼기설기 올려 세운 건물이 무너지는 속도도 빠르지, 아마?"

우성이 콧방귀를 풍 뀌고는 인쇄 버튼을 눌러 기사를 뽑아냈다. 잠잠하던 프린터가 작동하는 소리에 재인은 다시 결재 서류로 시선을 돌리고는 고개를 저었다.

"회사 비품 개인적인 일에 멋대로 쓰지 마라. 윗선에 보고 올릴 거다."

"개인적인 일 아닙니다, 사장님. 우리와 친분이 두터우며 같은 프로젝트를 진행하고 있는 계열사의 부사장에 대한 조사입니다. 지피지기라고 하지 않습니까?"

"말을 못하면 밉지나 않지."

재인의 타박에도 우성은 기죽지 않고 프린트한 기사를 오려 스크랩북에 고이 모셔놨다.

"열부 나셨네, 아주."

"그치. 트랜스포머 저리 가라지."

"갑자기 뭔 트랜스포머."

"차가 로봇이 되는 것처럼 말도 안 되는 일이 나한테 벌어졌다고."

"개자식에서 열부로의 탈바꿈 말이냐?"

"신랄하기는. 뭐, 맞는 말이니까 부정은 안 해. 먼저 퇴근한다, 삼촌."

재인의 허가도 떨어지기 전에 쌩, 바람이 불 듯 밖으로 나가 버리는 우성이다. 그 모습을 지켜보고 있던 재인은 애정이 담긴 목소리로 투덜거렸다.

"말만 좋아 삼촌이지, 저건 뭐 멋대로 출퇴근 결정하는 것이 아주 상사야, 상사. 알아 모시는 중이다, 새끼야."

오후 5시. 회사에서 나와 차에 올라탄 우성은 우리와의 통화를 시도하다 원하는 대로 되지 않자 애꿎은 휴대폰에 화풀이를 했다.

"왜 이렇게 연락이 안 돼?"

그녀에게 집에 언제 오냐는 문자를 보내놓고 휴대폰을 조수석에 던져 버린 그는 곧장 차를 출발시켜 집으로 향했다. 정겨운 느낌이 강해진 집은 이제 딱딱한 느낌의 'HOUSE'가 아니라 진정한 의미의 'HOME, SWEET HOME'이었다.

기쁜 마음으로 단숨에 집까지 올라갔다. 집에 도착하고 나니 우리를 보고 싶다는 생각이 더욱 배가되어 간절해졌다.

"요물이 다름없네, 정말. 알면 알수록 더 좋아지는 여자라고, 태우리 여사."

우성은 우리를 생각하며 다정한 미소를 지으며 소파에 앉아 집 내부를 찬찬히 둘러보았다. 우리의 손길이 닿아 있는 집 안을 바라보며 아무래도 두 사람의 사진을 여기저기에 걸어놓아야겠다는 생각을 했다.

생각이 미친 김에 인터넷으로 액자를 검색하기 시작했다. 검색하면서도 괜한 헛웃음이 뿜어져 나왔다.

"세상에 이우성이 인터넷 쇼핑을 할 줄이야. 그것도 집에 놓을 액자를 사겠다고."

우성이 고개를 절레절레 저으며 유심히 액자 디자인을 검색하는데 마침 문자가 도착했다는 알림음이 들렸다. 태블릿에 집중하고 있던 그가 손을 뻗어 핸드폰을 집고는 느지막이 문자를 확인했다. 그 문자를 확인한 순간, 우성의 모든 행동이 멈췄다.

「잠깐 생각할 시간이 필요해서요. 금방 돌아올게요.」

우리의 문자에 우성의 미간에 주름이 잡혔다.

「무슨 일이야? 왜?」

급하게 문자를 보내봤지만 묵묵부답이다. 전화를 걸어봤어도 전화를 받지 않았다.

「태우리, 전화 받아. 나 미치는 꼴 보고 싶지 않으면.」

문자를 보내놓고도 이해가 되지 않아 한동안 소파에 앉아 대체 왜, 왜냐는 물음을 계속 해야만 했다.

우성은 머리를 벅벅 긁다가 자리에서 벌떡 일어났다. 전원을 꺼버린 태블릿을 소파 위에 던져 놓고는 꿀을 찾은 벌처럼 8자 모양으로 집 안을 뱅글뱅글 유영하던 그는 곧장 집 안 곳곳을 뒤지기 시작했다. 우리가 남긴 단서가 있을 거라는 생각 때문이었다.

10분이 지나고 20분이 지나도 찾은 것이라고는 아무것도 없었다. 망연자실한 그는 한숨을 푹 내쉬고는 화장실로 가 변기 위에 가만히 앉았다. 로댕의 생각하는 사람처럼 꼭 같은 포즈로 깊은 상념에 잠긴 그가 고개를 젓고 자리에서 일어났다.

"하아, 어디로 튈지 모르는 여자야. 이번에는 대체 무슨 일이야? 하여간에 생각이 많아도 너무 많다니까."

그는 휴지 몇 장을 떼어내 코를 팽 풀고는 발판을 밟아 휴지통 뚜껑을 열었다. 그때, 정말 뜻하지 않게 우리가 남기고 간 단서를 찾아냈다.

우성은 손에 든 휴지를 버려야 한다는 생각도 하지 못한 채 무언가에 끌린 듯이 손을 뻗어 휴지통 속의 스틱을 잡아 꺼냈다.

"이거……."

우성이 눈을 찌푸리며 그 안에 있던 상자를 함께 꺼냈다. 임신자가 테스터라는 것을 어렵지 않게 알아낸 그는 상자 속에 들어 있던 사용 설명서와 스틱을 번갈아 보고는 눈을 동그랗게 떴다.

"설마……."

우성은 들고 있던 모든 것을 휴지통 안으로 던져 버리고는 곧장 차 키를 들고 바깥으로 뛰어나갔다.

'생각을 정리하고 싶은' 우리가 갈 만한 곳은 한 군데밖에 떠오르지 않았다.

수원에 위치한 천사원을 어렵지 않게 떠올린 우성의 마음은 벌써 천사원 앞마당에 도착해 있었다. 그는 천사원 주차장에 차를 놓아두고는 뛰어내렸다. 그리고는 곧장 건물 앞으로 뛰어갔다. 건물 안으로 들어가기 직전, 밖으로 나오는 원장 수녀님을 만난 그는 이마에서 흘러내리는 땀을 닦아낼 겨를도 없이 질문을 던졌다.

"헉, 헉. 저기, 태우리…… 제 안사람은?"

"자매님 찾아오셨어요?"

"있습니까?"

"심경 복잡한 얼굴로 찾아왔기에 무슨 일인가 싶었습니다. 건물 안에 계세요. 보일러실 옆, 사무실에 지금…….''

그때였다. 어딘가에서 매캐한 냄새가 난다 싶더니 아이들의 왁자지껄한 소리가 들려오기 시작했다. 복도에 줄지어 뛰어나온 아이들은 다급한 얼굴로 원장 수녀님의 치맛자락을 붙잡고 바들바들 떨었다.

"무슨 일인가요, 다들?"

"원장님, 지금 저기에 불이 났어요!"

"불이라뇨. 설마…….''

"그 오래돼서 이상한 소리가 들리던 보일러실 말이에요! 거기서 연기가 나더니 불이 나기 시작했어요!"

"다른 사람들은 다 나온 건가요?"

"저희는 다 나왔는데 진희가 못 나왔어요! 우리 언니도요!"

아이들이 겁에 질린 얼굴로 소리를 치자 우성의 눈빛이 번뜩였다.

"우리, 보일러실 옆에 있는 사무실에 있다고 했나요?"

"오늘 진희가 입양을 가는 날이라······."

원장 수녀님은 사색이 된 얼굴로 사무실로 향했고, 그런 원장 수녀님의 뒤를 따르던 우성은 그녀를 잡아 밖으로 밀쳤다.

"여기 계세요. 제가 가겠습니다."

"저는 먼저 신고부터······."

원장 수녀님의 말이 끝나기도 전, 우성은 급하게 사무실 안으로 뛰어들어 갔다. 보일러실과 연결된 사무실 안에 불꽃이 일고 있었다. 짙고 매캐한 연기까지 피어오르는 까닭에 우성은 재킷을 벗어 얼굴을 가렸다.

"연기 트라우마가 있어요."

우리의 목소리가 귓가를 스쳤다. 불길이 거세어질 때마다, 연기가 뭉글뭉글 부피를 더해갈 때마다 그녀의 목소리는 더욱 선명해졌다.

"예전에······ 아버지를 따라 일본으로 출장 갔을 때, 호텔에서 화재가 난 적이 있어요. 아버지와 싸우고 혼자 호텔방에 처박혀 있을 때 일어난 일이었죠."

그때의 일로 약까지 복용하는 그녀가 떠오르자 우성의 발걸음은 더욱 빨라졌다. 재킷을 쥔 그의 손에서 신경이 끊어져 힘없는 새끼손가락이 덜렁거리고 있었다.

"엘리베이터는 멈추고, 화재경보는 끊임없이 들려왔죠. 아무래도 안 되겠다 싶어서 비상계단을 타고 내려가는데 출입구에서 큰불이 났어요. 연기를 마시고 질식해서 이틀 동안 혼수상태에 빠져 있었어요. 그 후로 이래요."

이 여자, 분명 치솟는 불길 속에서 두려움에 떨고 있으리라. 자신 혼자만 빠져나오지 못하고 진희라는 아이를 감싼 채 지켜주고 있으리라.

아직 빛을 보지 못한 두 사람의 아기도, 그 아기를 품고 있는 사랑스러운 우리도, 그대로 불길에 삼켜져 다시 보지 못할 수도 있을 거라는 생각에 우성은 불길의 뜨거움도 느끼지 못한 채 우리를 찾아 더욱 깊은 곳을 향해 들어갔다.

"우리야! 태우리!"

그의 목소리에 다급함과 함께 걱정이 녹아 있었다.

16

우성이 정신을 차린 것은 하루가 지난 뒤, 병실에서였다. 우리와 진희를 품에 안고 밖으로 나온 것까지의 기억에서 멈춰 버린 우성은 정신을 차리자마자 느껴지는 숨 막히는 고요에 놀라 자리에서 벌떡 일어났다.

"우리, 태우리! 윽!"

물에 젖은 솜처럼 온몸이 무거웠다. 심지어 여기저기 욱신거리는 터라 갑자기 몸을 일으켰던 우성은 맥없이 침대 위에 고꾸라지고 말았다.

그 소리를 들었던 것일까. 화장실에 있던 우리가 황급히 밖으로 나와 우성이 누워 있는 침대 곁에 앉았다.

"나 여기 있어요."

하아, 하아, 하아.

거친 숨소리와 불안정한 눈빛을 한 우성이 우리를 확인했다. 그 모습을 지켜보며 우리는 그의 양손을 꼭 잡고는 그를 안심시켰다.

"여기 있어요, 여보."

다시 한 번, 힘주어 그에게 말했다. 우리의 목소리에야 비로소 우성의 흔들리던 눈빛이 온화해졌고 호흡 역시 안정되었다. 그는 자신의 손을 잡은 그녀의 양손을 입에 가져다 대고는 눈을 꼭 감았다.

"아아, 당신을 잃는 줄 알았어."

휘몰아치던 불길, 그 속에 웅크리고 있던 그녀의 작은 등. 그것은 기억을 잃는다 해도 머릿속에 제대로 박혀 있을 잔상이었다. 앞으로도 꿈에 몇 번이고 그날의 기억이 떠오를지도 모른다. 그때마다 그는 깊은 상실감과 절망에 놀란 가슴을 쓸어내려야만 할지도 모른다.

"하지만 다행이야. 정말 다행이야. 당신은 괜찮아? 어디 다친 데는 없어?"

"여보……."

애잔하게 중얼거린 우리는 손을 뻗어 손바닥으로 그의 이마를 탁! 소리나게 쳤다. 생각지 못한 반응이었기에 우성은 황망해진 얼굴로 우리를 멍하니 바라봤다.

"이게 무슨……."

"당신이 일어나길 내가 얼마나 기다렸게요?"

"때리려고?"

"그러게. 몇 대 더 때려야 될 것 같은데."

우리는 주먹 쥔 손에 입김을 불어 넣으며 우성을 바라봤다. 하지만 이내 그녀의 두 눈에 눈물이 차오르는 모습에 우성은 주먹 쥔 그녀의 손을 감싸 쥘 수밖에 없었다.

"그건 내가 할 말이에요."

우성의 온기를 느끼며 우리가 흐느끼기 시작했다. 우성이 그런 그녀를 품속으로 끌어당기자 우리는 그에게 순순히 안기며 가슴에 꽂지 못한 주먹을 파르르 떨었다.

"미쳤어요? 그 불길을 뚫고 어떻게 들어와. 까딱하면 죽을 뻔했잖아!"

"다행이야, 당신이 살아 있어서."

"당신이 지켜준 아이도 살아 있어요."

"다행이야, 정말 다행이야."

우성은 몇 번이고 상대 없는 누군가에게 감사의 인사를 전해야만 했다. 이 여자가 지금 이 품 안에서 숨 쉬고 있게 해주어서 감사하다고.

그러다 문득, 그전의 상황이 생각난 우성이 우리를 떼어냈다.

"아니, 그보다 자기. 자고 있느라 잊어버리고 있었는데 나, 화났어. 알아? 어떻게 그렇게 문자만 달랑 남기고 도망을 쳐, 도망을……. 눈물이라는 무기를 쓸 생각은 하지 마. 이거, 무력진압

이야?"

우리의 뺨을 타고 주룩주룩 흘러내리는 눈물에, 한마디 하려던 우성이 더듬거리며 그녀의 젖은 볼을 닦아주었다. 그의 엄지가 뜨거운 눈물을 훑어내자 우리는 터져 나오려는 흐느낌을 삼키며 고개를 돌렸다.

"왜 그래, 왜 그렇게 울어. 나 심장 떨리게."

"이건…… 기뻐서. 당신이 멀쩡하게 깨어나니까 다행이라……."

"그동안 마음 많이 졸였어?"

"그걸 말이라고 해요?"

우리는 발갛게 물든 눈가를 훔쳐내며 우성의 어깨를 툭 쳤다. 다른 곳은 화상 자국들이 즐비하게 늘어서 있느라 건드리지도 못했다. 그 사실을 알고 있는 우성은 웃으며 우리의 머리를 쓰다듬었다.

"그러게, 누가 멋대로 내 품에서 떠나 도망치래?"

"도망이 아니었어요."

우리는 울먹거리며 고개를 저었다. 투정을 부리는 것처럼 구는 우리의 모습에 우성은 꼭 그녀가 어린아이가 된 것 같다는 생각에 기분이 좋아졌다. 단 한 번도 투정 부리지 않는 그녀이기에 더욱 그랬다.

"당신에게 문자를 그렇게 보내서 오해할 수도 있다는 생각을 했는데……. 도망친 게 아니었어요. 생각할 시간이 필요했던 거예요."

"생각도 내 옆에서 해. 생각, 우리 집에서 하라고. 그렇게 멋대로 떠나는 습관부터 고쳐. 당신이 그럴 때마다 심장이 쿵쿵 주저앉는다고."

우성이 왼쪽 가슴을 지그시 누르며 우리를 바라봤다. 몸이 아픈 것보다 그녀가 떠나가는 것이 더 괴롭다는 의사를 표시한 그는 우리의 손을 잡은 채 편안하게 침대에 누웠다.

"그래서."

"네?"

"그래서, 당신이 내린 결론은 뭐야?"

우성이 조용히 물었다. 차분해진 그의 목소리에 우리가 무슨 대답을 어떻게 꺼내야 할지 고민하며 입술을 지그시 물었다. 그녀가 그가 하는 말의 의도를 깨닫지 못한 것인가 싶어 다시 말했다.

"생각할 게 있었다며."

그의 물음에 우리가 멈칫하더니 우성의 눈을 가만히 들여다봤다.

"다, 알고 있어요?"

"아니, 몰라. 당신이 말해주기 전까지 난 아무것도 모르는 거야."

우성이 잔잔한 미소를 짓자 우리는 금방이라도 울 것처럼 얼굴을 찌푸렸다.

"또 그런다."

"무력진압 하려고요."

"난 당신이 어떤 결론을 내렸든 지지할 거야. 그러니 걱정하지마."

우성이 우리의 뺨을 가만히 쓸어보았다. 그러자 우리가 우성의 손을 잡아 가만히 내렸다. 그녀의 눈에는 그녀를 감싸느라 생겼던 손등의 화상과 너덜너덜한 새끼손가락이 한데 보였다.

그녀의 시선이 어디에 향하는지 깨달은 우성이 황급히 손을 숨겼다. 그러자 우리는 고개를 저으며 그의 어깨에 얼굴을 묻었다.

"약속해 줘요."

"뭘?"

"다시는 몸에 상처내지 않겠다고."

"이건 상처가 아니라 훈장이라고. 당신을 지켜냈다는 훈장."

"난 그런 거 필요없어요. 그러니 약속해요. 더 이상 그러지 않겠다고."

우리는 양손으로 몽글몽글 맺히는 눈물을 닦아내고는 우성에게 약속을 요구했다. 반들거리는 그녀의 눈이 자신보다 우성을 위하고 있었기에 그는 어렵지 않게 약속을 했다.

"알았어. 안 그럴게. 태우리보다 이우성을 더 아껴야지, 이제."

들으라는 듯 짓궂게 말을 했지만 우성의 눈가도 이내 촉촉하게 젖어 있었다. 그 모습을 응시하고 있던 우리는 나지막이 진심을 토해냈다.

"무서웠어요. 당신이 그런 말을 하기 무섭게 뱃속에 아이가 있다는 걸 알게 됐거든요."

우리는 자신의 납작한 배에 무의식적으로 손을 가져다 대곤 미래의 자신을 상상했다.

"배가 부르고, 아이를 낳고, 기를 생각을 하니……."

우리는 배에서 손을 떼고는 한숨을 폭 내쉬었다.

"은연중에 바랐는지도 몰라요. 그 불길 속에서 아이가 사라졌으면 좋겠다는, 그런 무서운 생각을 했어요. 엄마 자격 박탈이죠?"

"아니."

"그런데 불길 속에서 그 어린 진희를 품에 안고 보호하는데……. 아직 태어나지도 않은 우리 아이가 생각이 났어요. 나, 이대로 죽으면 안 되겠다. 우리 아기를 이대로 보내면 안 되겠다. 그런 생각을 했어요. 그래서 마음 독하게 먹었어요."

아직 아이의 상태도 모르는 우성인지라 그는 그녀의 말 한마디 한마디에 집중을 했다. 우리는 우성의 손을 자신의 배에 가져다 대고는 속삭였다.

"내가 정말 슬펐던 건요, 내가 화재를 통해 연기 트라우마를 겪어서 그 두려움과 아픔을 아는데…… 그걸 우리 아기와 당신에게까지 겪게 만들었다는 거예요."

"그럼……."

"나, 아이 가졌어요."

우리가 조용한 목소리로 고백했다.

"그 말을 하는 게 힘들어서 여태껏 망설였지만 이젠 어려워하지 않으려고요."

"정말…… 괜찮겠어?"

"당신이 늘 내 곁에 있어줄 거잖아요?"

"그거야 물론이지."

물론이지만…….

우성은 복잡한 심경이 고스란히 나타난 얼굴로 우리를 바라보았다. 다른 그 누구보다도 우리, 그녀의 마음이 제일 중요하다는 것을 알고 있기 때문이었다.

그 마음이 전해졌는지 우리가 조용히 속삭였다.

"아이를 낳아 기르는 데에 대한 책임을 많이 느꼈어요. 난 일로 바쁠 테고, 당신도 그건 마찬가지고. 더불어 이제 막 부사장에 취임했는데 아이가 생겼다는 이유로 회사에 소홀히 할 수는 없는 거잖아요. 하지만 그렇다고 내 욕심대로 낳은 아이를 방치할 수도 없는 노릇이고요."

"베이비시터가 있잖아?"

"나도 그렇게 자랐는걸요."

우리는 불만이 배인 목소리로 고개를 저었다.

"유모 손에 자라면서 늘 생각한 게 있어요. 날 돌볼 시간도 없는 부모님은 날 사랑하긴 하는 걸까. 돌볼 시간도 없으면서 날 왜 낳은 걸까. 이럴 거면 차라리 태어나지 않는 편이 나았을지도 모르는데."

"그런 말이 어디 있어."

"당신도 그렇지 않나요?"

우리의 물음에 잠시 뜸을 들이던 우성이 항복한다는 듯이 고개를 끄덕이며 대답했다.

"……나도 그래."

"그래서예요. 내가 고민한 건."

"하나를 얻으려면 다른 하나를 포기해야 하는 게 맞지. 그래서 우린 남들과 다른 부를 누리는 대신 일반적인 사랑이나 보살핌은 받지 못한 거야."

"그 점이 날 망설이게 한다는 거예요."

우리는 아이를 보호하기라도 할 것처럼 양손으로 납작한 배를 감싸고 조용히 속삭였다.

"난 우리 아이를 불행하게 만들고 싶지 않아요. 이런 생활에 물들어 답습을 하도록 만들게 하지 않고 싶어요."

"당신은 지금까지의 삶이 불행하기만 했어?"

"행복하지만은 않았죠."

그녀의 대답에 우성은 아픈 눈빛으로 우리를 바라봤다. 그녀의 마음을 누구보다도 더 잘 이해할 수 있는 사람이 자신이었기 때문이었다.

"같이 노력하자."

"방법이 없잖아요."

"당신이 일을 놓을 수 없다는 걸 알아. 그러니 당신이 원한다면 내가 아이를 돌볼게. 그게 걱정이라면 내가 해결해 줄 수 있는 문제야."

"하지만……."

"당신과 나, 둘 중에 누구 한 사람이 포기해야 한다면 그건 내가 해."

우성은 진지한 얼굴로 그녀의 손을 힘주어 잡았다. 믿음이 짙은 그의 음성에 우리가 감사와 감동이 번갈아 스쳐 가는 얼굴로 걱정을 읊조렸다.

"집안에서 반대가 심할 거예요."

"왜 이래? 나 이우성이야. 성질 괴팍하고 꼬장 부리기로 유명한 또라이라고, 내가."

"내가 아는 이우성은 누구보다 내 마음을 잘 이해해 주고 배려심 많은 따뜻한 남잔데?"

"그건 당신에게만 보여주는 인격이고."

우성이 한쪽 눈을 찡긋거리자 우리는 완전히 안심한 얼굴을 하고 은은한 미소를 지어 보였다.

"이해해 줘서, 또 이렇게 생각해 줘서 고마워요. 당신도…… 하고 싶은 게 많을 텐데."

"하려는 건 많았지. 내 위치도 찾아야 했고, 기업을 물려받을 사람도 나밖에 없는데다 어떻게든 사람들에게 인정을 받아야 하니까. 하지만 그보다 중요한 게 뭔지 알아? 바로 당신이야."

우성이 손을 뻗어 우리의 머리카락을 쓸어 넘겨주었다.

"너라고, 태우리."

그렇게 말하는 우성의 눈빛은 어느 때보다도 깊고 그윽했다. 그런 그와 시선을 교환한 우리는 천천히 고개를 숙여 그의 마른 입술에 가볍지만 부드러운 키스를 남겼다.

사랑해요, 그리고…… 고마워요.

유산 위기가 있었지만 그조차 씩씩하게 넘긴 아이의 태명은 용감이로 낙찰이 되었다. 우성이 퇴원하던 날의 일이었다. 그는 아직 표시도 나지 않는 우리의 배를 매일매일 들여다보며 아이에게 지극 정성을 쏟았다.

"이보세요, 이우성 씨. 아마 뱃속에서는 세포분열이 일어나고 있을 거예요. 아직 완전한 태아가 자리 잡지도 않은 상황에서 그렇게 말을 건다고 아이가 알아듣겠어요?"

오랜만의 독서 시간을 완벽히 방해받은 우리는 들고 있던 책을 탁자 위에 내려놓으며 배에서 붙어 떨어질 생각을 하지 않는 우성을 내려다봤다.

"자기, 내가 보건대 아이는 세포분열 때부터 말을 걸어주고 애정을 쏟아야 한다고 봐. 어째 자기는 엄마면서 왜 그렇게 냉정하게 굴어?"

"그런 말이 아니라 속도를 내서 달리다가는 마지막에 가서 숨을 헐떡이며 포기하게 될지도 모를 일이라는 거예요. 마라톤처럼요."

"난 지금 내 에너지의 십 프로도 발휘하지 않은 거니까 걱정 내려놓으세요."

우성이 우리의 배에서 얼굴을 들고는 씩 웃었다. 그러다 문득 생각이 났던지 안방으로 달려가더니 신이 나는 얼굴로 파일 하나를 챙겨가지고 나왔다.

"참, 우리 신혼여행 말인데……."

우성이 그 말을 꺼내자 우리가 난감하다는 얼굴로 말했다.

"아, 그것 말인데요. 아무래도 좀 미루는 게……."

"왜?"

"임신도 했고, 아이 낳게 되면 휴직을 해야 할 텐데 신혼여행 가는 것 때문에 미리 휴직을 하는 게 힘들어요. 직원들 보기 면도 안 서고. 어쩌죠?"

우리는 우성에게 바싹 붙어 앉아서는 그의 손을 꼭 쥐었다. 부사장에 취임한 우리와 달리 우성은 아직 견습생의 신분이었기에 회사를 이끌어 나가는 주역이 아니었다. 그랬기에 조금 더 편안한 상태였지만 그런 우성과 다른 입장이었던 우리는 신경 써야 할 일이 너무나도 많았다.

"흐음."

"미안해요. 기대 많이 했을 텐데."

"비행기 표야 취소하면 되고, 계획이야 나중으로 미루면 되긴 하지만……."

"정말 미안해요."

"부풀었던 내 기대에 바늘을 꽂으면 좋아? 산산조각난 내 마음은 어떡하고."

우리의 사정은 이해하지만 마음으로는 받아들이기 힘들었기에 우성은 잠시 부루퉁한 얼굴을 해 보였다. 그 모습에 마음이 무거워진 우리가 우성의 팔을 흔들었다.

"여보."

"그 카드는 안 통해."

"뭘 해줄까요? 좋아하는 거 있음 말해요. 뭐든 해줄게요."

"뭐든?"

우성이 솔깃했는지 우리를 향해 고개를 돌렸다. 우리는 확신을 주듯 고개를 끄덕였다. 그 모습을 가만히 바라보고 있던 우성이 원하는 바를 조심스럽게 말했다.

"이번 주 주말, 나에게 상납해."

"주말이요?"

"금요일 저녁부터 토요일, 일요일."

"좋아요."

"우리 둘만의 신혼여행을 가는 거야."

"어디로요?"

"그건 일단 비밀."

비밀이라기보다 말해줄 정보가 없었다는 말이 더 맞을지도 모른다. 우성은 지금부터 두 사람만의 밀월여행에 대한 계획을 짜야만 했다.

금요일 저녁.

집에 있을 거라고 생각했던 우성이 보이질 않았다. 퇴근해 돌아온 우리는 캄캄한 집 안을 둘러보며 의아함을 감추지 못했다.

"우성 씨. 여보!"

그의 말에 내심 기대를 하고 있던 모양이다. 하긴, 금요일 아침부터 우리는 콧노래도 부르고 몸치장도 신경을 쓰며 퍽 기분 좋은 하루를 보냈었다. 하지만 막상 금요일이 되고도 별다른 말을 하지 않는 우성 때문에 마음을 졸여야만 했다. 그리고 퇴근하고 돌아온 지금, 그가 보이질 않자 조급증이 일었다.

"이우성 씨! 여보!"

그때였다.

딩동──!

현관에서 나는 벨 소리에 우리가 피식 웃고 말았다.

"그냥 문 열고 들어오지 왜 벨은 누르고 그런대?"

우리는 고개를 절레절레 저으면서도 내심 기분이 좋은지 활짝 웃는 얼굴로 현관으로 걸어갔다. 반가운 얼굴을 기대하는 마음으로 문을 연 순간, 우리는 눈앞에 내밀어진 장미꽃 다발에 두 눈을 휘둥그레 뜨고 말았다.

"이게 뭐……."

뭐냐고 묻기도 전, 꽃다발을 내민 윤 기사의 얼굴에 우리는 속내를 보이려다 말고 경계 태세를 갖췄다.

"부탁받았습니다."

"그 사람은요?"

"이제 출발하시면 됩니다."

"네?"

그녀를 데리고 나가려는 윤 기사에게 5분간의 말미를 달라고 한 뒤, 대충 필요한 것들을 가지고 나간 그녀는 얼떨결에 세단에 올라탔다. 그렇게 얼마간을 달렸을까, 어둠 속을 뚫고 달리는 차 안에서 깜빡 잠이 들었던 그녀는 윤 기사의 목소리에 겨우 잠에서 깨어났다.

"도착했습니다."

"여기가 어딘가요?"

"청평 별장입니다."

"그래요?"

"그럼 저는 일요일 오후에 모시러 오겠습니다."

윤 기사가 사라지고 그녀는 어둠 속에 홀로 남겨졌다. 불이 꺼진 별장 앞, 발에 밟히는 자갈과 옆에 내려놓은 가방만이 전부인 그녀는 황망한 얼굴로 주변을 둘러보았다.

그 순간, 불빛이 단숨에 켜지고 아름다운 별장의 모습이 드러났다. 더욱 놀라웠던 것은 그녀가 걸어가야 하는 길 주변의 낮은 등이 하나씩 켜지기 시작했다는 것이었다.

누가 이렇게 깜찍한 짓을 벌였는지는 묻지 않아도 알 수 있었다. 그가 처음으로 준 꽃다발을 품에 안은 우리는 천천히 걸음을 옮겼다.

새삼 가슴이 떨려왔다. 누구 한 사람에게 이런 대접을 받아보지 못했기 때문이기도, 더불어 상대가 우성이기 때문이기도 했다. 보통의 순서를 밟지 못한 두 사람이었고, 시작부터 순탄하지 않았기 때문에 지금의 이 발전이 어마어마하게 느껴졌다.

"우성 씨?"

우리가 빛이 밝혀준 길을 따라 천천히 걸음을 옮겼다. 그렇게 현관에 도착했을 때 즈음, 우리는 정장을 입고 그녀를 기다리고 있던 우성을 발견했다.

"이게 다 뭐예요?"

"놀랐어?"

"당연히 놀랐죠."

우리는 놀란 가슴을 쓸어내리며 주변을 둘러봤다. 그 말에 우성은 그녀가 들어올 수 있게 슬쩍 옆으로 비켜섰다.

"우리의 신혼여행이잖아. 해외로 간 것도 아니고, 호화로운 경험을 안겨주지 못해 미안하지만 오늘 이 여행이 당신에게 특별하길 바라는 마음에서 준비해 봤어."

"놀랐어요. 뭐랄까…… 나, 너무 감격했달까."

"여기서 우리 둘, 딱 단둘이 2박 3일 지내게 될 거야. 도중에 나랑 다투게 되더라도 당신은 갈 곳이 없어. 차도 안 가지고 왔거든. 윤 기사가 데리러 올 때까지 우리 둘은 여기에 갇혔어."

그의 구속이 무척이나 아름답게만 느껴졌기에 우리는 기대에 찬 미소를 내보이며 안으로 한 걸음 내디뎠다. 그리고는 쑥스러웠던지 괜한 말로 화제를 돌렸다.

"당신 별장엔 처음 와보네요."

"어서 와."

그렇게 말한 그녀가 구두를 벗고 안으로 들어가며 살펴봤다.

"내부는 멀쩡하네요?"

"무슨 말이야?"

"풍선에, 촛불에, 그런 이벤트라도 있는 줄 알았죠."

"그런 거 좋아해?"

"음, 유치하다고 생각하지만 때론 유치한 게 매력적이잖아요? 받아보지 못한 자의 투정과 질투죠."

그녀의 말에 우성은 그녀의 손을 잡아끌어 거실 깊숙한 곳으로 들어갔다. 호수가 내려다보이는 창가였다.

"풍선은 없지만 촛불은 있어. 와인도 있지. 꽃도 있고 말야."

보트를 정박시켜 놓은 호수가 한눈에 내려다보이는 창가에는 흰 식탁보를 씌운 이인용 테이블이, 그 위에는 크림색의 장미꽃 다발이, 와인 한 병과 촛불이 장식되어 있었다. 누군가 이런 이벤트를 한다면 유난스럽다는 말이 나올 것이 뻔했지만 막상 받아보니 자신이 그에게 특별한 여자가 된 것만 같아 기분이 좋았다. 은은하게 주변을 밝히는 촛불과 달콤한 와인, 눈앞에는 사랑하는 남자, 그리고 두 사람이 있는 곳은 둘만의 별장. 뼈가 녹아내릴 것처럼 달콤한 순간이 아닐 수 없었다.

우성은 낯간지러웠던지 변명과도 같은 말을 내뱉었다.

"뻔하지만 이만한 분위기 메이커도 없으니까."

작게 웃으며 변명하는 우성의 목소리에 우리가 그를 올려다보며 중얼거렸다.

"당신 얼굴, 새빨개진 거 알아요?"

"촛불 때문이라고 변명하고 싶은데…… 사실 난 이렇게 손을 내밀고 있는 지금도 미치겠어."

그녀에게 내민 그의 손이 파들파들 떨리고 있었다. 그런 모습이 무척이나 사랑스러웠기에 우리는 그에게 한 걸음 더 가까이 다가가 그의 품에 폭 안겼다. 귓가에 그의 가슴을 뚫고 나올 것처럼 쿵쿵 뛰어대는 심장 고동 소리가 들려왔다.

"소름 돋아요?"

"어색해서 미칠 것 같아."

"그건 나도 마찬가지예요."

"하지만 어색해도 좋다."

"그것도 마찬가지고요."

그렇게 그녀가 말하자 우성은 그녀를 품에서 떼어내고는 속주머니 안에서 주먹만 한 벨벳 상자를 꺼내 그녀에게 내밀었다.

"멋스럽지 못해, 내가. 케이크 속에 숨겨놔 볼까, 입안에 숨기고 있을까, 아니면 꽃 속에 숨겨놓을까, 무릎을 꿇을까, 여러 방법을 생각해 봤는데…… 나, 단도직입적이잖아. 그냥 이렇게, 내 진심을 담아 당신에게 주는 게 가장 좋은 방법이라고 생각했어."

우성이 상자를 내밀기 무섭게 우리의 커다래진 눈에 눈물이 맺히기 시작했다.

"내가 직접 디자인을 하느라 시간이 좀 걸렸어. 뭐, 그렇다고 대단한 건 아니고. 디자이너랑 상의를 많이 했는데 시안들을 다 거절당했지 뭐야."

"시안이…… 뭐였는데요?"

"이전에 있었던 일들에 대한 사과의 의미를 담아 사과 반지. 커다란 루비를 딱 박고 그 위에 초록색 에메랄드로 이파리를 만들려고 했지."

"다른 건요?"

"원석과도 같은 당신을 위해 다이아몬드 원석을 박을 생각이었지."

우리는 눈물을 훔치며 키득키득 웃었다. 우성이 생각할 만한 것들이라는 생각에 절로 웃음이 배어져 나왔지만 한편으로는 그가 그렇게나 자신을 생각하고 있었다는 사실이 감동적이었기에 눈물이 뿜어져 나왔다.

그녀가 울음을 터트리기 전, 우성이 상자를 열었다.

"핑크 다이아몬드야. 당신의 앞에 핑크빛 미래만을 보장한다는 의미로."

"핑크빛……."

단 한 번도 자신의 삶에 핑크색이 자리 잡을 거라고는 생각해본 적이 없던 우리는 그가 내민 반지에야 비로소 분홍빛 색깔을 기억해 냈다. 온통 검은색과 흰색, 혹은 회색에 둘러싸여 있던 그녀는 과거고 미래고 '오피스'에 매여 있을 것이라고밖에 생각하지 못했다. 그런데 지금, 이 순간, 그가 그녀의 속에 잠들어 있던 '여자'를 일깨웠다.

"이런 걸 받으리라고는 생각을 해보지 못해서……."

"감동했어?"

"그걸 말이라고……."

자꾸만 목이 메어왔다. 이 남자가 이렇게나 기특한 사람이 될 줄, 예전에는 상상해 본 적이 있던가. 단언컨대, 없다.

우리의 약지에 반지가 끼워졌다. 서로 주고받은 것이라고는 양가 어머니가 고르고 비서가 픽업해 온 예물이 전부였던 그들은 지금에서야 비로소 서로의 마음을 교환했다.

"검은 머리 파뿌리가 될 때까지, 태우리 한 사람을 사랑할 것을 맹세합니다."

"흑."

"태우리와 함께 할아버지가 되고 싶다, 나."

"……."

우리는 눈물을 참느라 한마디도 내뱉지 못하고 있었다. 양손으로 입을 틀어막은 그녀를 바라보고 있던 우성이 그녀의 이마에 입술을 맞췄다.

"당신이 먼저 간다고 해도 다른 할망구 안 만날게."

그 말에야 우리는 눈물이 섞인 웃음을 터트리고 말았다.

"난⋯⋯."

우리가 훌쩍거리며 자신이 가져온 가방에서 작은 상자를 꺼내 들었다.

"이런 것밖에 준비 못했어요."

그녀의 말에 우성이 그녀가 내민 상자를 열어보았다. 상자 안에는 결혼식 당일 그녀의 친구가 사준 속옷 세트가 들어 있었다. 하늘빛 코르셋에 프릴이 가득 달린 팬티, 왕관 머리핀에 달린 미니 베일과 허벅지에 맬 수 있는 가터벨트가 들어 있었다.

"이거, 입어주려고?"

그의 물음에 그녀가 고개를 끄덕이자 우성이 함박웃음을 지었다.

"이거면 충분해."

그렇게 말한 그는 들고 있던 상자를 내려놓고는 그녀에게 다시 손을 내밀었다. 마이클 볼튼의 'When a man loves a woman' 이 절정으로 치닫고 있을 무렵, 우성이 내민 손을 맞잡은 그녀는 그의 품에 폭 안겼다.

"그전에 춤이나 한 곡 추자고요, 부인."

그 말에 우리는 고개를 끄덕였다. 아무도 없는 곳, 어둠을 밝히는 촛불 속에서 우리는 우성의 발등 위로 올라가 서로를 부둥켜안고 뒤뚱뒤뚱 움직였다. 달콤한 노래가 끝나자 브루노 마스의 'Marry you' 가 흘러나왔다.

그렇게 기분 좋게 음률을 훑는 브루노 마스의 음색에 서로를 안고 있던 두 사람은 장난스럽게 춤을 추기 시작했다. 우성이 그녀를 돌리자 뱅그르르 돈 우리가 상체를 숙이며 그를 향해 가슴을 털자 우성 역시 등을 젖히고는 그녀처럼 가슴을 앙증맞게 털어댔다.

둘밖에 없는 고요한 공간, 달콤한 음악과 함께 서로를 향한 사랑이 깊어지는 밤이었다.

전쟁이 시작되는 소리였다. 전쟁 발발 사이렌에 놀라 자리에서 벌떡 일어난 우성은 소파에 눕혀놓았던 아이를 품에 안아 올리고는 피곤한 눈을 비볐다.

"여기가 사무실인지, 수유실인지."

"삼촌."

"네가 착각을 하고 있는 게 하나 있는데, 여기도 엄연한 그룹 계열사야. 다른 곳은 엄격하고 품위 넘쳐야 하고, 여기선 아이가 울어도 된다고 누가 그래?"

재인의 타박에 우성이 그를 흘겨보고는 안고 있는 아이를 토닥거렸다.

"삼촌 때문에 애가 놀라서 울잖아."

"웃기시네."

우성은 재인의 타박에도 기죽지 않은 채 가방을 뒤져 집에서 가져온 우유병에 분유를 탔다. 처음에는 실수 연발이었던 그가 익숙하게 분유를 타는 모습에 재인은 혀를 내두르며 그 광경을 지켜봤다.

"조금 있다가는 가슴도 튀어나와서 네가 직접 모유수유 하는 건 아니냐?"

"삼촌, 아이 앞에서 별소리를 다해?"

"그렇잖아. 너 그 꼬맹이 태어날 때만 해도 난리도 아니었잖아. 부인 따라 배는 불러오지, 부인 대신에 헛구역질까지 하지. 그게 무슨 신드롬이라더라?"

"쿠바드 증후군."

"박사 나셨다."

재인은 심드렁히 중얼거리며 순식간에 폭 늙어버린 조카를 바라봤다. 멀끔하게 잘 차려입고 다니던 우성은 아이가 태어난 이후, 아이 분유와 침 냄새를 달고 다녔다. 매끈한 서류 가방 대신 아이 용품이 담긴 커다란 배낭을 메고 다녔고, 윤기 흐르던 피부는 생기가 없었다.

그럼에도 불구하고 전혀 불행해 보이지 않는다. 오히려 전보다 더욱 행복하다면 행복했지.

"이제 조용히 좀 해. 우리 라온이, 맘마 먹고 다시 자야 돼."

아이를 어르는 모습마저도 이제는 아빠가 다 됐다. 훈훈하다고 밖에 설명이 되지 않는 광경을 지켜보며 재인은 서류 파일 너머로 슬쩍 웃음을 지었다.

"멋진 양복을 갖춰 입은 남자가 포대기를 매고 아이를 안고 출퇴근을 하는 진풍경을 매일 보여주니 그걸로 만족하련다. 됐다, 그만 퇴근해."

재인이 귀찮다는 듯 손을 휘휘 저었다.

퇴근한 우성이 향한 곳은 본가였다. 아내보다 퇴근이 빠른 우성은 컴컴한 집에서 우리를 기다리기보다 본가에서 기다리는 것을 택했다. 아무도 없는 집에서 홀로 쓸쓸이 아내를 기다리며 이 회장과 고 여사의 끊임없는 호출에 시달리느니 사람 북적거리는 본가가 차라리 낫다는 판단 때문이었다.

"아휴, 우리 라온이. 이리 와. 할머니한테 와."

"고 여사, 나는 눈에도 안 들어오십니까? 내가 고 여사 아들이지 말입니다."

"우리 라온이, 춥지요? 할머니랑 어서 들어가자."

평소라면 대문만 찍 열어주고 말 고 여사는 우성의 퇴근 시간에 맞춰 버선발로 대문 밖까지 뛰어오는 진풍경을 연출했고, 워커홀릭이라고밖에 설명할 길이 없던 이 회장의 퇴근이 빨라지는 기적을 만들었다.

아이의 힘은 위대했다.

"아들은 베이비시터 하느라 죽어나는데 우리 고 여사는 손녀와 며느리에게 너무 후하시다."

"넌 그래도 돼. 사회에 공헌하는 능력을 따져 보다 손해가 적은 쪽을 택해야지, 암."

"내가 일을 놓는 것이 손해가 적다?"

"이제 인간의 모습을 되찾고 있는데 얼마나 좋니? 아이는 아빠가 봐서 좋고, 너는 인간이 되어 좋고, 새아가는 사회에 큰 공헌을 하니 좋고. 일석삼조다, 얘."

"그럼 고 여사가 아이 좀 봐주시죠? 나도 사회에 공헌할 수 있는 기회를 가져보게."

"부모에게 늘 희생만 강요하지 마렴. 나이 다 들어서 아이를 다시 키워야겠니? 자기 아이를 부모에게 맡기는 건 꽤 이기적인 일이라고 생각한다, 난. 늙었다고 애나 봐라, 이거잖니. 나도 내 삶이 있는데."

"고 여사도 참, 오버는."

"그렇잖니? 애 맡기고 너희는 너희 일 다 하고. 내가 무슨 부귀영화를 누리겠다고 베이비시터까지 하니? 싫다, 난. 너희 키우느라 진 다 빼고 이제야 겨우 살 만해졌는데 또 키우라고? 못한다, 난. 안 그래도 요즘 기력도 달리고 힘든데 젊은 너희가 알아서 키우렴."

'나의 삶은 나의 것'이라는 모토로 부모의 삶에 대한 권리를 주장하는 고 여사임을 익히 잘 알고 있는 우성이었기에 그는 가벼운 웃음을 터트리며 대답했다.

"그래서 열심히 제가 키우고 있습니다, 네에."

정원을 가로질러 거실에 들어오기 무섭게 팔을 벌리는 이 회장에게 라온을 넘겨준 고 여사는 뺨이 홀쭉해진 우성을 이끌고 부엌 식탁으로 향했다.

"저녁 전이지? 어서 들어."

"우와, 고 여사."

"개성댁이 했어."

"그건 알고요."

우성은 한상 거나하게 차려진 음식들을 보고 금세 싱글벙글해진 얼굴로 급하게 수저를 들었다. 쉴 새 없이 수저를 움직여 입안에 음식을 구겨 넣는 우성의 모습을 맞은편에 앉아 지켜보던 고 여사가 한숨을 푹 내쉬었다.

"아들, 천천히 좀 먹어."

"아아, 맞아. 습관이 돼서요."

"알지, 알아."

"고 여사가?"

"나는 뭐 허투루 널 키웠니?"

"유모가 키웠지, 날."

"네가 여섯 살이 되던 날부터야, 유모를 고용한 건. 그전까지는 내 손으로 먹이고, 내 손으로 입히면서 키웠어."

고 여사가 투덜거리며 한술 뜬 우성의 숟가락 위에 반찬을 올려주었다. 그러고는 일어나 숭늉 한 그릇을 내왔다. 우성은 고 여사가 내민 숭늉을 한 모금 마시고는 대답했다.

"새로운 사실이네요."

"어미를 너무 쉽게 본 거지."

"띄엄띄엄 봤네요, 제가. 그런데 걱정 마세요. 라온이 태어나고 나서부터는 세상 모든 부모의 마음을 이해할 수 있을 것 같으니까."

급하게 먹어 속이 막혔는지 우성은 주먹으로 가슴을 두드리며 이 회장 품에 안겨 있는 라온을 바라봤다. 눈에 넣어도 아프지 않을 자식, 무슨 짓을 해도 예쁜 아이였다. 우리의 뱃속에서 조금씩 커가던 아이의 모습과 분만실에서 태어날 때의 풍경은 아직도 눈에 선명해 라온만 보면 가슴이 그렇게 떨렸다. 문제는 아이 엄마였다.

우성은 성실하게 움직이는 벽걸이 시계의 초침을 원망스럽게 바라보며 투덜거렸다.

"그나저나 이 여자는 왜 이렇게 안 오는 거야?"

"누구? 새아가 말이니?"

"이 여자는 어째 라온이를 낳고부터 승승장구야. 이게 다 아버지 탓이라고요."

우성은 매서운 눈길로 손녀 사랑에 흠뻑 빠진 이 회장에게 비난의 화살을 날렸다. 아들의 원망 섞인 투정에 이 회장이 깜짝 놀란 얼굴로 부엌 입구를 서성거렸다.

"나? 내가 왜?"

"아버지, 이번에 계열사 인수합병 하시면서 울 마누라를 사장 자리에 앉히셨죠? 급작스러운 인사이동, 제가 제일 싫어하는 거 아시면서."

"그거야 네 마누라가 워낙 능력이 출중해서."

"그래서, 그 사람에게 맡겨두시고 일찍 퇴근하시니 좋으세요? 아버지 덕분에 우리 가족의 화합 도모가 되질 않고 있는데요?"

이 회장에게 따져 대는 우성의 모습에 고 여사가 입술을 배죽거리며 우성의 이마를 소리나게 때렸다.

"너희 집 화합하자고 우리 부부는 이산가족으로 살아야겠니?"

"가재는 게 편, 고 여사는 이 회장 편."

"넌 네 편 있잖니. 그것도 둘이나. 난 이미 편 하나 잃어서 헛헛하니 아버지라도 좀 자주 봐야겠다."

이 회장을 바라보는 고 여사의 눈빛에 전에 없던 다정함이 스며들었다. 그 모습에 우성의 마음도 한결 부드러워졌다. 하지만 그뿐이었다. 정작 본인은 외로우니 부모가 행복한들 자신까지 완벽히 행복해질 수는 없었다.

"하아."

짙은 한숨에 우울함이 섞여 있었다. 아들의 마음을 눈치채지 못할 고 여사가 아닌지라 그녀는 이 회장 들으라는 듯 소리를 높였다.

"이제 주말이니 우리가 라온이 데리고 자면 어떨까 싶은데."

"네?"

"주말 동안 양보 좀 해. 우리도 손녀 데리고 1박 2일, 즐겁게 좀 보내자."

"하지만……."

"너도 좀 쉬고. 새아가랑 영화도 보고, 맛있는 것도 좀 먹고. 코에 바람도 쐬줘야지. 새아가랑 데이트할 기회도 없었을 텐데 주말 내내 둘이 함께 있으렴."

"고 여사."

"주부 우울증, 그냥 놔두면 병 돼."

"누가 주부 우울증인데?"

"누구긴 누구야. 이우성이지."

"산후 우울증은 들어봤어도 주부 우울증은 처음이네, 또."

"산후 우울증일 수도 있어, 너. 아내가 겪어야 할 것을 네가 겪는지도 모르지."

고 여사는 재미있다는 듯 웃으며 이 회장에게서 라온이를 건네받아 무릎에 앉혔다. 얌전한 편에 속하는 라온은 고 여사가 잼잼 놀이로 말을 걸어봐도 머루같이 까만 눈으로 빤히 바라봤을 뿐이었다.

고 여사는 아이를 사랑스럽게 바라보며 지나가는 말로 중얼거렸다.

"그래도 난 고맙기만 하다. 이렇게 잘살아주니 말이다."

"시작은 미약하였으나 끝이 창대해서 다행이죠. 결말이 좋지 않았으면 아버지, 어머니 평생 원망했을지도 모를 일이잖아요."

"나쁜 녀석. 원망하다니. 아주 악담을 하는구나."

고 여사가 허심탄회하게 웃자 우성은 미소를 지으며 눈앞의 부모님을 바라봤다.

"고마워요, 고 여사."

라온이를 낳지 않았으면 어쩔 뻔했을까. 그 자체만으로도 축복이자 행복이요, 큰 변화인데.

가족 전체에 찾아온 기적과도 같은 변화를 지켜보는 우성의 눈빛이 순간 촉촉해졌다.

"그나저나 이 여자는 대체 언제 오는 거야?"

우성은 혹여 눈물이라도 새어 나올까 멋쩍은 투로 중얼거리며 자리에서 일어났다.

우리의 퇴근은 8시가 훌쩍 넘은 뒤였다. 피곤이 가득한 얼굴을 하고 본가로 퇴근해 눈도장을 찍고 식사를 한 그녀는 우성과 함께 집으로 돌아왔다. 라온이를 보려고 했던 기대는 산산조각이 난 뒤라 우리의 기분은 말이 아니었다.

콰앙—

현관문이 닫히는 소리와 함께 우성의 잔소리도 시작이 됐다.

"당신, 요즘 나와 아이에게 소홀한 것 알아?"

"여보."

"방치된 느낌이 마구마구 드는 이유는 뭘까?"

"조금만 있다가 해요. 나도 기분이 영 아니라서."

"기분이 왜? 하루 중 지금, 잠깐 보고 마는 아내 얼굴인데 지금 이야기해야지 언제 하라고."

우성의 목소리가 뾰족하게 날이 서 있었다. 그 목소리에 본인도 놀랐던지 우성은 순간 실수한 표정으로 우리를 바라보다가는 낮게 한숨을 내쉬었다. 무너지듯 소파에 주저앉는 우성의 모습에 자괴감이 가득 실려 있었기에 우리는 그에게 다가가 가만히 어깨를 짚었다.

"여보."

"하아. 미치겠다. 나 완전 이상하지?"

"뭐가 이상해요?"

"아줌마 같았어, 방금. 남편 바가지 긁는 아내였다고, 나."

딱히 틀린 말은 아니었기에 우리가 입을 다물어 버리자 우성이 그런 그녀가 원망스럽다는 듯 중얼거렸다.

"이봐, 부정도 안 하지."

한숨을 내쉬는 그의 말투에 우리는 그의 곁에 앉아 뾰로통한 목소리로 중얼거렸다.

"나도 심술나서 그래요 뭐."

"뭐가?"

"라온이 보고 싶어서 서둘러 퇴근했는데 어머님께 빼앗겨 버렸잖아."

"난 일주일 내내 라온이 본 사람이야. 나도 좀 쉬자."

"당신 쉴 수 있게 내가 보면 되잖아."

"당신이 본다고? 기저귀 가는 법도 모르면서."

"그건……."

"분유는, 탈 줄 알아?"

"더블더블?"

"커피 타, 지금? 아이 목욕은. 시킬 수 있어?"

명색이 라온이 엄마인데 할 줄 아는 것이 너무 없다. 뭐든 다 하겠다는 우성의 말만 전적으로 믿고 신경을 쓰지 않았다는 것을 깨달은 우리는 죄책감에 고개를 푹 숙이고는 우성의 양손을 꼭 붙잡았다.

"미안해요. 내가 너무 소홀했어."

"당신 바쁜 거 알아. 몸이 두 개라도 모자랄 정도라는 것도 알아. 게다가 아이만 낳아달라고, 내가 다 돌보겠다고 했지. 그것도 알아. 하지만 나도 인간이야. 남자고. 그래서 더더욱 힘이 들어."

"무슨 말인지 충분히 이해해요. 우리 둘이 함께 낳은 아이인데 내가 너무 무관심했어. 당신에게도, 우리 라온이에게도. 마음은 늘 두 사람에게 향해 있는데 일이 힘들다 보니 나도 모르게 모르는 척했었나 봐."

우리는 잘못을 시인하며 우성의 상한 마음을 달래주기 위해 달콤한 목소리로 조곤거렸다.

"내일, 나갈까요?"

"어딜?"

"당신 좋아하는 곳으로. 영화도 보고, 쇼핑도 하고, 산책도 하고. 아니면 여행을 갈까요?"

부부싸움은 칼로 물 베기라고 했던가. 눈웃음을 흘뿌리며 살살 웃는 우리의 애교에 단번에 넘어가 버린 우성은 풀어진 얼굴을 했다. 그 모습이 퍽 귀엽고 사랑스럽게 느껴졌던지 우리는 그에게 달려들어 얼굴 곳곳에 자잘한 키스를 흘뿌렸다.

"으음."

베이비 키스는 금세 그 색을 짙게 했다. 장난으로 시작된 애정 표현은 그새 신음으로 뒤바뀌었고, 우성은 우리를 가뿐히 안아 들고 침실로 향했다.

"끼아앗!"

우리를 거칠게 침대 위에 내려놓은 그가 목을 옥죄는 넥타이를 풀어 헤치며 그녀에게 달려들었다. 한 마리 맹수처럼, 우성은 오랜만에 쌓여 있던 그의 남성성을 거칠게 풀어내었다.

다음날.

아침이 지나도록 우성과 우리는 침대에서 일어나질 못했다. 한낮이 되고 나서야 커튼을 뚫고 들어오는 햇빛에 눈이 부셔 일어난 두 사람은 퉁퉁 부은 얼굴을 한 채 서로를 바라보며 웃음을 터트리고 말았다.

얼마 만에 느껴보는 여유일까. 두 사람은 느지막이 일어나 식사를 하고 준비해 외출을 했다. 하지만 그것은 오래가지 못했다.

"힘들어요?"

바람을 쐬러 나왔는데도 우성의 얼굴에는 힘든 기색이 역력했다.

"응? 아니야."

"솔직히 영화, 무슨 내용인지 기억도 안 나죠?"

"그냥, 우리 취향에 맞는 영화 골라서 집에서 볼 걸 그랬어. 홈 시어터도 있는데 이게 무슨 고생이야."

그 말에 우리는 조용히 미소를 지었다. 오랜만에 데이트를 하는 것이 분명한데도 우성은 힘든 얼굴이었다. 그 모습이 안쓰러웠기에 우리는 계획했던 일정을 모두 취소하고 다시 집으로 돌아갔다. 가는 길에 레스토랑에 들러 우성이 좋아하는 음식을 테이크아웃 한 뒤에 말이다.

지친 얼굴로 식탁에 둘러앉아 말없이 식사를 했다. 음식이 좀 들어가자 우성은 집에 왔다는 안도감 때문일까, 한결 편안해진 얼굴로 중얼거렸다.

"아이 키우는 게 이렇게 힘들 줄은 몰랐어."

"체력이 바닥났죠?"

"신체적, 정신적으로. 둘 다."

그렇게 중얼거린 우성은 포크를 내려놓았다. 반도 채 먹지 않은 음식이 식어가지만 그는 입맛이 없는 듯 레몬수로 입안을 헹구어 버렸다. 그 모습을 바라보던 우리도 식사를 중단했다. 우성은 그런 우리를 바라보다 심각한 얼굴로 물었다.

"어쩌지?"

"왜요?"

"우리 라온이 보고 싶다."

"하루도 채 안 됐는데."

"당신은 안 보고 싶어?"

"당신은 라온이 매일 보고, 나는 밤에 잠깐 보는 사람인데 누가 더 보고 싶겠어요?"

우리가 미소를 지으며 중얼거렸다.

"나도 우리 라온이 웃는 얼굴도 보고 싶고, 우는 얼굴도 보고 싶고, 입을 오물거리는 것도 보고 싶어요. 하루 24시간이 아까울 정도로 라온이만 바라보고 싶어. 우리 아이 첫 걸음, 첫 옹알이, 첫 말, 모두 다 지켜보고 싶어요. 그런데…… 그게 힘드네."

"부모님이 이해가 돼?"

"충분히."

자신이 부모가 되면 부모의 마음을 이해할 수 있다고 했다. 우리는 자신이 어릴 적 이해할 수 없었던 것들을 하나씩 깨달아가면서 보다 성숙해진 얼굴을 하고 있었다. 그건 우성도 마찬가지였다.

앉아서 서로 눈빛을 교환하고 있던 두 사람 중 우성이 먼저 자리를 박차고 일어났다.

"안 되겠다."

"갈까요?"

"당장 데리러 가자."

코트를 집고 다급히 나가려는 우성의 모습에 우리가 걷다 말고 입술을 배죽거렸다.

"에잇, 나 조금 질투나려고 해."

"자기 딸을 질투해서 어디다 쓰게?"

"그러게. 이 감정 당신은 모르지. 어서 빨리 아들 하나 더 낳아야지. 그래서 아들만 쪽쪽 빨아야지."

"하나 더 낳자고? 날 산송장 만들고 싶어?"

"그러게. 베이비시터 들여서 부담을 줄이자니까."

"됐어요. 내가 키울 거야."

"도와줄게요."

"말만."

"절대 말만은 아니다."

우리가 새끼손가락을 내보이며 약속을 하자 우성이 그녀의 머리를 쓰다듬어 주고는 나갈 차비를 마쳤다. 하지만 우리는 그를 따라나서려다 말고 다시 주방으로 향했다.

"아, 체했나? 속이 좀 더부룩하네."

배를 매만지는 우리의 모습에 우성이 부엌 찬장으로 가 소화제를 꺼냈다.

"약 먹고 가, 그럼."

"그러게."

우성이 꺼내준 소화제를 한 알, 손바닥에 올려놓은 우리가 그가 내미는 물 잔을 받아 들려는 순간.

"욱."

"왜 그래?"

"우욱."

"그렇게 속이 안 좋아?"

우성의 얼굴에 걱정이 잔뜩 들어찼다. 곧장 욕실로 달려가는 우리의 뒷모습에 허겁지겁 그녀를 따라간 우성은 그녀의 등을 톡톡 두드려 주며 걱정스러운 얼굴을 했다. 하지만 속을 게워낸 우리는 자리에서 일어나 욕실 캐비닛을 뒤졌다.

"아, 약 먹으면 안 될 것 같아."

"왜?"

우성의 물음에 우리는 캐비닛에서 임신 테스트기를 꺼내며 그의 눈앞에서 흔들어 보였다.

"라온이 가졌을 때와 같은 증상이라."

그 순간 우성의 얼굴이 파랗게, 발갛게 급변했다. 그 모습을 지켜보던 우리는 가벼운 웃음을 터트리며 그의 팔에 매달렸다.

"설마, 지금 심장이 덜컥한 거 아니죠?"

"설마."

"진짜?"

"진짜."

우성은 아주 잠깐 어두워졌던 표정을 풀고는 우리를 품 안에 꼭 껴안았다.

"완전 기뻐서 날뛰는 내 모습이 안 보여?"

야—후!

소리를 지르는 우성의 목소리에는 삶의 애환이 가득 녹아 있었다. 기쁘면서도 슬픈 어느 날 밤, 우성은 테스트기의 양성반응을 보고 라온이를 데리러 가는 것을 포기하고 말았다.

"아직도 부부는 갈 길이 멀었구나."

삶의 고충이 그득한 푸념에 우리는 까르르 웃음을 터트리며 그에게 키스하는 것으로 위로를 했다. 갈 길은 멀었지만 그 길에 행복이 가득할 것임은 의심하지 않아도 자명한 사실이었기에 푸념하는 우성의 얼굴에도 꽃미소가 만발해 있었다.

(THE END)

제목에서 나타나다시피 이 글은 이라이자에 관한 이야기입니다. 여기서 이라이자란 〈캔디〉의 이라이자가 아닌, 이미지라고 보시면 됩니다. 이라이자의 완벽한 성격을 닮지 않은, 하지만 그녀를 모르는 사람들에게는 이라이자인 여자의 이야기를 써보고 싶었습니다. 못된 이라이자의 숨겨진 면모여야 했는데 여주인공에게 마음이 너무 기울어 버린 것 같다는 생각이 강하지만요.

산뜻한 순정만화 같은 청춘물을 기대하신 분들께는 죄송합니다. 제목에 비해 다소 어두울 수 있는 글입니다. 하지만 서로 상처를 가진 두 남녀가 만나 서로를 치유하고 이해해 나가면서 살아가는 이야기에 포커스를 맞춰주신다면 조금 더 즐겁게 읽으실 수 있지 않을까 생각해 봅니다.

이 책이 보다 빠르게 빛을 볼 수 있도록 큰 도움을 주신 예원북스와 유경화 실장님, 감사합니다. 무척이나 좋은 인연 덕분에 기쁘고 편안하게 작업할 수 있었습니다. 더불어 우리 오다 식구들과 작가님들께도 감사의 인사를 드립니다. 언제나 변함없이 제 편에 서서 든든한 후원자가 되어주시는 부모님, 사랑합니다. 시댁 식구들 역시 같은 마음입니다. 마지막으로 사랑하는 남편에게 감사의 인사를 남기며 저는 다른 글로 찾아뵙겠습니다.

늘 발전하는 모습을 보여 드리겠습니다.

2013년 11월.
첫눈이 오던 날,
이경하 드림